Anke Gebert ◈ Wo du nicht bist

Anke Gebert

Wo du nicht bist

Nach einer wahren Begebenheit

PENDRAGON

Für Ralf und Jan-Martin

und für Bärbel Schimmel, zum Andenken an ihre Tante
Irmgard Bragenheim, geborene Weckmüller.

Dein Ist Mein Ganzes Herz

Arie aus der Operette *Das Land des Lächelns*
Text von Fritz Löhner-Beda und Ludwig Herzer
Musik von Franz Lehár
Geschrieben für den Interpreten Richard Tauber

Dein ist mein ganzes Herz!
Wo du nicht bist, kann ich nicht sein.
So, wie die Blume welkt,
wenn sie nicht küsst der Sonnenschein!
Dein ist mein schönstes Lied,
weil es allein aus der Liebe erblüht.
Sag mir noch einmal, mein einzig Lieb,
oh sag noch einmal mir:
Ich hab dich lieb!

Wohin ich immer gehe,
ich fühle deine Nähe.
Ich möchte deinen Atem trinken
und betend dir zu Füßen sinken,
dir, dir allein! Wie wunderbar
ist dein leuchtendes Haar!
Traumschön und sehnsuchtsbang
ist dein strahlender Blick.
Hör ich der Stimme Klang,
ist es so wie Musik.

Dein ist mein ganzes Herz!
Wo du nicht bist, kann ich nicht sein.
So, wie die Blume welkt,
wenn sie nicht küsst der Sonnenschein!

In all den Jahren

Ihr Blick schweift vom Gesicht des Standesbeamten ab, hin zu dem Alpenveilchen, das zwischen ihr und dem Mann steht. Sie nimmt seine Worte nicht wirklich wahr. Auch nicht den Duft des Brautstraußes. Dabei wollte sie doch jedes Detail und jedes Wort, in sich aufnehmen. Heute. Endlich.

So hatte sie sich diesen Augenblick sehr häufig vorgestellt. In all den vergangenen Jahren war es diese Fantasie gewesen, die sie am Leben erhalten hatte. Sie hatte sich an diesem Tag vor Glück weinend gesehen. Oder lächelnd. Weil es der schönste Tag im Leben ist.

Hinter ihr sitzt Max, der einzige Mensch, den sie heute dabeihaben mochte. Er lächelt.

Sie sitzt auf einem gepolsterten Stuhl. Der Standesbeamte blickt sie fest an, während er spricht. Er sagt mehr als zu anderen Paaren, die er traut, denkt sie. Weil bei ihr und ihrem Mann alles anders ist.

Sie schaut auf das gerahmte Porträt von Konrad Adenauer, das hinter dem Standesbeamten an der Wand hängt, und knetet ihre Finger. Verspürt den Impuls, sich auf ihre Hände zu setzen, so wie Max es als kleiner Junge immer getan hatte, wenn er aufgeregt war.

Auf dem Tisch zwischen dem Standesbeamten und ihr liegen zwei goldene Ringe in einer Schale.

»Hiermit erkläre ich Sie zu Mann und Frau«, beendet der Standesbeamte seine Rede, steht auf und hält ihr die Schale hin.

Sie erhebt sich ebenfalls, nimmt den kleineren Ring und

steckt ihn sich an den Ringfinger ihrer rechten Hand. Dann nimmt sie den zweiten Ring. Blickt zu dem Stuhl neben sich. Zu ihrem Bräutigam, den sie jetzt küssen darf.

Der Stuhl ist leer.

I

1945

»... ich fühle deine Nähe.«

»Haben Sie meinen Mann gesehen? Hier, das auf dem Foto, das ist er! Er heißt Erich Bragenheim. Haben Sie ihn irgendwo gesehen?«

Kaum einer der Menschen, die Irma ansprach, blieb stehen und sah auf das Foto, das sie ihnen entgegenhielt. Und wenn doch, dann betrachteten sie es nur flüchtig, mit leerem Blick. Am liebsten hätte Irma manche Leute am Arm gepackt und geschüttelt, damit sie sich das Foto von Erich genauer anschauten. Wie sollte sie ihren Mann sonst wiederfinden?

Müde schaute Irma sich um. Sie konnte sich nicht daran erinnern, wann sie das letzte Mal mehr als zwei oder drei Stunden geschlafen hatte. Es war diese Unruhe in ihr, die sie wach hielt. Erst, wenn sie Erich gefunden haben würde, würde sie wieder schlafen können, das wusste sie.

Irma ging auf eine der Ruinen am Bahnhof Zoo zu. Sie dachte an den Vormittag im Februar diesen Jahres, an dem sie mit Tausenden anderen Menschen im Bunker am Bahnhof Zoo einen Luftangriff auf Berlin überstanden hatte. Den schlimmsten, den Irma jemals erlebt hatte. Wie sie danach in einer Kette mit anderen Menschen versucht hatte, nicht von den Flammenwalze erfasst zu werden. Es war zwar erst acht Monate her, doch es kam Irma vor wie ein anderes Leben. Der Krieg war vorbei. Und sie musste endlich Erich wiederfinden.

Eine Frau stocherte mit einem Stock im Schutt nach Verwertbarem. Oder hatte sie dort einmal gewohnt und suchte nach Resten eigener Habseligkeiten? Nach Erinnerungen an das Leben, das sie hier einst führte? Suchte sie im Versehrten nach Spuren einer unversehrteren Zeit?

»Haben Sie Erich Bragenheim gesehen?«, fragte Irma und hielt ihr das Foto hin.

Die Frau blickte nicht auf.

»Das hier auf dem Foto ist mein Mann. Haben Sie ihn vielleicht irgendwo gesehen?«, wiederholte Irma.

Die Frau bückte sich und zog ein Stück verkohlten Stoff hervor. Asche wirbelte auf und setzte sich auf ihr bereits schmutziges Gesicht. Die Frau betrachtete den Stofffetzen, dann warf sie ihn verächtlich von sich und wandte sich einem weiteren Schutthaufen zu.

Irma blickte sich ratlos um. Überall graue Steine, Schutt und Asche. Und Staubkörner, die im Licht dieses ungewöhnlich sonnigen und warmen Oktobertages flimmerten. Vielleicht streifte Erich nur wenige Straßen von hier entfernt durch Berlin und ahnte so wenig wie sie selbst, dass sie einander ganz nah waren. Vielleicht waren sie sich auch schon begegnet und hatten sich nicht wiedererkannt? Sechs Jahre waren eine lange Zeit, und sechs Jahre im Krieg zählten doppelt. Oder hundertfach. Falls man sie in dieser Stadt überlebt hatte. Oder an der Front. Oder in Theresienstadt.

Irma kannte Menschen, deren Haar im Krieg innerhalb einer Nacht ergraut war. Sie selbst hatte sich bei alldem, was sie erlebt hatte, ganz gut gehalten. Doch heute war ihr

Haar unter dem Kopftuch, das sie tief ins Gesicht gezogen hatte, auch grau. Irma hatte Asche hineingekämmt, damit sie wie eine alte Frau aussah, falls sie auf der Straße Russen begegnen sollte, die durch die Stadt streiften und ebenfalls auf der Suche waren. Allerdings nach jungen Frauen. Das hatte viele Frauen auf die Idee mit der Asche oder dem Puder in den Haaren und den tief sitzenden Kopftüchern gebracht. Dass es sie wirklich schützte, bezweifelte Irma.

Jeden Tag nahm sie sich andere Straßen vor, in denen sie nach Erich suchte. Manchmal mehrfach. Heute lief sie wieder um den Bahnhof Zoo. Gestern war sie am *Hotel Adlon* am Pariser Platz gewesen. An dem Hotel, das Erich so liebte. Was würde er sagen, wenn er sah, dass inzwischen nicht nur der Pariser Platz, sondern auch fast das gesamte Hotel völlig zerstört waren? Dabei hatte das *Adlon* wie durch ein Wunder den Krieg unversehrt überstanden. Doch dann hatten dort russische Soldaten ihren Sieg gefeiert, und einer hatte vielleicht eine Zigarette weggeworfen. Das *Adlon* war bis auf einen Seitenflügel abgebrannt. Irma hatte es kaum fassen können, als sie die Hotelruine gesehen hatte, aus der immer noch Rauch aufstieg.

Morgen würde sie wieder zum Suchdienst des Roten Kreuzes gehen, um nach Erich zu fragen. Dort hatte sie bereits eine Karteikarte mit dem Gesuch nach ihm anlegen lassen. Es war eines von Tausenden Gesuchen anderer Menschen, die ihre Liebsten vermissten. Irma suchte täglich die Straßen in der Nähe des Ku'damms 141 nach Erich ab, denn hier war er einst zu Hause gewesen. Hierher würde er sicherlich zuerst kommen, wenn er nach Berlin zurückkehrte. Sie wollte ihren Mann auffangen, wenn er sein schönes Zuhause nicht mehr vorfand.

Irma hatte es plötzlich noch eiliger, denn sie wollte unbedingt bei Erich sein, wenn er begreifen musste, dass ihm seine Wohnung und seine Arztpraxis ein zweites Mal genommen worden waren, und dieses Mal unwiderruflich. Sie würde nach Erichs Hand greifen und ihn mit sich ziehen. Niemals wollte sie ihn wieder loslassen. Sie hatte es auch nicht getan, als es ihr verboten worden war, mit ihm zusammen zu sein, doch trotzdem war Erich von ihr getrennt worden. Das würde sie nicht noch einmal zulassen.

Irma rannte Richtung Ku'damm. Sie hastete über die vielen Steine, den Sand, den Schutt, das verkohlte Holz und die Asche. Erichs Foto immer noch in der Hand, widerstand sie dem Impuls, kurz Halt zu machen, um entgegenkommenden Menschen das Bild zu zeigen und nach ihrem Mann zu fragen. Sie würde das morgen wieder tun. Doch jetzt musste sie zuerst woanders nach Erich sehen: nach Erich, der vielleicht gerade vor seinem Haus stand, das kein Haus mehr war. Wohin es ihn auch verschlagen hatte, er würde nach Berlin zurückkehren. Denn hier war er zuhause. Und hier war Irma.

Er würde nach ihr suchen, genauso wie sie nach ihm, seit der Krieg zu Ende war. Irma wollte unbedingt vermeiden, dass Erich in die Seestraße ging und dort nach ihr fragte. Irmas Schwester Martha wusste nicht, wo Irma inzwischen untergekommen war, denn Irma hatte es ihr nicht verraten. Max wusste es, durfte es seiner Mutter aber nicht sagen. Das hatte er seiner Tante Irma versprechen müssen.

Irma entdeckte einen Mann in langem Mantel in der Ruine des Hauses Ku'damm 141, der hinter einem der glaslosen Fenster stand, in dem der Rest einer verbrannten Gardine wehte. »Erich!« Ihr Herz schlug schneller, und sie rannte auf das Haus zu, stolperte über Berge von Schutt. »Erich!«

Sie erhielt keine Antwort. Durch den kohlschwarzen, leeren Türrahmen lief sie in die Ruine.

»Erich!«, rief sie erneut, als sie innen den Mann erblickte.

Er drehte sich zu ihr um. Er war nicht Erich.

»Wonach suchen Sie hier?«, rief sie dem Fremden zu. Tränen traten in ihre Augen. »Das Haus gehört Ihnen nicht!«

Der Mann schaute sie mit leerem Blick an. War er verrückt oder hielt er Irma für irre?

Mit schwerem Atem kletterte sie über ein paar Steine dichter an ihn heran und hielt ihm das Foto hin. »Haben Sie meinen Mann gesehen?«

Der Fremde wandte sich ab.

Irma kletterte vollends zu ihm und stieß ihn hart vor die Brust, er fiel rückwärts zu Boden. Offensichtlich zu schwach, um sich allein wieder aufzurichten, streckte er die Hand nach Irma aus, damit sie ihm aufhalf. Doch sie ließ ihn liegen und eilte aus Erichs zerstörtem Haus. In sicherer Entfernung hielt sie inne und blickte zurück. Der Fremde klammerte sich von innen am Fensterrahmen fest und sah ihr nach.

Wenn sie morgen wieder hierher käme, sollte sie ein großes Stück Pappe mitbringen, auf dem ihr Name und ihre

Adresse geschrieben standen. Das könnte sie vor Erichs Haus anbringen. Doch woher Pappe nehmen? Stoff, dachte sie, der Rest eines Stücks weißen Stoffes, den sie noch besaß, würde genauso gut für ein Gesuch dienen.

Irma setzte sich auf einen großen Stein und drückte die Hände fest gegen ihren Magen, um das Hungergefühl zu unterdrücken. Manchmal half es für einige Minuten. Sie streckte die Füße von sich, die in den durchgetretenen Schuhen schmerzten, und kreiste sie einige Male in der Luft. Sie hielt das Gesicht in die Sonne und schloss die Augen. Bloß einen Moment lang Pause machen. Dann würde sie weiter nach Erich suchen.

1929

»Du bist so schwer, du bist so blaß ...«

Dr. med. Erich Bragenheim – Frauen- und Geburtsheilkunde stand auf der Messingtafel am Haus Ku'damm 141. Martha versuchte, ihre Hand aus der ihrer älteren Schwester zu lösen, doch Irma zog sie auf den Eingangsbereich des hohen und dank der verzierten Fassade recht herrschaftlich wirkenden Gebäudes zu. Im Vorgarten standen üppige Rhododendronbüsche mit nur noch wenigen purpurfarbenen Blüten.

Martha weinte. »Ich gehöre nicht hierher.«

Irma holte ein Taschentuch aus ihrem Mantel und wischte ihrer Schwester die Tränen aus dem Gesicht. »Hab keine Angst, ich bin doch bei dir«, sagte sie – wie schon unzählige Male zuvor in ihrem gemeinsamen Leben.

Martha lächelte gleich wieder, weil die Spitze des Taschentuches, das Irma umhäkelt hatte, sie im Gesicht kratzte.

Sie versuchte, so tapfer wie möglich die letzten Schritte in dieses Haus zu gehen. Den schweren Gang hatten sie schließlich gemeinsam beschlossen, nachdem Irma Martha klargemacht hatte, wie ihr Leben ansonsten verlaufen würde. Marthas Leben, das auch Irmas Leben war.

Nichts hatte die Schwestern bisher trennen können, seit sie nach dem Tod ihrer Eltern auf sich selbst gestellt waren. Sie kamen inzwischen gut allein zurecht – Irma mit ihrer Anstellung im Kaufhaus des Westens und Martha mit der ihren als Haushälterin. Doch diese war ihr schließlich zum Verhängnis geworden. Hatte Schande über sie gebracht. Deshalb betraten sie nun dieses Haus am Kurfürstendamm. Das Haus, das nicht weit entfernt von dem lag, in dem sie seit zwei Jahren den Haushalt für das Ehepaar Fricke führte, dem sie im Winter die Öfen in den zehn Zimmern anheizte und die Briketts zum Nachlegen aus dem Keller hoch schleppte, nachdem sie die Asche in den Tonnen im Hinterhof entleert hatte. Die Wohnung des Ehepaares, für das sie außerdem tagein, tagaus, so gut sie es vermochte, kochte, putzte und bügelte, lag am Ende des Ku'damms, fast in Halensee.

Martha sah kurz auf die Wunde an ihrer Hand, die immer noch schmerzte, nachdem sie sich diese vor Wochen beim Befüllen des Bügeleisens an einer glühenden Kohle zugezogen hatte. Dann blickte sie den Kurfürstendamm hinunter, in Richtung des Hauses, in dem ihr Dienstherr Karl-Heinz Fricke mit seiner Gattin wohnte.

Martha hatte Fricke sehr lange widerstanden. Zunächst, als er angefangen hatte, sie mit netten Worten zu bezirzen. Auch dann noch, als er ihr Geschenke machte, die sie laut Irma lieber nicht hätte annehmen sollen. Doch Martha hatte zuvor noch nie ein solch edles, nach Orangenblüten duftendes Seifenstück mit dem Namen Maja besessen, das in Seidenpapier mit der Abbildung einer spanischen Tänzerin eingewickelt war. Frau Fricke benutzte eine solche Seife täglich. Martha hatte jedes Mal heimlich daran gerochen, wenn sie den Toilettentisch im Badezimmer putzte. Aus dem Flakon mit dem Maja-Parfüm hatte sie sich heimlich einen Hauch an den Hals gesprüht. Bis sie sich schließlich von ihrem Hausherrn mit solch feinen Sachen beschenken ließ, auch wenn sie wusste, dass sie diese nur benutzen durfte, ohne dass ihre Schwester Irma es bemerkte.

Martha war überzeugt gewesen, Karl-Heinz Fricke weiterhin auf Abstand halten zu können, solange sie nur freundlich, fleißig und dankbar für ihre Anstellung in dessen Haushalt blieb. Unternahm er einmal wieder einen seiner Annäherungsversuche, wehrte sie ihn fröhlich ab und zeigte sich danach noch fleißiger und dankbarer. Sie hatte sich längst für das Ehepaar Fricke unentbehrlich gemacht, glaubte sie. Dass Karl-Heinz Fricke eines Tages anfing, Martha in den Hintern zu kneifen oder sie gegen die Wand zu drücken, zu betatschen und ihr dabei mit seinem nach Weinbrand riechenden Atem unanständige Sachen ins Ohr zu raunen, überging sie, so gut sie es vermochte. Und sie verschwieg all das Irma. Wenn Fricke endlich von Martha abließ, rieb sie sich seine Spucke unauffällig vom Hals. Dass er sie manchmal »mein Täubchen« nannte, gefiel ihr sogar ein wenig. Und auch, dass er sie ab und an fragte: »Wäre ich der Erste für dich?« und dann flehte: »Ich wäre so gern der Erste für dich.«

Dass er sie so sehr begehrte und sie sich zierte, kam Martha lange wie ein abenteuerliches Spiel vor. Wenn Herr Fricke sie an die Wand presste, nachdem er sich zur linken und zur rechten Seite des langen Flures umgesehen und sich vergewissert hatte, dass seine Gattin nicht in der Nähe war, glaubte Martha, ein Geheimnis mit diesem sehr wohlhabenden Mann zu teilen. Es war aufregend, wurde aber zunehmend anstrengender, denn Frickes Zudringlichkeiten kamen mit der Zeit immer häufiger vor. Nämlich immer dann, wenn die Hausherrin allein ausging und sich mit ihren Freundinnen zu einem Einkaufsbummel auf dem Kurfürstendamm, im *Romanischen Café* oder in der *Conditorei Wien* traf.

Martha war noch nie in einem dieser berühmten Kaffeehäuser gewesen und träumte manchmal davon, dass ein vornehmer Herr sie dorthin ausführte. So einer wie Herr Fricke, nur jünger – und noch nicht vergeben. Martha fürchtete zunehmend die Annäherungsversuche ihres Dienstherren, gleichzeitig sorgte sie sich, dass er sie eines Tages unterlassen würde, weil er das Interesse an ihr verlor. Weil sie ihn nicht »ranließ«, wie er es ausdrückte. Wenn Fricke ihr deshalb kündigen würde, dann müsste sie in der Fabrik arbeiten. Dort würde sie zwar etwas mehr als bei den Herrschaften Fricke verdienen, aber die Arbeit wäre viel anstrengender und schmutziger. Kostenfreies Essen und Geschenke bekäme Martha dann auch nicht mehr. Sie wollte ihre Anstellung im Haushalt der Frickes unbedingt behalten.

Martha verdiente für ihre Arbeit gute 100 Reichsmark im Monat, und das, obwohl sie niemals eine Hauswirtschaftsschule besucht hatte. Alles, was sie im Haushalt konnte, hatte ihr ihre große Schwester beigebracht. Irma, der scheinbar alles gut von der Hand ging. Irma, die eine gute Anstellung als Verkäuferin in der Stoff- und Kurzwarenabteilung im KaDeWe hatte, weil sie sich nicht nur gut mit Stoffen auskannte, sondern auch nähen konnte. Irma, die in allem so geschickt war. Nach dem Tod ihrer Eltern hatte Irma den Nachbarn in der Seestraße angeboten, Näharbeiten für sie zu übernehmen. Obwohl sie fast noch ein Kind gewesen war, ersetzte sie ab dann nicht nur in dieser Angelegenheit die Mutter, die für andere aus dem Viertel genäht hatte, um zum Lohn ihres Mannes ein kleines Zubrot für die Familie dazuzuverdienen. Inzwischen nähte Irma nach Feierabend sogar Röcke und Kragen oder umhäkelte Taschentücher mit feinen Spitzen in pastellfarbenen Tönen. Und dies nicht mehr nur für Leute aus dem Viertel, in dem Martha und Irma lebten, sondern auch aus feineren Gegenden. Dabei kam Irma zugute, dass ihr Vorgesetzter im KaDeWe ihr manchmal erlaubte, Stoffreste mit nach Hause zu nehmen, ohne dass er dafür einen Pfennig verlangte. Diese vernähte Irma dann als hübsche Flicken auf verschlissenen Kleidern, Röcken, Hosen oder Schürzen. Manchmal waren unter den Stoffresten auch ziemlich große Stücke dabei, aus denen sie etwas Neues wie Servietten oder Einstecktücher anfertigen und verkaufen konnte.

Martha fragte sich insgeheim, weshalb ihre Schwester von ihrem Chef im KaDeWe beschenkt wurde. Aus dem gleichen Grund, aus dem Herr Fricke Martha beschenkte? Weil er sich Hoffnungen bei Irma machte? Hatte Irma ihm vielleicht auch nachgegeben und war einfach nur besser davongekommen als Martha? Mal wieder. Irma gelang ja immer alles besser als ihr. So konnte sie ohne Vorlage Monogramme in Tischtücher und Servietten einsticken, wenn

Leute sich solche als Geschenke zu Taufen oder Hochzeiten wünschten. Martha kam sich dagegen oft wie ein Taugenichts vor. Wie häufig hatte sie sich in der Schule von Lehrern anhören müssen: »Nimm dir ein Beispiel an deiner großen Schwester!« Und wie sehr hatte sie das gehasst. Doch sie war sich dessen bewusst, dass sie kaum etwas so gut konnte wie Irma. Oder so gut wie andere Nachbarn im Viertel, die vielen Leute, die hier nach Feierabend fleißig hämmerten, sägten, schraubten, bastelten oder reparierten. Deren Arbeitslärm bis in die späten Abendstunden aus den Kellern und vom Hof durch die Fenster sämtlicher umliegender Wohnungen drang. Erst, wenn das Licht fürs Handwerken nicht mehr ausreichte, kehrte in der Straße und in den Höfen langsam Ruhe ein. Ansonsten war es meistens nur an den Sonntagen etwas stiller.

Irma nähte allerdings auch sonntags. Niemand bemerkte es, denn die Nähmaschine ratterte nur leise in der Wohnung. Durch Irmas Zuverdienst hatten die Schwestern ein gutes Auskommen und vielleicht bald so viel Geld, dass sie umziehen könnten. Raus aus der Wohnung im Hinterhaus, wo sie sich mit sechs anderen Mietparteien eine Toilette im Treppenhaus teilten. Hinein ins Vorderhaus, in dem die Toiletten schon innerhalb der Wohnungen lagen.

Doch dieser Traum würde sich nur dann erfüllen, wenn Martha es jetzt wagte, das Haus mit dem Messingschild *Dr. med. Erich Bragenheim – Frauen- und Geburtsheilkunde* zu betreten. Sie ließ sich von Irma hineinziehen.

◈

Auf der hellgrauen Marmortreppe hinauf zur Praxis des Frauenarztes lag ein weinroter Läufer, der Stufe für Stufe mit blanken Messingstäben befestigt war. Ein schmaler Fahrstuhl mit einer Tür aus kunstschmiedeeisernem Gitter, welches Irma an eine der dreizehn Fahrstuhltüren im KaDeWe erinnerte, führte hinauf in weitere Stockwerke, in denen Etagenwohnungen lagen, die vermutlich noch mehr als die zehn Zimmer der Fricke-Wohnung umfassten.

Als Martha erneut die Tränen kamen, drückte Irma sie behutsam auf eine der Stufen auf dem Treppenabsatz hinter dem Fahrstuhl und reichte ihr das Spitzentaschentuch. »Nun wein dich erst mal aus.«

Eine Frau in einem eleganten Persianermantel und dazu passender Kappe verließ die Praxis des Doktors und warf den beiden Frauen auf der Treppe einen flüchtigen Blick zu, während sie sich feine Lederhandschuhe überstreifte und zum Ausgang eilte.

Irma legte ihrer Schwester zärtlich einen Arm um die Schulter. »Hast du eben den schönen Schnitt des Mantels gesehen? Wenn du das hier hinter dir hast, werde ich dir einen solchen nähen. Zwar nicht aus Fell, sondern aus Wollstoff, aber immerhin. Versprochen.«

Martha schluchzte laut auf. Wegen ihrer Schwester, die es gut mit ihr meinte. Die ihr einen teuren Mantel versprach, um sie zu überreden, diese Arztpraxis zu betreten. Woher wollte Irma denn überhaupt ein solch großes Stück Wollstoff für einen Mantel nehmen? Dafür benötigte man doch mindestens drei Meter. Wenn der Vorgesetzte im KaDeWe Irma so viel Stoff überließ, dann hatte sie Martha sicherlich etwas zu beichten. So wie Martha lang Irma etwas zu beichten gehabt hatte. So lange, bis es nicht mehr zu vertuschen gewesen war. Das, weshalb Martha jetzt hier auf den Treppenstufen saß und heulte.

»Komm schon, du willst es doch auch!«, hatte Karl-Heinz Fricke ihr ins Ohr geraunt und sie geküsst. Martha hatte zuerst seine Zunge in ihrem Mund und dann etwas Hartes durch ihre Schürze gespürt. Sie stieß Fricke mit aller Kraft von sich. Er prallte mit dem Rücken gegen die gegenüberliegende Wand und stöhnte unter Schmerzen auf. Martha erschrak und bat eilig um Verzeihung.

»Jetzt reicht es mir aber!« Fricke bekam rote Flecken am Hals. »Entweder …! Oder du kannst dir eine andere Anstellung suchen.«

Martha blickte sich rasch im Korridor um.

»Es ist keiner da, der dir helfen kann!« Mit hämischem Unterton fügte Fricke hinzu: »Und meiner Frau werde ich erzählen, dass ich dich entlassen habe, weil du eine ihrer silbernen Konfektschalen gestohlen hast!«

Martha fing an zu heulen. Fricke kam auf sie zu und drängte sich fest an ihren Körper. »Aber was rede ich denn da«, raunte er anzüglich. »Das würde ich doch niemals tun. Ich liebe dich doch. Und du magst mich doch auch.«

Martha roch in Frickes säuerlichem Atem Pfeifentabak mit dem Aroma von Pflaumen. Sie starrte auf seine wulstige Unterlippe mit den schwarzen Ablagerungen an den Rändern. Spürte seine dicken Finger, die er ihr um ihre schmale Hand legte.

»Keine Angst, meine Frau wird nichts davon erfahren«, sagte er, als sei das die Sorge, die Martha davon abhielt, sich ihm hinzugeben.

Es war Marthas erstes Mal. Sie hoffte, dass es Fricke nicht auffiel und er nicht mit ihr schimpfte, weil sie sich so dumm anstellte. Sie und Irma hatten sich zwar auf einen solchen Moment vorbereitet, indem sie im *Bilderlexikon der Sexualwissenschaft* gelesen hatten, das sie im Nachlass ihrer Mutter gefunden hatten. Martha hatte jedoch die meisten Abbildungen darin, genauso wie die Vorstellung, dass Männer ihre Körperteile, aus denen sie urinierten, in die geheimsten Stellen der Frauen einführten, ekelhaft gefunden. Genauso ekelhaft war es dann auch, als Fricke ihr den Rock hoch- und den Schlüpfer herunterriss und dabei gleichzeitig seine Hose bis zu den Knien hinunterzerrte, nachdem er sie mit sich ins Schlafzimmer gezogen hatte. Er stieß Martha rücklings aufs Bett.

Sie kniff die Augen zusammen. Kurz darauf tat es ihr an ihrer geheimen Stelle sehr weh. Blutete sie? Auf das frisch bezogene Ehebett ihrer Herrschaften? Das durfte sie nicht! Sie würde danach sofort neue Betttücher aufziehen. Bevor Frau Fricke zurückkam, musste sie damit fertig sein. Diese Gedanken gingen Martha durch den Kopf, während Frickes Stöße immer schmerzhafter wurden. Sie ballte die Fäuste. Kurz darauf sackte ihr Dienstherr mit einem lauten Stöhnen auf ihren Körper. Dort blieb er eine Weile regungslos liegen. Seinen schweren, schweißfeuchten Kopf zwischen ihren Brüsten, wagte Martha kaum zu atmen. Hatte sie etwas falsch gemacht? Endlich rollte Fricke sich zur Seite. Kurz darauf erhob er sich. Martha wandte den Blick ab, als er sich die Hose hochzog und darin verstaute, was in ihr gewesen war. Sie spürte ein Brennen im Unterleib.

»Das müssen wir aber noch ein bisschen üben«, sagte Fricke und verließ das Schlafzimmer, ohne sich noch einmal zu ihr umzudrehen.

Martha richtete sich auf und untersuchte das Bettzeug. Nirgends Blut, bloß andere Flecken. Sie zog sich den Schlüpfer hoch. Er wurde nass. Sie richtete ihren Rock, ihre Schürze und riss die befleckte Wäsche vom Ehebett ihrer Herrschaften.

Das zweite Mal geschah es etwa eine Woche später. Danach wurde Fricke regelrecht wütend. »Mein Gott, so hübsch, aber so steif wie ein Brett. Der arme Kerl, der dich mal kriegt, der kauft ja die Katze im Sack!«

»Verzeihung«, bat Martha.

»Raus aus meinem Schlafzimmer, bevor meine Frau nach Hause kommt«, sagte Fricke. »Und an die Arbeit mit dir! Das scheint das einzige zu sein, wofür du was taugst.«

Martha gehorchte.

Seitdem kam ihr Dienstherr ihr nicht mehr zu nahe, aber er entließ sie auch nicht.

Einige Wochen später setzten Marthas Monatsblutungen aus. Sie sagte Irma nichts davon. Da die beiden Schwestern ihre Tage immer zur gleichen Zeit hatten, beeilte sich Martha, die von Irma benutzten Stofftücher im Topf auf dem Herd auszukochen und tat dabei saubere von sich hinzu, um den Eindruck zu erwecken, dass sie ebenfalls ihre

Regelblutung habe. Wenn Irma aus dem KaDeWe nach Hause kam, freute sie sich darüber, dass Martha diese Arbeit bereits erledigt hatte und die weißen Stoffbahnen am Wäscheseil vor der Fensterbank zum Innenhof flatterten. Es war gut gegangen, bis Marthas Brüste und Bauch sich zusehends verändert hatten, prall und rund wurden und sie schließlich nicht mehr verbergen hatte können, dass sie schwanger war.

Und nun saß sie hier, auf diesem roten Teppich auf den Stufen vor der Praxis für Frauen- und Geburtsheilkunde und war bereits in der fünfzehnten Woche.

Eine Sprechstundenhilfe öffnete die Tür und begleitete eine ältere Dame zum Ausgang. Als sie zurückkehrte, fragte sie Irma und Martha lächelnd: »Haben Sie einen Termin bei Herrn Doktor Bragenheim?«

»Ja«, antwortete Irma, zog Martha von der Treppe hoch und schritt mit ihr durch die Tür, die die Sprechstundenhilfe ihnen aufhielt.

Im Wartezimmer saß eine einzelne Dame, die einen Hut mit breiter, verzierter Krempe trug und entschlossen schien, diesen auch während der Untersuchung auf dem Kopf zu behalten. Martha schaute stoisch auf die edlen Intarsien der holzverkleideten Wände. Die hohe Decke war mit prächtigem Stuck verziert. Wie mochte erst die Wohnung dieses Dr. Bragenheim aussehen, wenn bereits sein Wartezimmer so prunkvoll war? An einer Wand hing das große Gemälde einer südländischen Landschaft: Das Bildnis einer jungen Frau, die mit dem Rücken zum Betrachter in azurblauem Wasser stand. Falls dieses Bild der Idylle Ruhe auf die wartenden Frauen ausstrahlen sollte, schlug dies bei Martha fehl. Es machte sie nur noch nervöser, als sie es ohnehin war. Sie fühlte sich fremd bei diesem Arzt, dessen Adresse ihr Fricke zugesteckt hatte.

Fricke hatte Martha am Oberarm gepackt und gegen die Wand im Flur gedrückt, an der er sie früher immer versucht hatte zu betatschen, und ihr zugeraunt: »Wenn du das Balg nicht wegmachen lässt, bist du gefeuert!«

Martha hatte auf Frickes Mund geschaut, aus dem die Drohung kam.

»Versuch ja nicht, mir irgendetwas beizupulen! Ansonsten werde ich dafür sorgen, dass du deines Lebens nicht mehr froh wirst, du Flittchen, du!« Fricke hatte ihr den Zettel mit der Adresse von Bragenheim in die Schürzentasche gesteckt. Und das Geld.

Vielleicht war es das, was auf Martha in dieser Arztpraxis so befremdlich wirkte: Die Schönheit dieses Ortes, die nicht zu dem passte, was hier getan wurde. Hier wurden Aborte vorgenommen. Gegen Bezahlung. Das war etwas Verbotenes! Bereits mit dem Gedanken zu spielen, ein Kind wegmachen zu lassen, wäre ein Verbrechen. Welch ein Mensch war dieser Doktor, der diese Verbrechen beging? Wo ließ er die abgetriebenen Kinder? An diesem schönen Ort?

Die Frau mit dem Hut wurde aufgerufen und begab sich lächelnd in Richtung Behandlungszimmer. War sie ebenfalls schwanger? Und freute sie sich darüber? Oder war sie glücklich, es nach diesem Arztbesuch bald nicht mehr zu sein? Martha zitterte. Nach der Frau mit dem Hut war sie die nächste Patientin.

◈

Irma legte den Arm um ihre Schwester, doch Martha beruhigte sich nicht und spielte hektisch an ihrem geflochtenen Zopf, wie sie es oft tat, wenn sie aufgeregt war.

Dabei fürchtete Irma sich genauso vor dem, was Martha bevorstand. Weil es verboten, aber vor allem, weil es gefährlich war. Man hörte doch immer wieder von Frauen, die nach Abtreibungen unter schlimmen Komplikationen litten. Fricke hatte wenigstens so viel Anstand besessen, Martha genügend Geld dafür zu geben, dass sie das Kind anstatt von einem Kurpfuscher oder einer sogenannten Engelmacherin von einem guten Arzt wegmachen lassen konnte. Doch war es möglich, angesichts dieser noblen Praxis am Kurfürstendamm Rückschlüsse auf die Güte der Arbeit des Doktors ziehen zu können? Kaum! Das wusste Irma dank ihrer Erfahrung mit den Kunden, die in der Stoff- und Kurzwarenabteilung einkauften. Das Kaufhaus des Westens würde die verwöhnten Ansprüche der oberen Zehntausend, der obersten Eintausend, der allerobersten Fünfhundert befriedigen, hatte die Zeitschrift *Roland von Berlin* 1907 zur Eröffnung des fünfgeschossigen Warenhauses geschrieben. Doch wie viele Kunden waren tatsächlich vornehm und verhielten sich ehrenwert? Marthas wohlhabender Dienstherr schon einmal nicht.

Irma kam mit all ihren Kunden im KaDeWe immer gut klar und sie behandelte alle mit gleich großem Respekt. Sie fürchtete sich vor niemandem, der teurere Mäntel trug oder nobler wohnte als Martha und sie, denn sie wusste, dass viele der feinen Leute ebenfalls große Sorgen hatten und dass manche mehr Schein als Sein vor sich hertrugen. Sie hoffte sehr, dass Dr. Bragenheim ihre kleine Schwester von der großen Sorge befreite, die ihr Dienstherr ihr bereitet hatte. Auch wenn es dafür eigentlich zu spät war.

Wie sollte Martha denn ein Kind großziehen? Ohne Ehemann? Irma würde sich auch um das Baby kümmern müssen, doch das könnte sie bloß abends, weil sie tagsüber arbeitete.

Mit einem »Bankert«, wie manche Leute uneheliche Kinder nannten, wäre das Leben für Martha vorbei, das hatte Irma versucht, ihr zu erklären. Martha wäre mit einem Kind fast ausschließlich an die Wohnung gefesselt, und wenn sie das Haus verließe, dann wäre sie den höhnischen Anfeindungen von Nachbarsleuten ausgesetzt. Etwas, womit ihre Schwester viel schwerer umgehen könnte als Irma. Und wie wollte sie jemals als ledige Mutter einen rechtschaffenen Mann finden, der bereit war, sie mit dem Kind zu heiraten?

Irma hasste Fricke dafür, dass er ihrer kleinen Schwester diesen großen Kummer bereitet hatte. Sie begriff nicht, weshalb Martha so lang gezögert hatte, sich ihr anzuvertrauen. So lang, bis sie meinte, das Kind bereits unter ihrem Herzen zu spüren, sich fragte, ob es ein Mädchen oder ein Junge werden würde und sich schöne Vornamen überlegte.

Dass sie jetzt trotzdem in diesem Wartezimmer saßen, war Irmas Verdienst. Sie wollte nur das Beste für Martha.

◈

»Fräulein Weckmüller! Herr Dr. Bragenheim wird Sie jetzt empfangen. Würden Sie mir bitte folgen«, rief die Sprechstundenhilfe Martha auf.

Martha zuckte zusammen und gehorchte.

Irma folgte ihr wie selbstverständlich, wurde jedoch von der Helferin an der Tür zum Wartezimmer zurückgehalten: »Sie gedulden sich bitte so lange hier!«

Martha blieb abrupt stehen. »Dann gehe ich auch nicht hinein!«

»Sie brauchen keine Angst zu haben«, sagte die Sprechstundenhilfe, »der Herr Doktor wird sich Ihrer gut annehmen.«

Martha hakte sich fest bei Irma unter. »Nicht ohne meine Schwester!«

Die Sprechstundenhilfe fasste Martha am Oberarm. »Beruhigen Sie sich bitte und kommen Sie …«

»Nein!«, schrie Martha und klammerte sich an Irma.

Irma versuchte, ihrer kleinen Schwester Mut zu machen, allein ins Behandlungszimmer zu gehen, doch vergeblich.

Die Diskussion zwischen den drei Frauen wurde immer aufgebrachter. Dr. Bragenheim trat ins Wartezimmer. »Darf ich bitte erfahren, was hier los ist?«

Martha und Irma verstummten.

Die Sprechstundenhilfe erklärte die Situation.

»Na, dann kommen Sie eben beide herein. Bitteschön!« Der Doktor wies zum Behandlungszimmer. Er nickte seiner Gehilfin auf eine Weise zu, die besagte, dass es in diesem Falle ausnahmsweise in Ordnung ginge. Dabei fiel ihm eine Strähne seines vollen, dunklen Haares ins Gesicht. Als er sie nach hinten strich, lächelte er Irma kurz an.

Das Behandlungszimmer war noch größer als der Warteraum. Hinter einem Paravent war das untere Stück eines Untersuchungsstuhls mit den roten Gummischnallen, mit denen die Füße der Frauen bei den Behandlungen fixiert wurden, zu sehen. Eiserne Instrumente lagen auf einem weißen mehrstöckigen Wagen, der an einen Teewagen erinnerte. Ganz oben stand eine nierenförmige Emaille-Schale, neben der sich eine Zange und viele Tupfer aus Mull befanden.

Dr. Bragenheim stellte einen zusätzlichen Stuhl an die Stirnseite seines Schreibtisches, in dessen Holz Köpfe und Tatzen von Löwen geschnitzt waren. »Nehmen Sie bitte Platz«, forderte er Martha und Irma auf und setzte sich ihnen gegenüber. In seinem weißen, gestärkten Kittel wirkte der Arzt ehrwürdig. An der Wand hinter ihm hing ein Gemälde, auf dem Wolken über hohen Meereswellen abgebildet waren.

Ich war noch nie am Meer, dachte Irma. Als sie spürte, dass der Blick des Doktors auf ihrem Gesicht ruhte, schaute sie verlegen zur Seite.

»Was führt Sie zu mir?«, fragte Dr. Bragenheim mit einer angenehmen Stimme, die Irma augenblicklich beruhigte.

Sie hoffte, dass es Martha ähnlich erginge und dass sie

antworten würde, doch ihre Schwester fing an zu weinen und legte ihre Hand in die von Irma. Vermutlich erlebte der Arzt solche Szenen täglich. Mehrmals täglich? Unweigerlich blickte Irma auf seine Finger, die so schlank waren, wie Irma sie noch bei keinem Mann gesehen hatte. Sie schaute auf ihre eigenen Finger, die deutlich robuster und rauer waren. So entschlossen, wie es ihr möglich war, erklärte Irma, weshalb Martha und sie gekommen waren. Dr. Bragenheim ließ sie währenddessen nicht aus den Augen. Irma versuchte, seinem direkten Blick standzuhalten, wich ihm aber immer wieder aus und betrachtete das Gemälde hinter seinem Rücken.

Sie wäre jetzt gern an diesem Meer, wo immer es auch war. Weit entfernt von Berlin und dieser Situation. Beim Erzählen der Geschichte formulierte Irma alles so, wie sie es sich in den vorangegangenen schlaflosen Nächten zurechtgelegt hatte. Damit der Arzt einsah, Martha helfen zu müssen, obwohl sie bereits in der fünfzehnten Woche schwanger war. Als Irma an diesen Punkt kam, blickte sie ihm fest in die Augen, als sie beiläufig erwähnte: »Meine Schwester ist allerdings schon etwas darüber.«

Dr. Bragenheims Pupillen verengten sich. Er lehnte sich auf seinem hohen Stuhl zurück und schaute einen Moment lang wie abwesend aus dem Fenster. »Wie weit darüber?«

Irma zuckte mit den Schultern. »Wir wissen es nicht genau.«

»So leid es mir tut, dann werde ich nichts für Sie tun können.«

Martha löste ihre Hand aus Irmas und erhob sich. Irma

zog Martha vehement auf ihren Platz zurück und redete auf den Arzt ein. Er hörte sich ihre Argumente geduldig an, bevor er sich zu ihr über den Tisch beugte. »Ich verstehe Ihre Not, die Not Ihrer Schwester. Doch ich darf das nicht tun! Ich würde es nicht mit meinem Gewissen vereinbaren können, bei einer so fortgeschrittenen Schwangerschaft einen Abort einzuleiten.«

Aber sonst konnte er es mit seinem Gewissen vereinbaren, ungeborenes Leben zu töten, dachte Irma, sagte aber nichts.

Dr. Bragenheim wies lächelnd auf den Behandlungsstuhl hinter dem Paravent und richtete sich an Martha. »Wollen wir doch erst einmal sehen, wie weit Sie tatsächlich sind.«

»Nein!«, widersprach Martha.

»Martha, bitte!«, flehte Irma.

Martha erhob sich. »Nein! Es ist zu spät! Tut mir leid, dass wir Ihnen solche Umstände bereitet haben.« Sie stürmte aus dem Zimmer.

»Martha!«, rief Irma und lief ihrer Schwester hinterher. Wie aus weiter Ferne nahm sie wahr, dass Dr. Bragenheim nochmals sein Bedauern aussprach, ihnen nicht helfen zu können. Irma dachte nur eines: Wenn Martha jetzt die Arztpraxis verlässt, dann geht sie hinaus in ein Leben mit einem Kind. Marthas Kind, um das Irma sich so würde kümmern müssen, als sei es das ihre. Das wollte Irma nicht. Doch was würde ihr anderes übrigbleiben?

Dr. Bragenheim folgte den beiden Schwestern ins Wartezimmer und half ihnen in die Mäntel.

»Sie können sich jederzeit bei mir melden, wenn Sie Rat

oder Hilfe benötigen«, hörte Irma ihn noch sagen, als sie Martha bereits die Treppe mit den roten Teppich hinunter folgte. Bei jeder Stufe wippte Marthas dunkler, geflochtener Zopf.

◈

»Gnädige Frau, ich bin überzeugt davon, dass Ihnen Ihr Schneidermeister einen wunderschönen Mantel anfertigen wird«, sagte Irma, während sie drei Meter Kamelhaarstoff in das hauseigene seidene Papier einwickelte.

»Goldschneider heißt er«, erwiderte die Kundin. »Den Namen werden Se doch sicherlich schon mal jehört haben. Dit is der Beste von allen in Charlottenburg. Na ja, bei dem Namen ... Bei dem lassen alle schneidern, die etwas uff sich halten. Der Goldschneider ist zwar ein Jud, aber da sollte man nicht päpstlicher sein als der Papst, finde ick, solange der ne jute Arbeit macht. Manche Sachen können die Juden nun mal besser als andere.«

Irma nickte, denn den Namen Goldschneider hatten bereits einige Kundinnen lobend erwähnt. Gern wüsste sie, nach welchen Schnittmustern er arbeitete, doch eigentlich benötigte sie keine Vorgaben, denn sie hatte eine genaue Vorstellung davon, wie der von ihr aus Kamelhaarwolle genähte Mantel aussehen würde: So, wie die Dame ihn – nur eben ganz aus Pelz – getragen hatte, die ihnen vor einigen Wochen in der Praxis Dr. Bragenheims begegnet war. Tailliert, wadenlang, leicht ausgestellt und an den Manschetten und dem Kragen mit einem Hauch Nerz besetzt. Sie trat mit dem Stoffpaket hinter dem Verkaufstisch hervor und begleitete die Kundin zum Ausgang.

»Aber verraten Se bitte keenem, wie mein Schneider heißt, damit sich nicht Hans und Franz bei dem wat nähen lassen«, bat die Dame zum Abschied.

Irma reichte ihr lächelnd das Paket. »Versprochen. Und vielen Dank, dass Sie in unserem Haus eingekauft haben.«

Sie streifte entlang der großen Tische, auf denen die Ballen mit den Meterwaren lagen. Dabei strich sie hier oder da über eine Seide, einen Chiffon oder über eine Wolle. Keinerlei Kundschaft mehr in ihrer Abteilung. Ob auf den übrigen Etagen des Kaufhauses ebenfalls so wenig Betrieb war? Irma konnte es von hier aus nicht einschätzen. Am Verkaufstresen legte sie die wenigen Verschnittstreifen, die beim Zuschnitt der Kamelhaarware angefallen waren, in die dafür vorgesehene Schublade. Eine ältere Dame kam herein. Noch bevor Irma auf sie zugehen und ihre Beratung anbieten konnte, rief die Frau: »Danke sehr, ich komme zurecht!« Sie war sehr einfach gekleidet und würde vermutlich nichts kaufen. Irma wusste aber, dass sie sich in dieser Einschätzung täuschen konnte. Manchmal waren vor allem die Leute, die überhaupt nicht danach aussahen, sehr wohlhabend.

»Gnädige Frau, bitte geben Sie mir ein Zeichen, wenn ich doch noch etwas für Sie tun kann«, sagte Irma.

Während sie so tat, als würde sie etwas in ihr Kassenbuch schreiben, beobachtete sie amüsiert, dass die Kundin etwas machte, das auch andere Frauen gern taten: Sie ging an den Tischen entlang und testete die Qualität der Stoffe. Dabei strichen sie mit der Hand über einige der Ballen. So, wie auch Irma es eben getan hatte. Einige der Stoffe rieb die Dame zwischen den Fingern, einen legte sie sich zärtlich an die Wange. Danach schlenderte sie weiter, bis ihr erneut ein mit Mohair, Angora oder Kamelhaar verarbeitetes Tuch in die Finger kam. Farbgebung und Muster schienen vielen Kundinnen zweitrangig, die Stoffe ihrer Kleidungsstücke sollten vor allem anschmiegsam sein, ähnlich einer zweiten Haut, in die man sich hüllen mochte.

»Fräulein Weckmüller, kommse klar, so alleene?«, fragte der Vorsteher der Stoff- und Kurzwarenabteilung wie immer etwas zu laut, kaum, dass er aus dem Durchgang vom Lager in den Verkaufsraum getreten war.

»Danke, Herr Hoppe, alles bestens! Und vielen Dank nochmals«, antwortete Irma eilig. Sie war gerade allein in der Abteilung, weil ihre Kollegin in der Mittagspause war.

Herr Hoppe winkte ab. »Ich habe zu danken, dass Se det hier allet alleene geschafft haben, bis dat Fräulein Hermann wieder richtig uffm Damm war. Sie sind meen bestet Pferd im Stall.«

»Danke, Herr Hoppe!«

Der Vorsteher war der einzige im KaDeWe, der etwas von Irmas und Marthas Situation wusste. Irma hatte sich Herrn Hoppe anvertraut, weil sie sich mehrmals von der Arbeit entschuldigen musste, als Martha sich während der ersten Monate ihrer Schwangerschaft die Seele aus dem Leib spuckte. Auch an dem Tag, als sie mit ihrer Schwester bei Dr. Bragenheim gewesen war, hatte Irma zuvor Herrn Hoppe um einen freien Tag gebeten. Vielleicht hatte sie ihm damals die Wahrheit über Martha aber auch nur deshalb erzählt, weil sie sich irgendeinem Menschen auf dieser Welt anvertrauen wollte.

Als ihr Vorgesetzter sie dann vor ein paar Tagen unverhofft zu sich ins Büro gerufen hatte, befürchtete Irma, dass er ihr als Strafe für ihre Ehrlichkeit die Entlassungspapiere überreichen würde. Doch Herr Hoppe hatte ihr hinter verschlossener Tür zugeflüstert, dass seine Frau und er noch einen Stubenwagen aus Korbgeflecht und mit Rädern auf dem Dachboden hatten, den sie Irmas Schwester gern zur Verfügung stellen würden. »Hat unser Sohnemann drin jelegen. Is lange her. Aber der Stubenwagen ist immer noch tipptopp. Solide deutsche Wertarbeit. Mit Matratze und Himmel und allem, wat dazu jehört. Und allet picobello sauber.«

Irma waren die Tränen gekommen.

»Kindchen, dat ist doch nich der Rede wert, deswegen musste doch nich heulen!« Hoppe hatte gelacht. »Und meene Frau und ick sind doch och längst mit dem Kinderkriegen durch.«

Seitdem waren einige Wochen vergangen. Irma hatte ihre Fehlzeiten längst nachgearbeitet, als sie eine Weile lang für ihre erkrankte Kollegin Trude Hermann eingesprungen war.

Herr Hoppe zog die Schublade unter dem Verkaufstisch auf. Sofort befiel Irma die Sorge, dass der Verschnitt, den er darin vorfand, zu großzügig war. Sie durfte keine Fehler machen, die sie den Arbeitsplatz kosten konnten, denn Martha verdiente bereits seit Monaten nichts mehr. Fricke hatte ihr umgehend gekündigt, nachdem er erfahren hatte, dass sie gegen seinen Willen sein Kind austrug. »Verlass sofort unser Haus!«, habe er gebrüllt, hatte Martha Irma erzählt.

»Bitte, Herr Fricke, ich werde auch niemandem verraten, wer der Vater ist«, habe Martha gefleht.

Bei dem Wort »Vater« habe Fricke die Faust erhoben, sei auf Martha zugestürzt und habe dicht neben ihrem Kopf gegen die Wand geschlagen. »Raus! Und lass dich hier nie wieder blicken!«

Martha war gerannt, raus aus dem Haus am Halensee, den ganzen Ku'damm hinunter bis zum KaDeWe. Tränenverschmiert war sie in der Stoffabteilung aufgetaucht und hatte die Hände fest um ihren Bauch gelegt, so, als würde sie ihr Kind gleich verlieren.

Irma hatte sofort geahnt, was vorgefallen war. Sie hatte ihre kleine Schwester in die Arme genommen und beruhigend auf sie eingeredet. Schließlich hatte sie sie vorsichtig durch die zweigeschossige Eingangshalle nach draußen geschoben. Eine Weile hatten sie dort noch unter dem Balkon mit der Uhr mit dem riesigen Drei-Meter-Zifferblatt gestanden. »Bitte geh schon nach Hause, ich komme so schnell wie möglich nach!«, hatte Irma Martha beschworen, als sich die Uhr öffnete und das Uhrwerk um 13 Uhr die eingearbeitete bronzene Hansekogge mit dem Wahrzeichen des KaDeWe umrundete.

Es hatte noch einige Minuten gedauert, bis Martha sich endlich entschloss, nach Hause zu gehen. Irma war es vorgekommen, als sei eine Ewigkeit vergangen, als sie endlich zurück in die Stoff- und Kurzwarenabteilung eilen konnte.

Jetzt zog Herr Hoppe den Rest einer Seide, die Irma am Vormittag einer Kundin für eine Schluppenbluse verkauft hatte, hervor und hielt ihn hoch. Irma befürchtete, dass es ein zu großes Stück Verschnitt war, doch ihr Vorgesetzter sagte: »Kieken Se ma, dit reicht vielleicht für ne rüschige Umrandung an dem Stubenwagen!« Er kramte in der Schublade und brachte dabei Irmas gesamte Ablage durcheinander. Er hielt den Rest der vorhin verkauften Kamelhaarwolle hoch. »Dit hier, dit is sehr jut für ne Hose für dit Kleene.«

»Das ist sehr nett, Herr Hoppe«, sagte Irma erleichtert. »Aber braun, ich weiß nicht … Und wenn es ein Mädchen wird?«

Hoppe blickte sie an, als käme diese Möglichkeit nicht in Frage.

»Nehmen Se dit janze Zeug einfach mit, Fräulein Weckmüller, für irgendwat wird dit schon jut sein.« Er legte einen Finger auf seine Lippen. »Aber pst!«

Irma strahlte. »Danke. Für alles!«

Der Vorsteher machte eine abwehrende Geste. Trude Hermann kam hereingeeilt, um ihren Nachmittagsdienst anzutreten. Herr Hoppe zog seine Taschenuhr aus der Weste und blickte prüfend darauf. Er drehte sich um und wies auf das Durcheinander in der offenen Stoffschublade: »Dit muss hier zukünftig aber etwas ordentlicher zugehen, Fräulein Weckmüller!«, sagte er laut und betont streng, bevor er in Richtung seines Büros, das sich hinter dem Kurzwarenlager befand, verschwand.

»Ja, Herr Hoppe, sehr gern, Herr Hoppe!«, antwortete Irma und unterdrückte ein Lächeln.

»Was hat der denn schon wieder?«, fragte Irmas Kollegin, nachdem der Vorgesetzte verschwunden war.

»Keine Ahnung.« Irma legte beflissen die Stoffreste zusammen. Während Trude etwas über den Grund, weshalb sie in den vergangenen Tagen krank gewesen war, plapperte, entdeckte Irma ihn am Tisch mit den Ballen Samt stehen: Dr. Bragenheim. Er lächelte Irma zu.

Sie wandte sich verlegen ab und tat so, als wäre sie beschäftigt.

Trude ging auf ihn zu. »Darf ich etwas für Sie tun?«, fragte sie, etwas zu überschwänglich, wie Irma fand.

»Nein, danke«, antwortete Dr. Bragenheim, ließ Trude stehen und kam zu Irma. »Wie schön, Sie wiederzusehen, Fräulein Weckmüller.« Er reichte ihr die Hand.

Irma hätte sich am liebsten die feuchten Hände am Kleid abgewischt, bevor sie Dr. Bragenheims Händedruck erwiderte. War er zufällig hier? Oder hatte sie damals, als sie mit Martha bei ihm war, ausgeplaudert, dass sie im KaDeWe arbeitete? »Womit darf ich Ihnen dienen?«, fragte sie etwas spröde, als könne ihre Kollegin Verdacht schöpfen, woher sie den Doktor kannte.

»Ich wollte mich nur mal umschauen.« Er hielt ihre Hand ein wenig zu lang fest und ließ Irma nicht aus den Augen. »Wie geht es Ihnen?«

»Gut, danke!« Irma erwiderte zaghaft seinen Blick. Dabei fiel ihr auf, dass das Braun seiner Pupillen ins Bersteinfarbene changierte. So etwas hatte sie noch nie gesehen. Das schöne ebenmäßige Gesicht des Doktors hingegen war ihr schon bei ihrer ersten Begegnung aufgefallen.

»Und Ihrer Schwester? Sie müsste jetzt …«

Irma blickte rasch zu Trude Hermann und flüsterte: »Meiner Schwester geht es ebenfalls bestens! Danke der Nachfrage!« Laut fragte sie: »Sommer oder Winter?«

Dr. Bragenheim blickte sie verdutzt an. »Wie bitte?«

»Ich zeige Ihnen gern unsere exklusiven Stoffe für Herrenanzüge. Wir haben hochwertig handgewebte Harris-Tweed-Ware aus Schottland vorrätig. Sie eignet sich auch sehr gut für eine Sportjacke für den Sommer. Für den Winter, da hätten wir …«

»Darüber habe ich ehrlich gesagt noch gar nicht nachgedacht.«

Weshalb war er dann gekommen?, fragte Irma sich und betrachtete das elegante, dunkelblaue Jackett, das der Doktor über einer Weste und einem weißen Hemd mit gestärktem Kragen und Krawatte trug. Am liebsten hätte sie kurz ihre Hand auf seinen Unterarm gelegt, um zu fühlen, aus welchem Stoff die Jacke war. Erschrocken über sich selbst sagte sie rasch: »Oder soll es vielleicht ein Abendanzug werden? Oder gar ein Frack? Wir haben auch dafür sehr feine Stoffe aus England hereinbekommen.« Sie begab sich zum Tisch mit den Anzugstoffen. Dr. Bragenheim folgte ihr.

Saß ihr Kleid gut? Hoffentlich waren die Nähte ihrer Strümpfe nicht verrutscht! Irma rollte mit einer gekonnten Handbewegung einige Meter feinsten schwarzen Tuches vom Ballen. »Fühlen Sie bitte mal, das ist unser Harris-Tweed aus Schottland.«

Dr. Bragenheim nahm ein Stück des Stoffes zwischen die Finger und versicherte sich mit einem kurzen Blick, dass Irmas Kollegin nicht mehr zuhören konnte. »Hat Ihre Schwester wirklich keinerlei Beschwerden?«

»Nein«, flüsterte sie, ohne vom Stoff und seinen Händen aufzublicken. Er trug keinen Ring. »Martha hat auch keine Übelkeit mehr. Es heißt wohl, dann wird es ein Junge.«

»Könnte gut sein. Bald werden Sie es wissen.« Dr. Bragenheim schmunzelte.

Irma bemerkte, dass Trude Hermann sie über einige Warentische hinweg beobachtete. »Wir haben auch Tuch aus Paris im Sortiment«, sagte sie laut.

»Falls es doch noch zu Komplikationen kommen sollte, dann melden Sie sich bitte gern. Ich werde jederzeit für Sie da sein«, raunte der Arzt ihr zu.

Wann hatte jemand zuletzt so etwas wie »Ich werde jederzeit für Sie da sein« zu ihr gesagt? Irma konnte sich nicht daran erinnern. Tränen stiegen ihr in die Augen. Eilig wandte sie sich ab. »Oder dieses Tuch dort hinten, es ist wirklich sehr fein und eignet sich für Hemden …«

»Ich werde es mir überlegen und dann wiederkommen«, sagte Dr. Bragenheim ebenfalls laut und nickte Irma immer noch schmunzelnd zu. Solang, bis auch Irma ein Lächeln versuchte.

1930

»Schön ist die Welt«

Es wurde endlich Frühling in Berlin. Als Irma sich an diesem Tag nach Feierabend auf den Heimweg zum Wedding machte, fiel ihr auf, dass die Ulmen, die die Tauentzienstraße säumten, erste zartgrüne Blätter trugen und dass ein süßlicher Duft in der Luft lag. Einige der auf dem Kurfürstendamm flanierenden Damen hatten bereits ihre schweren Wintermäntel und Hüte gegen leichtere ausgetauscht. Manche trugen Capes oder Jacken leger über ihre Schultern gelegt. Damit Irma der weite Weg bis zur Seestraße nicht so lang vorkam, rätselte sie, welche Kleidungsstücke die Passanten wohl in einer der einhundertzwanzig Abteilungen des Kaufhauses des Westens erworben hatten, und sie prägte sich dabei die neu in Mode gekommenen Schnitte ein, die ihr besonders gut gefielen. Die eher uniforme, sportliche und oft auch gleichförmige Mode für Frauen der vergangenen Jahre war in dieser Saison durch eine damenhaftere abgelöst worden. Sie zeigten jetzt weibliche Silhouetten: Die Gürtellinien verliefen höher, die Röcke lagen enger um die Hüften. Manchmal nahm Irma auf dem Heimweg ein Heft aus ihrer Tasche und skizzierte darin die Schnittform eines schönen Mantels oder Oberteiles, das ihr an einer Frau auffiel. Sie war fest davon überzeugt, dass sie eines Tages in einem eigenen Atelier elegante Mode für wohlsituierte Damen schneidern würde, anstatt an der Nähmaschine ihrer Mutter zerschlissene Arbeitshosen,

Schürzen und Stücke des Alltages auszubessern. Doch auch bei dieser Arbeit bewies Irma oft ihr ganzes Können, wenn sie etwa ein zu kurz gewordenes Mädchenkleid mit einer Bordüre so kunstvoll am Saum verlängerte, dass es danach noch schöner als vorher aussah. Oder dann, wenn Irma zerschlissene Blusenkragen durch neue mit kleinen Krausen und Bändchen ersetzte und die feinen Stücke dadurch etwas Ausgefallenes bekamen. Und wenn sie aus akribisch gesammelten Stoffresten kleine Taschentücher für Kinder oder Deckchen für Nachttische und Anrichten nähte und mit pastellfarbenen Spitzen umhäkelte.

Wie glücklich war ihre Nachbarin Frau Neumann erst neulich gewesen, als Irma deren einziges gutes Kostüm zum zweiten Mal um einige Zentimeter weiter gemacht und die Manschetten und Kragen ihrer einzigen weißen Bluse mit dezenten Rüschen umrandet hatte. So fiel wohl kaum jemandem auf, dass es dieselbe Bluse war, die die Nachbarin zur Konfirmation eines Verwandten trug und bereits zu sämtlichen vorherigen Festlichkeiten getragen hatte.

Manchmal hatte Irma jedoch den Eindruck, dass sie sich selbst am meisten über die Ergebnisse ihrer Näharbeiten freute. Denn wenn es ans Bezahlen ging, feilschten manche Kundinnen um den Preis. Irma gab meistens nach. Doch das durfte sie zukünftig nicht mehr tun. Mit dem Geld, das sie durch das Nähen und dank ihrer Anstellung verdiente, mussten bald drei Mäuler gestopft werden: das ihre, Marthas und das des Kindes, das Martha erwartete. Deshalb war es gut, dass Irma wie immer den weiten Weg vom KaDeWe bis nach Hause zu Fuß ging und somit das Geld fürs Straßenbahn-Billett einsparte. Ohnehin wollte sie gar nicht mit der Bahn fahren.

Denn Martha und sie fuhren schon seit ihrer Kindheit nicht mehr mit der Straßenbahn. Seit dem Tag, an dem ihre Mutter den Unfall gehabt hatte. Der Bahnführer hatte wohl noch wie von Sinnen gebimmelt und vergeblich abzubremsen versucht, als er ihre Mutter hatte auf den Gleisen stehen sehen. Doch sie habe sich angeblich nicht von der Stelle bewegt und ihm direkt in die Augen geschaut, bevor die Bahn sie mitriss. Meterweit war sie mitgeschleift worden. Als die Bahn schließlich gestoppt hatte, war sie tot gewesen. In der Polizeibehörde hatte man den Unfall nicht als Unfall anerkannt, sondern als Selbsttötung eingestuft. Irma hatte damals das Wort nicht begriffen. Bis heute vermochte sie nicht zu glauben, dass ihre Mutter beschlossen hatte, Martha und sie allein zurückzulassen. Sie hatte doch immer beteuert: »Meine beiden Mädchen, ihr seid alles, was ich noch habe.« Manchmal auch: »Ihr seid alles, was mir geblieben ist.« Das hatte Irma nicht so gern gehört, denn es wirkte, als seien Martha und sie bloß ein Ersatz für den Vater gewesen, der nicht mehr aus dem Krieg zurückgekehrt war.

Im Gegensatz zu Martha erinnerte sich Irma noch recht gut an die Zeit mit ihm, bevor er 1916 in den Krieg gezogen war. Als er dort Ende Oktober 1918 fiel, war er so lange fort gewesen, dass es den Schwestern fast so vorkam, als hätte es ihn nie gegeben. Ihr Leben ohne ihn schien inzwischen normal. Auch ihre Mutter kam mit dem Alleinsein mit ihren Töchtern gut zurecht. Sie verlangte allabendlich von Irma und Martha, dass sie ihren Vater in die Gebete vor dem Schlafengehen einschlossen. Dies kam den Mädchen ebenso leicht über die Lippen wie das »Komm, Herr Jesus, sei unser Gast und segne, was du uns bescheret hast« vor den Mahlzeiten.

Doch von dem Tag an, als Pfarrer Weniger an die Tür klopfte und um Einlass bat, änderte sich alles. Die Mutter begann bereits beim Anblick des Briefes in des Pfarrers Hand zu weinen. Irma und Martha umfassten sich verängstigt, denn sie hatten die Mutter noch niemals so traurig erlebt.

»Ihr geht jetzt bitte mal nach nebenan!«, sagte der Pfarrer, bevor er auf einem Küchenstuhl Platz nahm. Irma und Martha sahen fragend ihre Mutter an. Doch die stand einfach nur da, als seien ihre beiden Mädchen nicht im Raum.

»Nun los! Oder könnt ihr nicht hören?« Der Pfarrer wurde laut.

Irma nahm Martha an die Hand und zog sie mit sich ins Schlafzimmer. Sie setzten sich dicht nebeneinander auf die Kante des Mädchenbettes, wie die Mutter es nannte, das neben dem Ehebett der Eltern stand. Sie warteten ab. So angespannt, wie sie es immer an den Heiligabenden waren, wenn sie stundenlang hier ausharrten, bis die Mutter sie endlich in die Stube unter den Weihnachtsbaum rief. Mischte sich am Heiligabend in die Vorfreude auf die Bescherung die Furcht, im zurückliegenden Jahr nicht artig genug für Geschenke und bunte Teller gewesen zu sein, verspürten Martha und Irma jetzt pure Angst. Weshalb weinte die Mutter so sehr, bevor der Pfarrer überhaupt erklärt hatte, weshalb er gekommen war?

Irma starrte zur Tür. Martha rückte noch dichter an sie heran.

Wie lange mochte es wohl dieses Mal dauern, bis sie das Schlafzimmer verlassen durften? So lang wie an Weihnachten, wenn die Mutter nachmittags begann, die Geschenke für die Bescherung einzuwickeln, die Kleider für den Gang in die Kirche zu bügeln und den Baum in der kleinen guten Stube zu schmücken? Und den Kartoffelsalat und die heißen Würstchen vorzubereiten, deren Duft durch die Ritzen der Tür ins Schlafzimmer drang, sodass die beiden Mädchen es kaum noch erwarten konnten, endlich herauskommen zu dürfen? So viele Stunden?

Das hätte es wohl, wenn Irma – nachdem die Haustür längst ins Schloss gefallen war und die Schritte des Pfarrers auf der Straße verklungen waren – nicht irgendwann mutig gerufen hätte: »Mutti, dürfen wir rauskommen?«

Die Mutter antwortete nicht.

Irma öffnete schließlich die Tür und ging in die Küche, dicht gefolgt von ihrer kleinen Schwester.

Ihre Mutter saß auf dem Küchenstuhl und starrte zur Wand. Tränen hatte sie keine mehr. Irma umarmte sie. Die Mutter blickte sie an, als erkenne sie sie nicht. Martha nuckelte aufgeregt am Daumen. Dann pinkelte sie sich ein. Das hatte sie schon jahrelang nicht mehr getan. Gleich würde sie Schimpfe bekommen. Doch die Mutter blieb stumm, in dieser Minute, an diesem Tag. Tagelang. Wochenlang. Monatelang.

Monate, in denen Irma sich so gut es ging darum kümmerte, dass Martha und sie morgens sauber gekleidet, pünktlich und mit erledigten Hausaufgaben in die Schule kamen. In denen Irma das wenige Essen zubereitete, das ab nun auf den Tisch kam. Lebensmittel kaufte sie zuvor von dem Geld, das ihre Mutter als Kriegerwitwe erhielt, an der Ecke im Laden von Herrn Busse.

Busse war ein dicker, stets schwitzender Mann, der niemals lächelte. Doch seit Irmas Vater gefallen war, tat er immer ein oder zwei Kartoffeln mehr, als von Irma verlangt, in ihre Tasche. Irma kaufte meistens zehn Kartoffeln, drei davon bekam Martha, drei sie selbst und vier die Mutter. Erwachsene mussten mehr essen als Kinder, das wusste Irma von klein auf. Und Männer mussten mehr als Frauen essen. Ihr Vater hatte immer fünf Kartoffeln bekommen, als er vor dem Krieg so hart im Osram-Werk gearbeitet hatte.

Seit Vaters Tod stocherte die Mutter nur noch im Essen herum, das Irma gekocht hatte. Schmeckte es ihr nicht? Irma hatte doch wie immer die Kartoffeln sehr dünn abgeschält, das Salz nicht vergessen, unter Tränen eine Zwiebel geschält und in Wasser ausgelassen, damit sie über die Kartoffeln gegeben werden konnte, die dadurch etwas mehr schmeckten. Während Irma besorgt registrierte, dass ihre Mutter zusehends abmagerte, wartete Martha begierig darauf, dass sie deren Teller zugeschoben bekam.

Irma heizte die Wohnung, stapelte die abgezählten Briketts auf altem Zeitungspapier neben den Öfen und wusch die Wäsche in der Lauge, die sie auf dem Kohleherd erhitzte. Sie spülte und wrang sie in der Zinkwanne, in der Martha und sie samstags in der Küche badeten. Zuerst Martha und danach Irma, im selben Wasser. Irma putzte die kleine Stube und das Schlafzimmer und vergaß dabei auch nicht, die hübschen, von der Mutter gehäkelten Deckchen auf den Nachttischen zum Staubwischen anzuheben. Sie bohnerte den Boden in der Küche und alle vier Wochen die Stufen im Treppenhaus, bis zum Klosett. Sie putze dann auch das Klo, das sie gemeinsam mit Frau Neumann und anderen Nachbarn benutzten, und füllte die Eimer zum Runterspülen auf.

Die Monate, in denen die Mutter verstummt war, waren auch diejenigen, in denen Irma die Unterwäsche, Strümpfe und Kleider von sich und ihrer Schwester ausbesserte. Martha stolperte damals noch manchmal über ihre eigenen Füße oder rannte verbotenerweise in den Pausen auf dem Schulhof hinaus. Wenn sie dabei hinfiel, riss sie sich auf dem schwarzen Schotterboden Löcher in die Knie und Ellbogen von Strumpfhosen, Rock und Bluse. Die Löcher hatten schwarze, klebrige Ränder und sahen aus wie eingebrannt. Es war eine schwierige Arbeit, sie zu flicken. Irma tat es immer unter strenger Beobachtung ihrer Mutter, die schweigend auf ihrem Küchenstuhl saß.

Wenn Irma es vollbracht hatte, ein Kleidungsstück so gut auszubessern, dass nicht mehr zu erahnen war, dass es jemals zerfetzt gewesen war, glaubte sie ein Lächeln im Gesicht der Mutter zu erkennen. Schon bald würde sie wieder sprechen und sagen: »Mein Mädchen, das hast du aber wieder fein gemacht.« Vielleicht auch: »Du bist sehr fleißig, ich bin stolz auf dich.« Oder einfach nur: »Danke, dass du mir in der schweren Zeit so sehr hilfst.« Davon war Irma überzeugt. Es wäre nur eine Frage der Zeit, bis die Mutter wieder sprach.

Als Irma eines Tages versuchte, das ausgeleierte Gummiband eines Schlüpfers von Martha durch ein neues zu ersetzen, geschah es. Irma schob gerade das neue Band, das sie an einer Sicherheitsnadel befestigt hatte, durch den engen Schlitz im Saum. Sie zog und zerrte daran, um es durch den gesamten Schlüpferbund zu bekommen. Dabei vergaß sie, auf das Ende des Gummis zu achten, sodass dieses fast mit im Saum verschwunden wäre. In diesem Moment rief die Mutter: »Pass doch auf!«

Irma warf vor Schreck den Schlüpfer von sich. Martha kam im Nachthemd in die Küche gelaufen, starrte ihre Mutter an und umarmte sie dann still.

»Wenn ich euch nicht hätte«, flüsterte die Mutter und strich Martha über den Kopf.

»Wenn ich euch nicht hätte«, sagte sie in den folgenden Monaten noch häufiger. Doch sie lächelte nie bei diesen Worten.

Irma aber war einfach nur froh, dass die Mutter wieder sprach, und sei es nur, um ihr mitzuteilen, was sie als Nächstes zu tun hatte.

Manchmal blickte die Mutter gedankenverloren aus dem Küchenfenster in den Hof. In die Tiefe. Früher hatte sie verboten, ein Fenster offen stehen zu lassen, damit Martha nicht auf ein Fensterbrett klettern und hinunterstürzen konnte. Doch mittlerweile ließ sie das Küchenfenster regelmäßig offenstehen. Der Lärm der im Hof und in den Kellern werkelnden Männer und Frauen drang dann bis nach oben in die Wohnung hinein, auch dann noch, wenn die Mutter längst wieder auf ihrem Bett lag und an die Decke starrte. Bis Irma das Fenster schloss.

Während die Mutter auch in den folgenden Monaten jeden von Irma nicht akkurat ausgeführten Nähstich, jede zu dick abgeschälte Kartoffelschale kritisierte, verlor sie gegenüber Irmas Schwester kein einziges strenges Wort. Nicht einmal dann, wenn Martha sich wieder einmal eingepinkelt hatte und Irma die durchnässten Laken, Schlüpfer und Nachthemden waschen musste. Nachdem erneut ein solches Malheur passiert war, nahm die Mutter Martha zärtlich in den Arm und sagte: »Ist nicht so schlimm, meine Kleine, du bist doch das Einzige, das mir geblieben ist.«

Irma nahm es hin, Hauptsache, die Mutter sagte irgendetwas. Das gab ihr das Gefühl, wieder eine intakte Familie zu haben.

Erst viel später, als die Mutter bereits unter der Erde lag, fragte Irma sich, ob die strengen Kontrollen, die die Mutter ihr gegenüber ausgeübt hatte, als Vorbereitung dafür gedient hatten, sie und Martha eines Tages guten Gewissens für immer allein zurücklassen zu können. Von einem Tag auf den anderen wegzubleiben, so, wie auch der Vater weggeblieben war.

Es war ein Nachmittag im Frühling, an dem Irma guter Dinge war, denn die Mutter hatte nach dem Tod des Vaters zum ersten Mal das Haus verlassen. Als Irma und Martha mittags aus der Schule gekommen waren, hatten sie einen Zettel auf dem Küchentisch vorgefunden: *Meine lieben Mädchen, seid nicht traurig. Ich bin nicht weit weg von euch. Eure Mutti.*

Irma hatte gedacht, ihre Mutter sei einkaufen gegangen, doch in der alten Zuckerdose mit dem abgebrochenen Henkel fehlte kein Pfennig von der Witwenrente. Vielleicht machte die Mutter einen ausgedehnten Spaziergang an diesem milden, sonnigen Tag? Im ein paar Straßen weiter gelegenen Schillerpark, in dem sehr schöne hohe Bäume standen, die jetzt rote und gelbe Blätter trugen? Oder war sie sogar bis zum Schäfersee gegangen, auf dem Enten schwammen und laut schnatternd um Futter bettelten? Schade, dass die Mutter nicht gewartet hatte, bis sie aus der Schule gekommen waren, um so wie früher an Sonntagen mit ihnen gemeinsam in den Park zu gehen, damit sie ein paar Vögel mit Brotkrumen füttern konnten. Irma hatte beschlossen, der Mutter mit Martha an den See zu folgen, dann jedoch entdeckt, dass der Wohnungsschlüssel ihrer Mutter am Nagel neben der Wohnungstür hing. Hatte sie ihn in der Aufregung darüber, nach so langer Zeit ins Freie zu gehen, vergessen? Also waren die Mädchen zu Hause geblieben, um schon einmal Kartoffeln zu schälen und zu warten, dass ihre Mutter an die Tür klopfte. Es dauerte Stunden, viel länger, als sie für die zehn Kartoffeln brauchten, die sie schälten. Dann hörten sie endlich das vertraute, dumpfe *Klack, Klack* an der Tür.

Freudig lief Irma zur Tür und öffnete sie. Vor ihr stand

Pfarrer Weniger. Er wollte Martha ins Schlafzimmer schicken, doch sie klammerte sich fest an ihre große Schwester. Irma setzte sich auf den Stuhl, auf dem ihre Mutter kein Jahr zuvor beim Besuch des Pfarrers gesessen hatte. Sie starrte auf die blassen Lippen des rothaarigen Mannes, aus dessen Mund Worte wie »Unfall« und »Straßenbahn« kamen. Und dass das alles für den Straßenbahnfahrer eine fürchterliche Tragödie sei. »Mein Kind«, sagte er schließlich und legte seine Hand auf Irmas Unterarm. »Mein Kind, ich habe die Jugendfürsorge benachrichtigt. Ihr werdet jetzt erst einmal in ein Waisenhaus kommen, solange, bis man Verwandte von euch ausfindig gemacht hat. Habt ihr Verwandte, die sich um euch kümmern können? Großeltern? Tanten? Onkel?«

Irma schüttelte den Kopf. Irgendwo weit weg im Bergischen gab es Verwandte, die nach dem Tod ihres Vaters Beileidskarten geschickt hatten. Sie hatte sie nie näher kennengelernt.

Irma saß auf dem Stuhl der Mutter. In ihrem Kopf herrschte ein Durcheinander. Würde sie jetzt ebenfalls verstummen? Das durfte sie nicht! Sie musste weiterhin sprechen, weil sie sich kümmern musste. Um Martha. Und um sich.

Es klopfte lautstark an der Tür. »Na, die sind ja schnell von der Fürsorge!«, sagte der Pfarrer und erhob sich.

Martha kniete neben Irmas Stuhl auf dem Küchenboden, nuckelte am Daumen und umklammerte mit dem anderen Arm die Beine ihrer Schwester.

Es war Frau Neumann, die eintrat, noch bevor ihr der

Pfarrer die Tür öffnete. »Ick hab jehört, wat passiert is«, polterte sie in die Küche hinein. »Die Gören bleiben bei mir!«

Irma hätte sich am liebsten die Ohren zugehalten, um die nachfolgende lautstarke Diskussion zwischen dem Pfarrer und der Nachbarin nicht anhören zu müssen. Immer wieder fielen Wörter wie »Waisen« und »Waisenhaus«.

Seit dem Tod ihres Vaters waren Martha und sie Halbwaisen. Waren sie jetzt Ganzwaisen?, fragte Irma sich. War es im Waisenhaus so schrecklich, wie man es sich erzählte? Wollte Frau Neumann deshalb nicht, dass sie dorthin kamen? Oder wollte sie ab jetzt ihre neue Mutter sein, weil sie selbst keine Kinder hatte? Irma wollte aber keine Frau Neumann zur Mutter! Dieser Trotz war das Einzige, das sie fühlte. Und das Gefühl, als würde sich ein eisernes Band um ihr Herz legen.

Seit diesem Tag, an dem der Pfarrer und die Nachbarin in der Stube diskutiert hatten, konnten Irma und Martha keine Straßenbahn mehr besteigen. Die Straßenbahn hatte ihnen die Mutter genommen. Die Straßenbahn war schuld! Manche Leute behaupteten, die Mutter hätte sich selbst schuldig gemacht, weil sie sich mutwillig habe überfahren lassen. Doch das behauptete die Straßenbahngesellschaft bestimmt nur, um keine Entschädigung an die Mädchen bezahlen zu müssen. Dessen war Irma sich bis heute sicher.

Frau Neumann von nebenan hatte die Jugendfürsorge schließlich dazu gebracht, Irma und Martha in ihrer Obhut zu lassen. Die Schwestern wohnten von nun an im

Schlafzimmer ihrer elterlichen Wohnung und schliefen im Ehebett ihrer Eltern. Dicht daneben stand die Singer-Nähmaschine, auf der Irma ab nun auch für Kunden nähte, die ihr von der Nachbarin vermittelt wurden. In die Stube quartierte Frau Neumann regelmäßig wechselnde Handwerker ein, die sich in Berlin auf den vielen Baustellen verdingten und Schlafplätze zur Untermiete benötigten. Seitdem ging es meistens turbulent in der Wohnung zu, auch, weil Frau Neumann eine laute und grobe Frau war, die es liebte, mit den fremden Männern in der Wohnung zu lamentieren und über deren Witze zu lachen. Sie verlangte von Irma und Martha, dass sie sie »Mutti« nannten, denn immerhin sei sie jetzt ihre Pflegemutter. Doch das kam den beiden Mädchen nicht über die Lippen. Den Lohn für Irmas Näharbeiten strich Frau Neumann ebenso ein wie die Einnahmen für das untervermietete Zimmer und die Spenden, die der Pfarrer für die beiden Mädchen in der Gemeinde gesammelt hatte. Irma erfuhr nie, wie viel Geld es gewesen war. Sie war damals zehn Jahre alt und dankbar dafür gewesen, dass sie mit ihrer kleinen Schwester zu Hause in der Seestraße bleiben durfte.

Die dickleibige Frau Neumann, die stets eine verschmutzte Schürze trug, wodurch sie aussah, als würde sie tagein und tagaus arbeiten, führte ein strenges Regiment: frühes Aufstehen, zur Schule gehen, Hausaufgaben machen, Heimarbeiten erledigen, Wohnung, Treppenflur und Gemeinschaftsklo putzen. All das auch in der Wohnung der Nachbarin. Frau Neumann kontrollierte, ob Irma alles richtig gemacht und ob Martha sich etwa wieder eingepinkelt hatte. Das passierte Martha seit dem Tod der Mutter regelmäßig. Irma versuchte, es so gut wie möglich vor der Nachbarin zu verbergen, indem sie heimlich die Laken wechselte und wusch. Irgendwann trieb sie eine Gummimatte auf, die sie vor dem Schlafengehen auf die Matratze legte, nach dem Aufstehen abwischte, zusammenrollte und dann unter der Matratze versteckte. Irma schimpfte kein einziges Mal mit Martha. Sie ahnte, dass ihre kleine Schwester eine schwache Blase hatte, weil sie traurig darüber war, dass die Mutter nicht mehr nach Hause kam.

Martha hatte seither noch kein einziges Mal geweint. Auch nicht, wenn der Lehrer ihr wieder einmal mit dem Rohrstock auf die Finger schlug, weil sie das Ergebnis von sieben plus neun nicht ausrechnen konnte. Oder wenn Frau Neumann ihr viel zu schwere Hausarbeiten auferlegte. Die kleine Martha befolgte einfach jede Anweisung. Im Keller stapelte sie fein säuberlich die Kohlen, die der Kohlenmann aus einem Sack ausgeschüttet hatte. Oder sortierte aus den stinkenden Kartoffeln die verfaulten und die halbverfaulten aus. Die verfaulten warf sie in den Müll, und die halbverfaulten trug sie in einem Eimer nach oben in die Küche, weil Irma angehalten war, sie als nächstes zu verkochen. Von den übrigen, den guten, knipste Martha regelmäßig die Keime ab. Manchmal beobachtete Irma, dass sie verträumt lächelnd und wie abwesend Türme aus Kohlen oder Labyrinthe aus Kartoffeln baute. Irma hatte ihre Schwester lieber nicht gestört. Als sie ihr an einem dieser Tage vor dem Schlafen das lange Haar gebürstet und zu einem Zopf geflochten hatte, fragte sie vorsichtig danach, wovon sie geträumt habe. Martha hatte mit den Schultern gezuckt. Am Tag darauf hatte Martha im Keller eine Kette aus langen Kartoffelkeimen geflochten und sie Irma zärtlich um den Hals gelegt.

◈

Jetzt konnte Irma es den gesamten langen Heimweg kaum erwarten, Martha zu berichten, dass Dr. Bragenheim heute im KaDeWe gewesen war. Und dass er offenbar nicht gekommen war, um Stoff zu kaufen, sondern um sie wiederzusehen. Als sie endlich die abgewetzten rotbraunen Steinstufen zu ihrer Wohnung hinaufeilte, kamen ihr jedoch Zweifel, ob Martha sich über diese Nachricht freuen würde. Jeder Verehrer, den Irma bisher gehabt hatte, hatte in ihrer Schwester die Befürchtung ausgelöst, bald nicht mehr der wichtigste Mensch für Irma zu sein.

Irma verharrte einen Moment auf den Stufen und amüsierte sich über sich selbst. Was bildete sie sich ein? Weshalb sollte sich dieser feine Herr Doktor denn für sie interessieren? Auch wenn das KaDeWe als das prächtigste und berühmteste Kaufhaus in Deutschland galt, war Irma doch nichts weiter als eine kleine Verkäuferin. Sie sollte Martha gar nichts erzählen und sich lieber beeilen, in die Wohnung zu kommen. Otto Müller, der Mann, der die beiden Schwestern regelmäßig mit Material für Heimarbeit versorgte, würde gleich Nachschub bringen. Er durfte Martha keinesfalls begegnen, so lang sie noch in anderen Umständen war.

Frau Neumann kam Irma auf der Treppe mit ein paar Resten Zeitungspapier in der Hand entgegen, um aufs Klo zu gehen.

»Tach, Frau Neumann«, grüßte Irma. Sie hatte sich nie abgewöhnt, die Nachbarin zu siezen.

»Tachchen, Irma!«

Weil Irma wusste, dass sie an der Frau auf dem engen Treppenabsatz nicht vorbeikommen würde, stieg sie die Stufen wieder hinab, um zuerst die Nachbarin vorbeizulassen.

»Denk dranne, dass ihr diese Woche mit Klo und Treppe dran seid! Und dieset Mal nich so sparsam mit dit Bohnerwachs!« Frau Neumann schnaufte schwer und nahm die ersten Stufen nach unten.

Irma versprach es, obwohl sie immer reichlich Bohnerwachs verwendete und wusste, dass Frau Neumann dies nur einforderte, um in der Woche darauf selbst kein Wachs mehr nehmen und die dicke Schicht, die Irma aufgetragen hatte, bloß noch nachbohnern zu müssen.

»Ick hab Martha lange nich mehr jesehen. Is sie verreist? Oder krank?«, fragte Frau Neumann, als sie schließlich neben Irma stand.

»Die Martha arbeitet viel und lang.«

»Immer noch bei de feinen Herrschaften in der juten Jegend?«

»Ja«, log Irma.

»Denn hat se da jetzt wohl och en schönet Mädchenzimmer und lässt sich hier bei uns nich mehr oft blicken.«

Irma nickte.

»Dit is jut, dann kriegt se ja och freie Kost und Logis. Und ick hab schon jedacht, es is wat passiert. Ick habe sie ja nicht mal mehr aufs Klo gehen sehen. Aber wenn se viel arbeitet, is it ja jut, von nix kommt ja och nix. So, jetzt muss ick aber ma.«

Endlich verschwand Frau Neumann durch die Tür aufs Klosett. Kaum hatte sie die Tür von innen mit dem Haken verriegelt, rannte Irma die Stufen zur Wohnung hinauf und klopfte an die Tür, im Rhythmus, den sie mit Martha vereinbart hatte.

Martha öffnete.

Immer noch irritierte Irma deren dicker Bauch, der jede Umarmung der Schwestern unbeholfen machte. Die beiden lachten darüber, so, wie sie lachten, wenn sie mit ihren Händen die Bewegungen des Kindes fühlten. Unvorstellbar, dass es ein Mensch war, der in Martha heranwuchs. Ein Mensch, der bald zum Leben der beiden Schwestern gehören würde. Die beiden hatten überlegt, wenigstens Frau Neumann in ihr Geheimnis einzuweihen, denn auch, wenn sie sie bis heute nicht besonders mochten, hatten sie ihr doch einiges zu verdanken. Die Nachbarin hatte nach Mutters Tod zwar mehr schlecht als recht für die beiden Mädchen gesorgt und sich auch an ihrem Geld bereichert, doch Irma und Martha hatten dafür in der elterlichen Wohnung, zumindest im Schlafzimmer, bleiben dürfen. Inzwischen lebten sie wieder allein dort, ohne Aufsicht der Nachbarin. Wo wären sie heute, wenn sie damals ins Waisenhaus gekommen wären? In die Schwangerschaft eingeweiht hatten sie Frau Neumann dann aber doch nicht.

Denn wer weiß, was ihr erneut einfallen würde, um die Situation auszunutzen.

Trotz allem träumten die Schwestern immer noch davon, eines Tages ins Vorderhaus zu ziehen. Deshalb steckte Martha seit Monaten in Heimarbeit Knallbonbons zusammen. Gleich würde Otto Müller eine volle Kiste davon abholen und dafür zehn Reichsmark auf den Küchentisch legen. Die fertigen Knallbonbons brachte er zu einem Händler. Bis heute glaubte Otto Müller, dass Irma diese Arbeit verrichtete. Dabei sollte es weiterhin bleiben.

Martha war blass. Kein Wunder, da sie seit Monaten immer nur in der Wohnung saß. Um ihre hübschen blauen Augen hatten sich dunkle Schatten gebildet. Die Wangen waren hohl. Eine dicke Strähne ihres kastanienbraunen Haares hatte sich aus dem Zopf gelöst und hing fettig herab. Irma spürte den Impuls, die Bürste zu holen, um das Haar ihrer Schwester herzurichten, doch dafür war jetzt keine Zeit.

Auf dem gedeckten Küchentisch standen ein Topf mit dampfenden Pellkartoffeln, ein kleines Glas Leberwurst und Kümmel. Erst beim Geruch des Essens merkte Irma, dass sie sehr hungrig war. Trotzdem räumte sie eilig eines der Gedecke in das von ihnen in der Kindheit bunt bemalte Buffet zurück, in dessen Glasscheibe eine von Irma gehäkelte Gardine aus Spitze hing. »Iss du erst mal schnell etwas. Wenn der Müller kommt, dann esse ich von deinem Teller weiter und tue so, als wäre es meiner.«

»Du kannst gern zuerst essen«, sagte Martha, setzte sich an den Tisch und schälte sich selbst die erste Kartoffel ab.

»Du musst doch Hunger haben, nachdem du den ganzen Tag gearbeitet hast«, fügte sie etwas halbherzig hinzu.

Irma blickte auf die Kiste Knallbonbons. Sie stand abholbereit neben der Küchentür und war bloß bis zur Hälfte befüllt. »Du warst ja auch fleißig«, sagte sie und versuchte, ihre Enttäuschung zu verbergen. Wie sollte es so mit dem Umzug ins Vorderhaus klappen?

Martha nickte mit vollem Mund.

Im nächsten Moment klopfte es an der Tür. Martha stieß ihren Stuhl nach hinten, griff eine der Kartoffeln aus dem Topf und eilte in Richtung Schlafzimmer. Die Kartoffel war zu heiß, sie ließ sie auf dem Weg fallen. Irma öffnete Otto Müller die Wohnungstür. Ohne von ihr hereingebeten zu werden, trat er in die Küche und hievte schwer atmend eine Kiste mit Nachschub von Knallbonbon-Einzelteilen auf den Stuhl, auf dem Martha vor wenigen Augenblicken noch gesessen hatte. Müller entdeckte den Kartoffeltopf, die Leberwurst und den Kümmel.

»Darf ich Ihnen etwas anbieten?« Irma hoffte, dass er ablehnen würde.

Doch Otto Müller setzte sich an den Tisch. »Kartoffeln mit Leberwurst, da sage ich nicht Nein! Die meisten Leute futtern heutzutage ja nur noch Kartoffeln mit Salz. Aber ihr … Da sieht man mal, wie gut es euch geht, durch die Arbeit, die ich euch bringe.«

Irma nahm das Gedeck wieder aus dem Büffet, eine Gabel und ein Schälmesser aus der Schublade und reichte alles Otto Müller. Der langte begierig zu und pellte sich eine Kartoffel nach der anderen ab. Die Schalen ließ er auf die

Tischplatte fallen. Irma wagte nicht, ihm den dafür vorgesehenen Teller hinzuschieben. Müller nahm sich so reichlich von der Leberwurst und vom Kümmel, als hätte Irma für ihn allein gekocht.

»Meine Frau meint ja, das wäre Arme-Leute-Essen. Aber mir schmeckt es. Ich habe eben nicht vergessen, woher ich komme«, schmatze er mit vollem Mund und fing an, sich über sämtliche Leute, die sich über ihn durch Heimarbeit für die Knallbonbonfabrik ein Zubrot verdienten, zu beklagen. »Keiner von denen denkt daran, welchen Ärger ich bekomme, wenn die Lieferungen nicht pünktlich klappen! Oder wenn die Knallbonbons nicht knallen. Alle muss man in Schach halten! Undank ist der Welt Lohn. Glaub ja nicht, dass mich schon mal einer zum Essen eingeladen hat. So wie du jetzt, Mädel.«

Irma nickte und warf einen Seitenblick zur Schlafzimmertür. Dabei entdeckte sie die Kartoffel am Boden. Es war die einzige, die Martha und ihr noch zum Abendessen bliebe.

Otto Müller redete sich in Rage und ins Schwitzen, kratzte schließlich die letzte Leberwurst aus dem Glas, leckte das Messer ab, lehnte sich zurück und rieb sich den Bauch. »Das hat gut getan!« Sein Blick fiel auf die Kiste neben der Küchentür. Er runzelte die Stirn. »Ist das alles?«

»Ja.«

Müller erhob sich, holte ein Bündel Geldscheine aus der Innentasche seiner Jacke, zählte zehn Reichsmark ab und steckte fünf davon wieder zurück. »Nichts für ungut, aber mehr kann ich dir für eine halbleere Kiste nicht geben.«

Irma entschuldigte sich, dass sie nicht mehr Knallbonbons geschafft habe, hob die Holzkiste vom Boden und trug sie für Otto Müller bis zur Wohnungstür. Nachdem sie diese hinter ihm geschlossen hatte, lauschte sie, ob er die Stufen hinabstieg. Als seine schweren Schritte auf den knarrenden Stufen leiser wurden, hob sie die Pellkartoffel vom Boden auf und eilte ins Schlafzimmer.

Martha saß auf der Bettkante und hielt sich den Bauch.

Irma hielt ihr die Kartoffel hin.

»Komm, nimm. Du musst doch jetzt für zwei essen!«

Dann entdeckte sie das Blut zwischen Marthas Beinen.

◈

Frau Rose stampfte hinter Irma die Treppenstufen hinauf. »Bist du wirklich sicher, dass deine Schwester noch nicht fällig ist?«, fragte sie erneut.

Irma drehte sich zu ihr um und legte den Finger auf den Mund. Sie hatte Frau Rose doch bereits die heikle Situation erklärt, nachdem sie zu ihr gerannt war und an ihrer Tür geklingelt hatte. Wenn Frau Neumann oder andere Nachbarn Frau Roses vertraute Stimme im Treppenhaus hörten, ließe das nur einen Schluss zu: Dass eine der beiden ledigen Schwestern schwanger war. Und Irma war es offensichtlich nicht.

Obwohl Frau Rose keine Hebamme war, war sie bekannt dafür, dass sie dabei half, Kinder in dem Viertel, indem auch die Seestraße lag, auf die Welt zu bringen. Immer dann, wenn die Wehen Wochen eher als geplant oder zu Unzeiten in der Nacht einsetzten und keine Zeit mehr war, eine Hebamme aufzutreiben oder ins Städtische Krankenhaus zu gelangen. Frau Rose machte kein großes Gewese um ihre Hilfe. Und sie tratschte nicht über andere Leute. Deshalb hatte Irma sich ihr anvertraut und sie gebeten, nach Martha zu sehen. Für Frau Roses Unterstützung wollte Irma sich selbstverständlich revanchieren und bot an, ihr ab nun kostenlos Sachen zu flicken. Frau Rose hatte abgewunken – und das Angebot angenommen.

Jede Stufe im Treppenhaus knarrte laut, als die dicke Frau sie mit ihren vom Wasser angeschwollenen Beinen betrat. Es dauerte lang, bis Irma mit Frau Rose in der Wohnung im dritten Stock ankam.

Martha lag auf dem Bett und presste sich das Stück Stoff, das Irma ihr vorhin gegeben hatte, in den Schritt. Es war blutdurchtränkt.

»Mensch, Kindchen, was machst du denn für Sachen?« Behutsam nahm Frau Rose ihr den Lappen aus der Hand.

»Ich glaube, es hat aufgehört.« Martha klang hoffnungsvoll.

»Lass mal sehen.« Frau Rose schob mit einer Hand Marthas Beine auseinander und legte die andere Hand auf deren Bauch. Sie sah Irma an. »Bist du sicher, dass deine Schwester erst im achten Monat ist?«

Woher sollte Irma das wissen? Sie hatte die Berechnung nach den Erzählungen ihrer Schwester vorgenommen. Sollte Martha ihr allerdings verschwiegen haben, dass sie sich bereits früher und öfter mit ihrem Dienstherrn eingelassen hatte, dann würde der errechnete Termin nicht stimmen. Irma blickte fragend ihre Schwester an.

Martha drehte den Kopf beiseite.

»Solche Blutungen können auch mit den ersten Wehen einsetzen«, sagte Frau Rose und griff ohne Vorwarnung in Marthas Schritt. Mit zusammengekniffenen Augen und gepressten Lippen fühlte sie dort nach. Ihr Gesichtsausdruck entspannte sich, sie zog die Hand zurück und wischte sie an ihrer Schürze ab. »Wie mir scheint, is alles noch schön geschlossen. Das Kleine will noch nicht raus. Fehlalarm!« Sie tastete Marthas Bauch ab. »Das wird ein prächtiges Kind. So, wie dein Bauch nach vorn steht, behaupte ich mal, das wird ein Junge. Mädchen breiten sich gern im Körper der Mutter aus. Aber die Bengel ... Immer gleich vorneweg. Wie im Leben auch. Darauf können wir wetten, dass das ein kleiner Stammhalter wird.« Frau Rose griff Martha am Kinn und drehte deren Kopf zu sich. »Nun heul mal nicht, meine Kleine. Ich hab deiner Schwester versprochen, dass ich euch helfe. Und ich schweige auch wie ein Grab. Ihr könnt immer zu mir rüberkommen, wenn was ist. Aber du darfst hier in der Wohnung nicht mehr so viel rumpesen, du musst schön viel liegen. Damit das Kleene nicht zu früh kommt, verstehste.« Sie umfasste prüfend Marthas Oberarm. »Und du musst mehr essen, damit du den Kleinen nähren kannst, wenn er da ist. So dünn, wie du jetzt bist, wird das sonst nix.«

Frau Rose stieß sich mehrmals von der Bettkante ab, bevor sie wieder auf ihre Beine zum Stehen kam. »Deine Schwester muss viel trinken!«, sagte sie zu Irma.

»Wir haben immer eine Kanne Muckefuck in der Küche zu stehen«, antwortete Irma beflissen.

Frau Rose zog Martha das Kleid über den Bauch zurück und tätschelte kurz ihre Wange. »Das kriegen wir schon hin. Glaubt mir, das haben schon ganz andere geschafft.«

◇

Frau Rose schaute fortan regelmäßig nach Martha. Und sie hielt Wort. Sie verriet niemandem, dass Irmas Schwester in anderen Umständen war. Wenn sie zu ihren Besuchen nur nicht jedes Mal mit den schweren Beinen die Treppenstufen so laut zum Knarren bringen würde! Einmal riss Frau Neumann die Wohnungstür auf, doch bevor sie irgendwelchen Verdacht schöpfen konnte, weshalb die beiden Schwestern von der Geburtshelferin aufgesucht wurden, kam ihr Frau Rose zuvor und behauptete, sie ließe sich von Irma etwas flicken und wolle fragen, ob es bereits fertig sei. Frau Neumann kehrte beruhigt in ihre Wohnung zurück, nachdem sie schnell noch ein Kompliment über Irmas Nähkünste geäußert hatte: »Die kann dit jut, die Kleene! Hab ick ihr alles beijebracht.«

Frau Rose berichtete Irma und Martha amüsiert von ihrer Begegnung mit der Nachbarin, dabei wirkte sie beinahe so, als bereite ihr das Geheimnis, das sie mit den beiden Schwestern teilte, Freude.

So wie andere Leute im Wedding nach Feierabend in ihren Wohnungen, Kellern oder in den Innenhöfen die unterschiedlichsten Sachen werkelten, um dadurch ein Zubrot zu haben, betätigte sich Frau Rose nach ihrer täglichen Arbeit als Köchin in der Bahnhofsmission als Geburtshelferin. Zum einen, weil es ihr große Freude bereitete, wenn sie dabei behilflich sein konnte, gesunde Kinder zur Welt zu bringen. Zum anderen, weil es ihr Vorteile einbrachte. Sie musste inzwischen nur noch für wenige Dinge, die sie im Alltag benötigte, Geld ausgeben. Der Schuster aus dem Vorderhaus reparierte ihre Schuhe kostenlos, der Tischler, der seine Werkstatt am Ende der Seestraße hatte, besserte ihre Möbel, Türen oder Fenster aus, und der Kohlenmann schüttete ihr im Herbst einen kostenlosen Sack Briketts vor die Kellertür. Irma würde künftig unentgeltlich für Frau Rose nähen. Sie tat dies gern und freute sich, dass ihre schwangere Schwester Frau Roses Anweisungen, mehr zu essen, regelmäßig Muckefuck zu trinken und so viel wie möglich zu liegen, wie ein gehorsames Kind befolgte.

Wenn Frau Rose zu Besuch kam, berichtete Martha ihr stolz, keine Blutungen mehr gehabt zu haben und machte dabei sogar den Eindruck, sich inzwischen auf das Baby zu freuen. Dass Martha nicht mehr in der Wohnung »herumpesen« durfte, brachte allerdings mit sich, dass Irma vor oder nach ihrer Arbeit im KaDeWe nicht nur für andere flickte, nähte und häkelte, sondern nun tatsächlich die Knallbonbons für Otto Müller zusammensteckte, weil Martha sich nur noch selten dazu aufraffen konnte. Die Schwestern durften diese Heimarbeit jedoch keinesfalls verlieren! Irma hoffte sehr, dass Martha nach ihrer Niederkunft wieder dazu beitragen würde.

◇

»Kindchen, so langsam ist dein Kleiner überfällig«, sagte Frau Rose nach einer Weile. »Typisch für Bengel, die lassen sich gern Zeit. Erst immer voraus, und wenn es ernst wird, wollen sie nicht auf die Welt. Kein Wunder, so wie es draußen gerade zugeht. Mit der Inflation und den ganzen Politischen, die sich jetzt fast jede Nacht auf der Straße prügeln. Da würde ich auch nicht raus wollen.« Sie drückte Marthas Bauch in Richtung Unterleib. »Aber nutzt ja nix, irgendwann muss der Junge raus, ob er will oder nicht. Auch, wenn er sich das nicht selbst ausgesucht hat, dass er in dir drin ist.«

Martha drehte beschämt ihr Gesicht zur Seite.

Frau Rose erhob sich mit einem Ruck von der Bettkante und fiel noch einmal zurück. »Lang kann ich mir das nicht mehr mit angucken. Wenn es nicht bald richtig losgeht, ist das nicht mehr gut fürs Kind. Und für die werdende Mutter auch nicht.«

»Vielleicht haben wir uns ja auch verrechnet«, sagte Irma zögerlich.

Frau Rose schüttelte den Kopf und fasste Martha an den Fuß.

»Du stehst jetzt mal auf, ziehst dich an und wichst und bohnerst den Fußboden! Oder was auch immer. Damit sich da in deinem Bauch was tut und der Kleine schön nach unten rutscht und endlich rauskommt.«

Martha blickte ihre Schwester mit großen Augen an, doch Irma setzte sich nicht dafür ein, dass sie länger im Bett liegen bleiben durfte.

Frau Rose zog an Marthas großem Zeh. »Na los jetzt! Deine Schwester hilft dir beim Schuhe anziehen, du kommst ja nicht mehr über deine Molle rüber.«

Während sich Martha mühsam im Bett aufrichtete, begleitete Irma Frau Rose zur Tür und umfasste mit beiden Händen deren rechte Hand. »Ohne Sie wüsste ich nicht, was wir machen sollen.«

Frau Rose zwinkerte lächelnd und wies zu dem Stapel Textilien, der auf einem Küchenstuhl lag. »Dafür habe ich dir wieder was mitgebracht. Schürzen, Hosen, Schlüpfer und Nachthemden.«

Offensichtlich gehörten die Sachen nicht Frau Rose. Von wem auch immer sie waren: Irma würde sie flicken.

◇

»Ich glaube, es geht los!«

Irma fuhr aus dem Schlaf hoch und wusste im ersten Moment nicht, wo sie war und was losging. Im Zimmer war es dämmrig, fahles Licht fiel durch die gelben Vorhänge auf das Bett. Martha lehnte mit dem Rücken am Kopfteil des Ehebettes und blickte mit aufgerissenen Augen auf das Wasser, das sich zwischen ihren Beinen auf dem Laken ausbreitete und in die Matratze sickerte. Irma sprang aus dem Bett und riss die Vorhänge auf. Für eine Sekunde tauchte die gummierte Matte in ihrer Erinnerung auf, die sie unter Marthas Laken gelegt hatte, als die sich als kleines Mädchen nachts oft eingepinkelt hatte.

Es war Sonnabend gegen fünf Uhr morgens, und draußen zeichneten sich die Häuser als bleigraue Silhouetten vor blassgrauem Himmel ab. Ein Mann in Arbeitskleidung verließ gerade den Hinterhof, mit seinem Henkelmann in der Hand. Das Klacken seiner Sohlen, in die er offenbar Nägel geschlagen hatte, hallte bis zum Fenster herauf. Ansonsten war es noch ruhig im Hof.

Irma öffnete das Fenster weit, um frische Luft hereinzulassen. Aber als Martha fast gleichzeitig vor Schmerzen aufschrie, schloss Irma eilig das Fenster wieder und zog auch die Vorhänge wieder vor. Die Leute von gegenüber könnten sonst ins Schlafzimmer der Schwestern schauen. »Hab keine Angst! Ich hole Frau Rose«, flüsterte Irma, während sie sich eilig eine Jacke überzog.

»Aber komm schnell wieder!«, wimmerte Martha.

Irma schlich die Treppenstufen hinab, ganz an die Wand gepresst, weil sie wusste, dass die Stufen am Rand nicht knarrten. Ein paar dunkle Hausaufgänge weiter eilte sie ins Souterrain und klingelte. Dort blieb es still. War Frau Rose etwa nicht da? Irma trat von einem Bein aufs andere. Blickte sich mehrmals zu allen Seiten um. Horchte an der Tür. Zögerte, bevor sie erneut die Drehklingel betätigte.

Endlich öffnete Frau Rose.

»Wir müssen uns beeilen!« Erschrocken über ihre eigene Lautstärke, schlug Irma sich die Hand vor den Mund.

Frau Rose winkte ab und schlurfte seelenruhig zurück ins Innere ihrer Wohnung. »Der Kleine hat sich so viel Zeit gelassen, jetzt wird er es auch nicht besonders eilig haben.«

Irma folgte Frau Rose einen Schritt in den Flur. Es roch nach Kohl. Frau Rose stand vor ihrem Bett und zog sich schwerfällig ihr Nachthemd aus. Dann zerrte sie sich ein

Schürzenkleid über den Kopf und an ihrem kräftigen Leib bis zu den Knien hinunter. Kamen Irma das Bettzeug, die Vorhänge und der Läufer im Flur nur so schmutzig vor, weil es in dieser Wohnung sehr dunkel war, oder waren Frau Roses Sachen tatsächlich verdreckt? War die Geburtshelferin etwa eine unreinliche Frau? Hatte sie sich jemals die Hände gewaschen, bevor sie Martha anfasste? Weshalb machte sie sich an diesem Morgen nicht wenigstens etwas frisch? Weil Irma so sehr drängelte?

Als Frau Rose endlich hinter ihr die Treppen zur Wohnung hinaufstieg, war es Irma gleichgültig, dass Frau Rose die Stufen zum Knarren brachte. Meine kleine Schwester bekommt ein Kind! Irma ging schneller, nahm zwei Stufen mit einem Mal. Wir werden Mütter, freute und fürchtete Irma sich gleichermaßen.

Martha und Irma hatten vereinbart, dass sie keiner Menschenseele verraten würden, woher der Säugling stammte. Zerechtgelegt hatten sie sich eine Geschichte: Die Eltern des Babys waren tödlich verunglückt, und sie hatten sich seiner angenommen, bevor es in ein Waisenhaus gebracht wurde. So, wie sie selbst als Kinder von Frau Neumann vor dem Waisenhaus bewahrt worden waren.

Als Irma und Frau Rose das Schlafzimmer betraten, krümmte sich Martha unter einer Wehe. Frau Rose drückte sie kommentarlos aufs Kissen zurück, setzte sich auf die Bettkante und kontrollierte mit einem gekonnt zügigen Griff den Muttermund. »Das dauert noch.« Sie tätschelte Marthas Bauch. »Das ist noch gar nichts.«

»Aber es tut so weh«, klagte Martha.

»Ach was, das hat noch nicht mal richtig angefangen«, sagte Frau Rose und erhob sich schwerfällig wie immer. »Ich komm später noch mal nach dir gucken.«

»Wie lange wird es noch dauern?«, fragte Irma, die am Fußende des Bettes stand und ihre Hände um die hölzerne Lehne verkrampfte.

»Bis die richtigen Wehen einsetzen! Das hier sind erst Vorwehen. Das Kind will raus, aber es strengt sich noch nicht genug an«, antwortete Frau Rose. »Mädels, denkt immer daran, das ist keine Krankheit, die da jetzt wehtut, sondern das gehört zum Kinderkriegen dazu.«

Nachdem Frau Rose die Wohnung verlassen hatte, krümmte Martha sich erneut vor Schmerzen. Irma legte sich neben ihre Schwester, auf die Bettseite, auf der sie immer schlief, die, auf der die Mutter früher geschlafen hatte. Sie nahm Marthas Hand. Gern hätte sie ihrer Schwester die Schmerzen abgenommen oder sie wenigstens mit ihr geteilt, das beteuerte sie in den darauffolgenden Stunden immer wieder, doch es tröstete Martha nicht. Die Wehen verstärkten sich bis zum späten Nachmittag kaum, doch Martha wurde zunehmend schwächer. Gegen Abend lag sie bloß noch apathisch auf dem Bett. Auf der Seite, auf der der Vater geschlafen hatte, bis er nicht mehr aus dem Krieg heimkehrt war, in den er unbedingt hatte ziehen wollen.

Am Abend klopfte Frau Rose an die Tür. »Das sieht mir gar nicht gut aus«, sagte sie gleich darauf nach einem Blick zu Martha. »Das Kind strengt sich immer noch nicht genug an. Die Mutter auch nicht. Dann helfen wir jetzt mal ein bisschen nach!« Mit ihren fleischigen Händen umfasste sie Marthas Bauch und drückte ihn mit großer Kraft in Richtung Unterleib.

Martha schrie.

Irma blickte zum geschlossenen Fenster. Kam es ihr nur so vor oder hatten augenblicklich alle Leute im Hof und in den Kellern aufgehört zu hämmern, zu sägen und zu hobeln? Kurz darauf konnte sie die vertrauten Geräusche in der Seestraße wieder hören.

Frau Rose untersuchte erneut die Öffnung von Marthas Muttermund. »Seit heute Morgen unverändert. Das ist nicht gut, das ist gar nicht gut.«

Irma kamen die Tränen. »Und nun?«

Frau Rose zuckte mit den Schultern. »So leid es mir tut, aber ich bin mit meinem Latein am Ende. Da muss einer mit einer Zange ran. Oder mit einer Saugglocke. So was habe ich nicht. Vielleicht muss sogar ein Kaiserschnitt gemacht werden. In einer Klinik.«

»Nein!«, jammerte Martha.

»Aber guck mal, da kommen doch schon gar keine Wehen mehr. Du musst in eine Klinik, ganz schnell. Damit kein Unglück passiert«, sagte Frau Rose und wandte sich an Irma. »Soll ich den Benno Drescher fragen, ob er euch mit seinem Auto fährt? Du weißt doch, der Buchbinder aus 'm Vorderhaus, der ist mir noch was schuldig.«

Irma schüttelte den Kopf.

»Nichts für ungut, aber für eure Geheimnistuerei ist jetzt keine Zeit mehr! Ich kann nichts mehr für euch tun. Fahrt ins Krankenhaus! Ich gehe jetzt.« Als die Schwestern nicht reagierten, verließ Frau Rose tatsächlich die Wohnung.

Irma setzte sich zu ihrer Schwester und richtete zärtlich deren Nachthemd. Dabei entdeckte sie das frische Blut auf dem Laken.

»Nicht in die Klinik«, jammerte Martha. »Nicht in die Klinik!«

»Bleib ganz ruhig, und schön tief atmen«, sagte Irma so gelassen sie vermochte. »Ich bin bald zurück.«

◈

Irma rannte auf die einfahrende Straßenbahn zu. Ohne zu zögern stieg sie ein und klammerte sich an eine Haltestange im Gang fest. War dies die Bahn, von der ihre Mutter damals umgebracht worden war? Der Schaffner riss Irma aus ihren Gedanken, als er das Geld fürs Billett von ihr verlangte. Der Fahrpreis war in den vergangenen Jahren tatsächlich erheblich angestiegen. Ihre Kollegin, Fräulein Hermann, hatte sich bereits öfter darüber erbost, dass die Billetts regelmäßig teurer wurden, doch Irma hatte nie wirklich hingehört, wenn das Thema Straßenbahn aufgekommen war.

An der nächsten Station stiegen die meisten der männlichen Fahrgäste, die schmutzige Arbeitskleidung und leere Henkelmänner an den Gurten trugen, aus. Drei hübsch gemachte und aufwändig geschminkte Frauen mit sehr roten Lippen stiegen ein. Sicherlich wollten sie ebenfalls zum Ku'damm, hatten dort aber an diesem Abend etwas anderes als Irma vor.

Je näher die Bahn Halensee kam, desto mehr Bäume

säumten den Kurfürstendamm und die abzweigenden Straßen. Von den Zierkirschen in den Vorgärten einiger herrschaftlicher Häuser rieselten die Blütenblätter wie Schneeflocken. Die Sonne ging langsam unter. Irma fror, als sie auf das weiße Haus mit dem Messingschild zueilte, das sie vor fünf Monaten gemeinsam mit ihrer Schwester unverrichteter Dinge verlassen hatte. Dass Dr. Erich Bragenheim sie in der Zwischenzeit mehrmals im KaDeWe aufgesucht hatte, hatte Irma ihrer Schwester bis heute verschwiegen. Wie aufgeregt sie jedes Mal war, wenn er plötzlich vor ihrem Ladentisch stand. Wie sie sich seit seinem ersten Besuch während der Arbeit regelmäßig in den Waschraum zurückzog, um sich ihr etwas störrisches dunkelblondes Haar zu kämmen und zu legen, die Wangen zu röten und Lippenstift aufzutragen. Bei seinem dritten Besuch hatte der Doktor Irma gefragt, ob er sie nach Feierabend zu einem Spaziergang einladen dürfe. Irma hatte dies verunsichert abgelehnt und vorgegeben, dass sie leider keine Zeit habe, weil sie sich um ihre Schwester kümmern müsse. Im nächsten Moment hatte sie es bereut. Obwohl ihm die Enttäuschung anzumerken gewesen war, hatte der Arzt sein Angebot, den Schwestern im Notfall zu helfen, wiederholt.

Nun stand Irma hier vor dem Eingang seines Hauses Kurfürstendamm 141. *Dr. med. Erich Bragenheim – Frauen- und Geburtsheilkunde.* Eilig strich sie sich ihr Haar zurecht und kniff sich in die Wangen und Lippen, damit sie sich röteten. Als eine elegante Dame das Haus verließ, schlüpfte Irma rasch durch die Eingangstür ins Treppenhaus. Schon vernahm sie die Stimme des Doktors, die ihr gleichermaßen vertraut und beängstigend vorkam. Irma stieg die Stufen hinauf und blieb einen Treppenabsatz vor der Eingangstür zur Praxis stehen. Dr. Bragenheim verabschiedete mit beruhigenden Worten eine ältere Patientin, die offenbar eine unerfreuliche Diagnose von ihm erhalten hatte. Irma kam sich indiskret vor und wich hinter den Fahrstuhl zurück. Als die Dame sich verabschiedet hatte, zeigte Irma sich.

»Fräulein Weckmüller!«, rief der Doktor und kam auf sie zu. »Ist etwas passiert?«

»Meine Schwester …« Ihr kamen die Tränen.

»Wo?«

»Zu Hause.«

»Warten Sie hier!« Dr. Bragenheim eilte in seine Praxis. Kurz darauf erschien er im langen, leichten Mantel und mit ledernem Arztkoffer.

Seine Sprechstundenhilfe folgte ihm und rief irritiert: »Aber, Herr Doktor, Sie haben noch eine Patientin!«

»Ein Notfall! Schicken Sie sie bitte nach Hause, Fräulein Schmitz! Und warten Sie hier auf mich!« Er ergriff Irmas Hand, rannte mit ihr die Treppe hinunter, aus dem Haus und zu einem schwarzen Mercedes, dessen Beifahrertür er öffnete. Irma zögerte, bevor sie einstieg. Sie hatte noch nie in einem Auto gesessen.

»Wo wohnt Ihre Schwester?«, fragte Dr. Bragenheim.

»Seestraße.« Irma starrte durch die Frontscheibe.

Der Doktor startete den Wagen. Irma schob ihre feuchten Hände unter die Oberschenkel und blickte zur Arztpraxis hinauf. Dort stand die Helferin am Fenster und beobachtete, wie er mit Irma davonfuhr.

◈

Als Irma und Dr. Bragenheim das Schlafzimmer betraten, hatte Martha keine Kraft mehr, die Augen zu öffnen. Sämtliche Farbe war aus ihrem Gesicht gewichen.

Der Doktor begab sich an ihr Bett. »Machen Sie sich keine Sorgen. Ich werde Ihnen helfen. Es wird alles gut werden. Darf ich?« Ohne eine Antwort abzuwarten, fühlte er Marthas Puls und tastete ihren Bauch ab. Er hob vorsichtig die Decke über ihrem Unterleib an. Angesichts des blutdurchtränkten Lakens erfasste der Doktor offenbar innerhalb von Sekunden die Situation. »Wann war die letzte Wehe?«

Martha antwortete nicht.

»Bitte sag etwas!«, bat Irma.

»Sie muss sofort ins Krankenhaus!«, sagte Dr. Bragenheim.

»Nein!«, stöhnte Martha.

Der Arzt schaute sich im Schlafzimmer der Schwestern um. »Das Kind muss schleunigst geholt werden. Per Kaiserschnitt. Den kann ich hier nicht durchführen.«

Irma schossen Gedanken in den Kopf, für die jetzt eigentlich kein Platz war: Was der Doktor wohl davon hielt, dass die Schwestern im ehemaligen Ehebett ihrer Eltern schliefen? Ob er es bereits bereute, sich für Irma zu interessieren? Was hatte sie sich nur dabei gedacht, seine Hilfe in Anspruch zu nehmen? Danach würde er sich sicherlich nie wieder bei ihr melden. Sie verdrängte die Gedanken und rief: »Meine Schwester kann in keine Klinik! Gibt es wirklich keine andere Möglichkeit?«

Dr. Bragenheim blickte sie fest an. »Also gut«, entschied er schließlich. »Dann bringen wir Ihre Schwester in meine Praxis.«

Irma war erleichtert. Im nächsten Augenblick fiel ihr der Lärm ein, den sie im Treppenhaus machen würden, wenn der Doktor und sie Martha zum Auto brachten. Irma zögerte.

Dr. Bragenheim hob die Augenbrauen.

»Und los!«, sagte Irma entschlossen, und zusammen hoben sie Martha aus dem Bett. Sie stand wacklig und leise wimmernd. Dr. Bragenheim stützte sie, während Irma hektisch einen weiten Mantel aus dem Schrank nahm und ihn Martha überwarf. Zusätzlich legte sie ihr noch eine Decke über die Schultern.

»Wir müssen uns beeilen!«, drängte der Doktor. Gemeinsam stützten sie Martha und schafften es so bis zu Dr. Bragenheims Auto. Niemand bemerkte die drei.

◇

Als der Arzt das Skalpell ansetzte und es dann mit ruhiger Hand durch Marthas Bauchdecke führte, bereute Irma, darauf bestanden zu haben, beim Kaiserschnitt anwesend zu sein. Sie legte gedanklich ein Maßband an die Schnittwunde. Über zwanzig Zentimeter, schätzte sie. Würde sie dieses Bild jemals vergessen können?

Der Doktor arbeitete konzentriert und gab hin und wieder seiner Sprechstundenhilfe Fräulein Schmitz mit leiser Stimme Anweisungen. Sie ging ihm souverän zur Hand und reichte ihm Tupfer oder Mull. Der Doktor weitete die klaffende Wunde. Plötzlich war es zu sehen, das Köpfchen in Marthas Bauch.

Als Dr. Bragenheim das Kind heraushob, schwankte Irma und fiel zu Boden. Unter dem strengen Geruch einer Flüssigkeit, die ihr Fräulein Schmitz unter die Nase hielt, kam sie wieder zu sich. Dann hörte sie es schreien – das Kind.

»Na, geht es wieder?«, fragte Dr. Bragenheim lächelnd, während er den Schnitt in Marthas Bauch vernähte. Sein weißer Kittel war blutverschmiert.

Irma blickte zu ihrer immer noch unter Narkose schlafenden Schwester. Danach zu dem Säugling, den Fräulein Schmitz gerade von Käseschmiere befreite.

»Ein Junge!«, sagte Dr. Bragenheim feierlich. »Ein kräftiger Junge.«

»Und wie kräftig!«, fügte Fräulein Schmitz hinzu. »Er wiegt bestimmt über acht Pfund.« Sie legte den nackten Säugling, der schwerfällig Arme und Beine bewegte, in die Blechschale einer Waage.

Darin ist es doch viel zu kalt, dachte Irma besorgt.

»Meine Güte, fast neun Pfund!« Die Helferin lachte.

Dr. Bragenheim wusch sich ausgiebig die Hände. »Ich werde mir jetzt die Wunde Ihrer Schwester noch mal genau ansehen und etwas Nachsorge betreiben. Gehen Sie gern solange mit dem Prachtjungen nach nebenan und ruhen Sie sich dort etwas aus.«

Fräulein Schmitz wickelte den Säugling in ein Tuch und wies zur Tür. »Kommen Sie! Wie soll er denn heißen?«

»Max«, antwortete Irma.

Fräulein Schmitz ließ Irma im Nebenzimmer in einem Sessel Platz nehmen und legte ihr den Jungen in den Arm. »Immer schön das Köpfchen halten«, sagte sie lächelnd, bevor sie zurück zu Dr. Bragenheim eilte.

Irma schaute in das Gesicht des Jungen. Es schien ihr, als würde er ihren Blick durch seine halb geöffneten Augenlider erwidern. Seine Pupillen waren veilchenblau. Das Haar dunkel. Dunkle Haare und blaue Augen, das war etwas ganz Besonderes, fand Irma schon immer. Das hatte sie auch schon oft ihrer Schwester gesagt. Irma hatte auch blaue Augen, aber zu dunkelblondem Haar, das war nichts Besonderes. Max würde Martha sehr ähnlich werden und auf keinen Fall jemals wie Karl-Heinz Fricke aussehen, davon war Irma überzeugt.

»Max«, flüsterte Irma.

Er drehte sein Köpfchen in Irmas Richtung.

»Max«, wiederholte Irma und unterdrückte die Tränen, die ihr kamen. Sie strich vorsichtig über eine Wange des Babys. Es schien, als blickte er sie unbeirrt an. Irma beugte sich dichter zu ihm und roch an seiner Haut. Einen solchen Duft hatte sie noch nie eingeatmet.

◇

»Es geht Ihrer Schwester gut. Wir haben sie in unser Zimmer mit den Belegbetten verlegt.« Dr. Bragenheim trat in sauberer Montur, einer dunkelblauen, samtenen Hausjacke über einer dunklen Hose, zu Irma ins Zimmer. »Sie muss sich jetzt nur schön ausschlafen und wieder zu Kräften kommen, denn so ein großer Säugling will ordentlich genährt werden. Wollen wir ihn uns noch mal gemeinsam ansehen?«

Irma blickte verunsichert auf den kleinen Max, der auf ihrem Schoß schlief. »Und wenn er dabei aufwacht und Hunger hat?«

»Fräulein Schmitz wird dann etwas für ihn haben.«

Er hob den Jungen sanft aus Irmas Schoß, legte ihn auf eine Kommode und wickelte ihn vorsichtig aus dem Tuch.

»Wahrhaftig ein prächtiger Junge! Er hat die Zeit im Leib Ihrer Schwester so lang genutzt, bis er völlig ausgereift war. Schauen Sie mal hier, er hat schon kleine Härchen auf den Schultern.« Er prüfte mit seinen schmalen Fingern Max' Zehen und Füße. Max gähnte und streckte sich und schlief Augenblicke später wieder ein. Der Doktor wickelte ihn vorsichtig wieder in das baumwollene Tuch.

»Er ist kerngesund und wird Ihnen und Ihrer Schwester viel Freude bereiten. Es sind besondere Kinder, die per Kaiserschnitt zur Welt kommen. Kleine Kaiser eben.« Er lächelte Irma an.

Sie spürte, dass ihre Wangen warm wurden, und als sie sich eben fragte, ob wegen Max oder dieses schönen Lächeln des Doktors, klopfte es und Fräulein Schmitz kam herein.

Sie trug ihren Mantel über dem Arm. »Es ist alles erledigt«, sagte sie zu ihrem Chef.

»Danke! Würden Sie sich bitte noch um den Säugling kümmern, bis die Mutter aufwacht?«

Fräulein Schmitz blickte kurz auf ihren Mantel und wollte etwas entgegnen, doch der Doktor kam ihr zuvor. »Kochen Sie Max bitte etwas Kondensmilch ab und verdünnen Sie sie, für den Fall, dass der junge Mann Hunger bekommt. Wenn etwas sein sollte, dann finden Sie Fräulein Weckmüller und mich im Salon.«

Er fasste Irma am Arm und führte sie aus dem Raum.

Irma ließ sich mitziehen, drehte sich aber noch kurz zu Max um, denn es kam ihr eigentümlich vor, ihn zurückzulassen.

Es schien ihr, als würde Fräulein Schmitz ihr einen abschätzigen Blick nachwerfen.

Ein solch großes Wohnzimmer hatte Irma noch nie gesehen. Deshalb also hatte der Doktor es gerade »Salon« genannt. In der Mitte stand ein Flügel mit aufgeklapptem Deckel und einem Notenheft auf dem Pult. Links des Flügels befand sich eine rotgold gestreifte Chaiselounge, auf einem Tischchen davor eine Karaffe mit zwei bauchigen, kurzstieligen Gläsern. Die Wände waren über der brusthohen edlen Holztäfelung mit glänzenden Tapeten verkleidet, die dunkelgrüne Ranken zeigte. Vor den hohen Fenstern gab es lange, zur Chaiselongue passende burgunderfarbene Vorhänge.

Königlich, dachte Irma und fühlte sich auf Anhieb fehl am Platz. Gleichzeitig schmeichelte es sie, dass sie von Dr. Bragenheim in diese Welt geführt wurde. Sie wich seinem

Blick aus, indem sie erneut zum Flügel schaute. Dieser Mann, der gerade Martha und den kleinen Max gerettet hatte, konnte also auch Klavier spielen. Irma war beeindruckt.

»Ich bin kein besonders guter Pianist«, sagte Dr. Bragenheim, als habe er Irmas Gedanken erraten. »Ich habe keine musikalische Begabung, ich klimpere manchmal nur etwas zur Entspannung auf dem Klavier herum.«

Das ist kein Klavier, das ist ein Konzertflügel, dachte Irma. Und die Noten dort auf dem Pult verlangen demjenigen, der danach spielt, bestimmt mehr als bloßes Geklimpere ab, glaubte sie zu wissen, weil sie in ihrer Schulzeit im Chor gesungen hatte. Und weil ihr Vater ein paar Stücke auf dem Akkordeon hatte spielen können, und immer bedauert hatte, dass er kaum Noten kannte, weil in seiner Jugend kein Geld zum Erlernen eines Instrumentes vorhanden gewesen war.

»Setzen Sie sich bitte.« Der Doktor wies auf das weinrote Samtsofa. Irma blickte an sich herab und kam sich plötzlich schmutzig vor. Sie nahm zaghaft auf der äußersten Ecke der Chaiselongue Platz.

»Ich würde sagen, wir genehmigen uns erst mal einen Schluck auf den kleinen Kaiser, den wir heute zur Welt gebracht haben«, schlug Dr. Bragenheim vor. »Lassen Sie uns bitte auf Max anstoßen!« Er öffnete einen schweren Kristallflakon, der auf einem weiteren Beistelltisch neben einem riesigen Globus stand, und schenkte zwei Gläser voll. Eines reichte er Irma. »Auf den kleinen Kaiser!« Sacht stieß er sein Glas gegen das von Irma. Ein klarer, leiser Klang mischte sich in den herb-süßlichen Duft nach Nuss, Dörrobst und Schokolade, der aus dem Glas aufstieg.

»Danke für alles!« Irma nippte an dem Getränk. »Was ist das?«

»Sherry. *Madeira* von Fine Rich Borges. Ich hoffe, er schmeckt Ihnen.«

Irma nickte und trank einen weiteren Schluck. Der Doktor stand dicht vor ihr. Am liebsten würde sie jetzt aufstehen, weil es ihr unhöflich vorkam, sitzen zu bleiben. Gleichermaßen befürchtete sie, dass er neben ihr Platz nehmen könnte. Das Glas in ihrer Hand zitterte. Sie drückte es eilig auf ihren Schenkel. War es Hunger, der sie zittern ließ? Wann hatte sie das letzte Mal etwas gegessen?

»Ich lasse uns einen kleinen Imbiss zubereiten.« Wieder schien Erich Bragenheim zu wissen, was sie dachte. Er öffnete die Tür zum Flur und rief: »Fräulein Nitschke, würden Sie heute zum Abendessen bitte für zwei Personen eindecken?«

Er hat eine Haushälterin, dachte Irma. Würde er sich ihr gegenüber jemals so verhalten, wie Fricke sich gegenüber Martha verhalten hatte? Nein. Davon war Irma überzeugt. Als er kurz wegsah, führte Irma eilig das Glas an den Mund und trank einen weiteren Schluck. Dabei zitterte ihre Hand noch stärker. Nicht, weil sie Hunger hatte, das wusste sie, sondern weil Max auf die Welt gekommen war. Und wegen der aufregenden Nähe von Dr. Erich Bragenheim.

◇

Der kleine Max entwickelte sich prächtig. Das war auch Frau Rose zu verdanken, die in seinen ersten Lebensmonaten mindestens einmal täglich nach dem Säugling sah und kontrollierte, ob seine Mutter ihn regelmäßig und richtig stillte. Sie ließ es Martha nicht durchgehen, wenn diese am liebsten den ganzen Tag im Bett liegen blieb und sich das Kissen auf die Ohren drückte, sobald Max weinte. Kaum hatte sich Irma morgens auf den Weg zur Arbeit gemacht, schob Martha ihren Sohn im Stubenwagen von Hoppes in die Küche, wo er dann einige Stunden später vor Hunger schrie. Wenn Frau Rose kam und die Situation so vorfand, stampfte sie auf und schimpfte lautstark. Sie stampfte häufig mit den Füßen auf, wenn sie nach Martha und dem Kleinen sah.

»Du bist jetzt Mutter, also benimm dich auch wie eine!« Sie riss Martha die Bettdecke weg, während Max noch lauter schrie und Martha sich das Kopfkissen noch fester auf die Ohren presste. Doch Frau Rose packte sie unbarmherzig an ihren dünnen Armen und zerrte sie aus dem Bett. »Hoch mit dir! Der Kleine kann nichts dafür, dass du ihn nicht haben wolltest.« Erst dann stillte Martha unter den strengen Blicken Frau Roses ihren Jungen.

Dr. Bragenheim kam ebenfalls regelmäßig vorbei, um zu kontrollieren, ob Marthas Kaiserschnittwunde ohne Komplikationen verheilte. Auffälligerweise stattete er seine Hausbesuche immer dann ab, wenn auch Irma zugegen war.

»Der kommt doch nur zu uns, weil er was von dir will«, maulte Martha eines Abends einmal wieder, nachdem der Doktor gegangen war, und sie die Küche aufräumten.

»Unsinn! Er hat eben nur nach Feierabend Zeit«, entgegnete Irma. »Wir sollten dankbar sein, dass er uns weiterhin hilft.« Sie nahm das gute Tischtuch vom Holztisch, das sie aufgelegt hatte, als sie dem Doktor Tee und Kekse angeboten hatte. In der linken Ecke des Tisches war noch deutlich die Kerbe zu sehen, als der Mutter eines Tages der heiße Topf aus der Hand auf den Tisch und von dort zu Boden gefallen war. Es fühlte sich an wie eine Erinnerung an ein anderes Leben. Eines, an das Irma nicht mehr denken wollte.

Martha griff zu einem Geschirrtuch und rieb grob über einen bereits trockenen Teller. »Er hilft uns nur, weil er bei dir Eindruck schinden will.«

Irma öffnete das Fenster, um das Tischtuch auszuschütteln. »Aber er hilft dir, nicht mir!«, sagte sie gegen den Lärm der Nachbarn an.

Martha schmiss das Geschirrtuch in den steinernen Ausguss. »Meinetwegen hätte er mir gar nicht zu helfen brauchen!« In Gedanken erwiderte Irma: Dann wären Max und du gestorben.

Es beunruhigte sie, dass sie und ihre Schwester sich neuerdings stritten. Das hatten sie vor Max' Geburt nie getan. Vielleicht lag es daran, dass Martha nach der Niederkunft immer noch sehr blutarm war? Irma kochte ihr jeden Abend eisenhaltiges Essen. Dr. Bragenheim hatte ihr Haferschleim zum Frühstück und Spinat zum Abendessen empfohlen. Martha mochte keinen Haferschleim und hasste Spinat. Sie schien plötzlich fast alles zu hassen, was Irma sagte oder tat. Dabei war Irma diejenige, die nachts aufstand, um den weinenden Max zu beruhigen. Sie wusch ihn täglich in der Zinkschüssel und legte ihn trocken. Sie tat alles für ihren Neffen. Er dankte es ihr mit seinem zahnlosen Lächeln. Wenn sie ihn Martha an die Brust legte, dann ließ er Irma nicht aus den Augen, sodass sie immer in der Nähe sitzen bleiben musste, damit er sich nicht zu sehr den Kopf verdrehte und Martha wütend machte, weil er beim Trinken abrutschte.

»Der hat dich lieber als mich!«, warf Martha ihr vor.

»Das ist doch nicht wahr«, versuchte Irma zu beschwichtigen. »Du bist seine Mutter, und ich bin nur seine Tante. Nichts geht über wahre Mutterliebe.«

Irma begriff erst nach und nach, dass Mütter ihre Kinder nicht deshalb automatisch lieben, weil sie sie neun Monate lang unter ihrem Herzen getragen hatten. Die Liebe zu einem Kind war wohl etwas, das sich ebenso wie die Liebe zu einem fremden Menschen entwickeln musste. Eine Empfindung, gegen die man sich nicht wehren konnte, und die mit jedem Tag intensiver wurde. So wie Irmas Liebe zu Max. Ihre Gedanken waren voller Zärtlichkeit und Sorge um den kleinen Jungen.

Gleichermaßen aufregend und besorgniserregend fand Irma es, dass ihr Herz immer stärker klopfte, wenn sie an Erich Bragenheim dachte. Und das tat sie mit jedem Tag öfter. Sie rief sich seine beiläufige Berührung in Erinnerung, als er neben ihr am Bett von Max gestanden hatte. Als er seine Hand auf die ihre gelegt und ihr gezeigt hatte, wie sie dem erkälteten Max die Brust und den Rücken einreiben konnte. Irma erinnerte sich daran, dass sie sich gewünscht hatte, er möge ihre Hand niemals wieder loslassen. Sie hatte die Augen geschlossen und war mit dem Gesicht unauffälllig dichter an Erich Bragenheim herangegangen, um den Duft seiner Haut einzuatmen.

Hatte Martha recht und er interessierte sich ernsthaft für Irma? Oder kam er inzwischen nur noch als Arzt und würde seine Besuche einstellen, sobald Marthas Wunde verheilt war? Irma war beunruhigt, denn seitdem Max geboren worden war, suchte er Irma nicht mehr im KaDeWe, sondern nur noch hier in der Wohnung auf. Würde er wieder ins KaDeWe kommen, wenn Martha ihn nicht mehr brauchte? All diese Fragen kreisten ständig in Irmas Kopf. Sie fand keine Antworten darauf. Und hoffte heimlich nur eines: dass er sie eines Tages nochmals fragte, ob sie mit ihm einen Spaziergang unternähme. Und dass sie sich dann trauen würde, ja zu sagen.

◈

Wenn Irma Max im Kinderwagen, den eine Nachbarin ihnen geliehen hatten, durch die Seestraße zum Schillerpark fuhr, antwortete sie auf Nachfragen von Bekannten immer mit der vereinbarten gleichlautenden Geschichte: Eine entfernte Verwandte aus der Lüneburger Heide sei im Kindbett verstorben. Martha und Irma hätten es nicht übers Herz gebracht, das Neugeborene in ein Waisenhaus bringen zu lassen. Das Schicksal, im Waisenhaus aufwachsen zu müssen, sei ihnen selbst als kleine Mädchen erspart geblieben, weil sich Frau Neumann ihrer angenommen hatte. Dafür seien Martha und Irma heute noch sehr dankbar und hatten deshalb beschlossen, Max gemeinsam großzuziehen.

Die Lüge brachte den beiden Schwestern viel Anerkennung ein. Und noch mehr wohlgemeinte Gaben. In der Wohnung türmten sich bald abgelegte Hemdchen, Leibchen, eine hellblaue, gestrickte Hose, gehäkelte Schuhe, eine Holzeisenbahn, der zwei Räder fehlten, und ein Brummkreisel. Sogar ein Schulranzen und eine Schiefertafel waren schon gespendet worden. Anders als bei Martha regte sich bei Irma deshalb öfter das schlechte Gewissen. War die Max betreffende Notlüge tatsächlich erlaubt? Irma belog auch ihre Schwester, was ihre Liebe zu Max und die Gefühle für Erich Bragenheim betraf. Martha würde mit unerträglicher Eifersucht reagieren. Irma wollte verhindern, dass es jemals wieder zu einem Streit wie dem letzten zwischen Martha und ihr kam.

»Ich sage es dir ständig! Dein Doktor sieht nur nach mir, weil er total in dich vernarrt ist! Ansonsten hätte er eine wie mich verrecken lassen«, hatte Martha geschrien.

»Das stimmt nicht! Er macht das, weil er ein guter Mensch ist.«

»Ein guter Mensch, der dich mir wegnehmen will.« Marthas Stimme hatte sich beinahe überschlagen.

»Unsinn! Du weißt genau, dass er in einer ganz anderen Welt lebt als wir. Eine Welt, in die ich nicht passe.«

»Würdest du aber gern! Gib doch zu, dass du dir Hoffnungen bei deinem feinen Pinkel machst.«

»Lächerlich!«, hatte Irma gelogen.

1931

»... weil es allein aus der Liebe erblüht.«

Nachdem Marthas Bauchwunde gut verheilt war und es für den Arzt keinen Grund mehr gab, die Schwestern zu besuchen, war er tatsächlich wieder in die Stoff- und Kurzwarenabteilung des Kaufhauses des Westens gekommen. Jedes Mal spürte Irma, dass ihr Herz bei seinem Anblick schneller schlug. Sie ertappte sich dabei, dass sie Abend für Abend – wenn sie wusste, dass er die Praxis nun schloss – über die Stoffballen hinweg zum Eingang spähte, um zu sehen, ob Erich Bragenheim auftauchte.

Ihr Zwiespalt wuchs. Irma träumte heimlich davon, mit Erich an einen See, der so blau wie das Meer auf dem Bild in seiner Praxis war, zu fahren. Sie würden während der Fahrt unbeschwert plaudern. Und lachen. Erich würde am Ufer eine große Decke ausbreiten, die Flasche Sherry und zwei Gläser aus einem Korb nehmen, ihr zu der nussig-schokoladigen Duftnote zuprosten und ihr dabei tief in die Augen sehen. Irma würde seinem Blick nicht ausweichen. Er würde seine Hand wie beiläufig auf die ihre legen. Dann würden sie sich küssen ... Doch nein! Was würden die Leute denken, wenn Irma sich mit dem eleganten, wohlhabenden Doktor einließ? Und hegte er überhaupt ernsthafte Absichten? Er konnte doch ganz andere Frauen haben als sie. Trieb Dr. Bragenheim vielleicht ein Spiel mit ihr? Wie sollte Irma das herausfinden?

Sie hatte kaum Erfahrungen mit Männern. Zwar hatte

sie im Kaufhaus schon einmal einen Verehrer aus der Hutabteilung gehabt, den hatte sie jedoch abblitzen lassen, weil er ihr nicht gefiel. Und im Vorderhaus in der Seestraße wohnte Theo, den sie seit ihrer Kindheit kannte und immer nett gefunden hatte. Einmal war sie mit ihm schwofen gegangen. Doch auf dem Heimweg war er ihr nach dem ersten Kuss zu zudringlich geworden. Er beschimpfte Irma lauthals, als sie sich ihm in einem dunklen Durchgang zu einem Hinterhof nicht hingegeben hatte: »Erst scharf machen und dann wegstoßen! Das sind die Schlimmsten!« Irma hatte sich nur unter großer Mühe von Theo losgemacht und war weggerannt. »Schlampe!«, hatte Theo ihr nachgebrüllt. Irma hörte das Echo, das dieses Wort in jener Nacht im dunklen Hof gebildet hatte, bis heute, wenn sie daran dachte.

Aus Angst, bei Erich Bragenheim etwas falsch zu machen, lehnte sie eine weitere Einladung von ihm ab. Und bereute es augenblicklich, denn sie befürchtete, dass er sich danach nie wieder im KaDeWe blicken lassen würde.

Trude Hermann amüsierte sich zusehends darüber, wie nervös Irma war, wenn der Doktor ins Kaufhaus kam – und wenn er nicht kam. Als er dann eines Tages wieder kurz vor Ladenschluss mit unwiderstehlichem Lächeln durch die Verkaufstische hindurch auf die beiden zukam, fasste Trude sich kurz ans Herz und flüsterte Irma zu: »Bitte, sei nicht mehr so hart zu ihm!«

Dann summte sie leise das Lied *Dein Ist Mein Ganzes Herz* aus der Operette *Das Land des Lächelns* vor sich hin. Den Sänger Richard Tauber hatte es innerhalb weniger

Wochen berühmt gemacht. Irma lachte. Sie lachte Erich entgegen. Dieses Mal würde sie nicht wieder ablehnen.

◈

»Bitte suchen Sie sich etwas Schönes aus«, bat Erich Bragenheim an dem Tag, an dem Irma endlich eine Verabredung mit ihm zugesagt hatte.

Irma klappte die Speisekarte nur kurz auf, blickte kaum hinein und legte sie zurück auf das glatte, schneeweiße Tischtuch auf dem kleinen runden Tisch. Nicht, weil sie bereits gewählt hatte, sondern weil ihre Hände zitterten. Sie war vorher noch nie in der *Conditorei Wien* gewesen. Kunden des KaDeWes hatten ihr immer wieder von dem nahegelegenen Café und der Patisserie vorgeschwärmt und wie phantastisch es dort sei. Und es war sogar mehr als das. Irma war überwältigt. Massive Säulen teilten den großen Raum, in dem viele runde Tische mit jeweils vier Kaffeehausstühlen standen. Auf allen Tischen Vasen mit frischen Blumen, Zuckerdosen und Sahnegießer aus weißem Porzellan. An den hohen Wänden schwere Holztäfelungen mit Schnitzereien. Große Kronleuchter, die tief herabhingen. Auf den Fußböden üppige Blumenarrangements in großen Vasen. Es gab an zwei Seiten Logen und Separees, in denen die Gäste durch Vorhänge aus Brokat etwas abgeschirmt sitzen konnten. Irma und Dr. Bragenheim saßen mitten im Raum unter den vielen Gästen, die sich bei duftendem Kaffee, Törtchen und Gebäck angeregt unterhielten.

»Was darf ich Ihnen bestellen?«, fragte Erich Bragenheim.

»Einen Tee bitte«, antwortete Irma zaghaft und dachte daran, dass sie jetzt am liebsten ein Glas des Sherrys trinken würde, mit dem sie auf Max angestoßen hatten.

»Welchen Tee?«, fragte Dr. Bragenheim.

Irma blickte ihn verunsichert an.

Er zählte ein paar fremdländisch klingende Sorten auf. Bei irgendeiner Sorte nickte Irma einfach.

»Und etwas Süßes dazu? Die hauseigene Konditorei ist ausgezeichnet.«

Irma lehnte dankend ab. Sie war so aufgeregt, dass sie sich am liebsten auf ihre Hände gesetzt hätte. Doch das gehörte sich nicht. Außerdem befürchtete sie, ihren Rock zu zerknittern. Unbewusst richtete sie die lange Kette, die sie über der selbstgenähten Bluse trug, und strich den kamelhaarfarbenen Stoff auf ihren übereinander geschlagenen Beinen glatt.

Erich Bragenheim bestellte den Tee, für sich ein Kännchen Kaffee und einen Teller mit verschiedenen Petits Fours. Und zwei Gläser Sherry.

Irma lächelte. War ihm schon aufgefallen, dass er heute einen Anzug in derselben Farbe wie ihr Rock trug? Irma musste, seit ihr das aufgefallen war, immer wieder zu Erich Bragenheim blicken. War es ein Zeichen, dass sie sich bei ihrer ersten Verabredung ähnlich gekleidet hatten? Farblich abgestimmt, füreinander bestimmt. Jetzt werde ich albern, dachte Irma und riss sich zusammen.

Sobald sich der schwarz und weiß gekleidete Kellner mit einer beinahe unmerklichen Verbeugung entfernt hatte, schob Erich Bragenheim den Teller mit dem Gebäck in die

Mitte des Tisches. »Sie müssen unbedingt davon kosten!« Er lächelte sie an.

Irma griff zögernd nach einem winzigen quadratischen Törtchen mit rosafarbener Glasur. Obenauf lag ein grünes Blatt. Als sie hineinbiss, glaubte sie, die Blicke anderer Gäste zu spüren und fühlte sich falsch hier. Als Erich Bragenheim sie an den Tisch geführt hatte, hatte er mehrere Bekannte begrüßt. Was würden sie wohl von ihm denken? Und von Irma?

An einem der Nebentische saßen vier Männer in den braunen Uniformen der Partei, in der seit geraumer Zeit viele Menschen Mitglied wurden. Einer von ihnen fixierte Irma und den Doktor mit seinem Blick. Neben den Uniformierten tranken zwei Frauen Kaffee, die ebenfalls zu ihnen herüberschauten.

»Wie geht es dem kleinen Max?«, fragte Irmas Begleiter unbeschwert.

Irma erschrak. Max! Und Martha! Sie hatte an die beiden nicht mehr gedacht, seit sie zu ihrer Verabredung hier aufgebrochen war. »Es geht ihm gut«, antwortete sie eilig. »Aber ich sollte bald wieder bei ihm sein.« Sie steckte sich ein letztes Stück rosa Petit Four in den Mund. Es war zu süß. Sie trank einen Schluck Tee. Er war zu bitter.

»Ihre Schwester wird sich gewiss gut um den kleinen Prachtjungen kümmern, machen Sie sich keine Sorgen.«

Doch Irma machte sich Sorgen. Weil sie Martha die Verabredung mit dem Doktor verheimlicht und als Notlüge Überstunden im KaDeWe vorgegeben hatte. Weil sich zu Hause Stapel von Wäsche angehäuft hatten, die sie für andere Leute ausbessern musste. Weil sie befürchtete, Martha würde nicht genügend Knallbonbons zusammenstecken, bis Otto Müller zur morgigen Abholung kam. Doch ein Teil von Irma wollte nichts lieber, als mit dem Mann, dessen ganz besonderer Duft dezent zu ihr herüberwehte, zusammen sein, auch, wenn der Tee, den sie gemeinsam tranken, zu bitter und das Gebäck, das sie aßen, zu süß war. Irma kannte das französische Herrenparfüm, das Dr. Bragenheim aufgetragen hatte. Es war aus Frankreich von Lubin. In der Parfümerie im KaDeWe wurde es damit beworben, dass es von Seefahrern erzählt, von Wurzeln, Blüten und fernen Ländern. Erich Bragenheim roch nach dem Ort, an den sie sich mit ihm träumte. Nach dem Meer auf dem Gemälde in seiner Arztpraxis.

Irma blickte sich zu den Menschen in der *Conditorei Wien* um und bildete sich ein, sie würde immer noch von einigen beobachtet. Sie wäre jetzt gern mit Erich Bragenheim woanders. Irgendwo, wo es niemanden interessierte, wer sie beide waren.

»Wenn Sie möchten, dann unternehmen wir einen Spaziergang«, schlug Erich Bragenheim vor. Wieder war es – wie schon so oft – als habe er ihre Gedanken erraten.

»Sehr gern!« Irma war erleichtert und trank eilig den bitteren Tee aus, weil es sich nicht gehörte, eine Tasse nicht auszutrinken.

Erich Bragenheim winkte den Kellner heran, bezahlte, und bat ihn, ihnen ihre Garderobe zu bringen. Während er es sich nicht nehmen ließ, Irma selbst in den Mantel zu helfen, blickte sie zu den süßen Köstlichkeiten, die auf dem Tisch zurückblieben. Am liebsten hätte sie sie in ihr Taschentuch gewickelt und für Martha eingesteckt.

Auf dem Kurfürstendamm herrschte reges Treiben. Seit das Kaufhaus des Westens zu einer beliebten Adresse geworden war, hatte sich die gesamte Umgebung, in der es zuvor vor allem Wohnungen gegeben hatte, in eine Art Einkaufsboulevard verwandelt. Viele neue Ladengeschäfte befanden sich jetzt in den Erdgeschossen der Wohnhäuser und luden mit ihren Schaufenstern und Glasvitrinen auf dem Gehweg zum Bummeln ein. Elegant gekleidete Passanten betrachteten teuren Damenschmuck und Herrenuhren in den Auslagen, vergoldete Tintenfüller und Lederetuis. Eine Dame warf im Vorbeigehen einen unverhohlenen Blick auf Irmas Mantel. Es war der schönste, den sie sich jemals genäht hatte, wadenlang, aus königsblauer, fließender Schurwolle mit einem kleinen Anteil Alpaka, in einem schmalen Schnitt, mit einem Bindegürtel und zwei aufgesetzten Taschen. Trotzdem fühlte sie sich zwischen den vielen flanierenden Menschen kaum selbstsicherer als in der *Conditorei Wien*. Sie fürchtete sich vor dem, was mit jedem weiteren Schritt, den sie mit Erich Bragenheim hier entlangspazierte, auf sie zukam. Fürchtete sie sich davor, dass ihr Traum wahr würde? Dass er tatsächlich ernsthafte Absichten hegte? Wusste sie es nicht längst? Noch könnte sie umkehren. Doch sie ging Schritt für Schritt weiter, an der Seite dieses Mannes.

Irma fühlte ihr Herz bis zum Hals schlagen. Immer wieder blickte sie heimlich zu Erich Bragenheim und glaubte, ihn lächeln zu sehen. Als sie entgegenkommenden Leuten auswich, stieß sie aus Versehen gegen seinen Ellbogen. Eilig entschuldigte sie sich. Ohne darauf einzugehen, hielt er ihr seinen Arm hin. Irma zögerte. Dann hakte sie sich unter. Ihr Herz schlug noch schneller. Sie fühlte die Wärme des Mannes durch seinen Mantelärmel. Sie wollte ihn nie wieder loslassen. Ihr fiel auf, dass sie im Gleichschritt gingen. Irma lächelte. Sie lächelte die gesamte Zeit, die sie schweigend bis ans Ende des Ku'damms in Richtung Halensee gingen.

Sie fürchtete sich vor dem Zeitpunkt, an dem Erich und sie umkehren, wenn sie sich verabschieden und in ihre jeweiligen Leben zurückkehren würden. Irma in das, das sie gemeinsam mit ihrer Schwester und deren Sohn im Wedding führte. Erich in sein wohlhabendes Leben und zu seinen Patientinnen am Kurfürstendamm. Irma mochte ihr Leben mit Martha und Max. Doch sie mochte auch Erich. Mehr als das.

1932

»Du bist die Welt für mich«

»Nach Venedig?«, kreischte Trude Hermann.

Irma blickte sich erschrocken in der Stoffabteilung um. Mehrere Kunden starrten zu ihr und ihrer Kollegin herüber. »Ja«, flüsterte sie und schwächte eilig ab: »Wahrscheinlich. Und es ist auch noch eine ganze Weile hin.«

»Venedig!«, schwärmte Trude. »Siehst du, ich habe dir von Anfang an prophezeit, dass das mit deinem Doktor etwas Ernstes wird. Und nun fährt er mit dir nach Venedig. Ob ich jemals dorthin kommen werde? Nach Venedig. Hach.« Sie dehnte das Wort Venedig, als sei diese Stadt das Paradies.

Irma umarmte Trude. Es tat ihr gut, dass sie ihr all die aufregenden Dinge, die sie seit mehr als einem Jahr erlebte, erzählen konnte. Fast alles, was sie erlebte. Nach dem gemeinsamen Spaziergang, den Erich und Irma nach dem Besuch in der *Conditorei Wien* unternommen hatten, war alles sehr schnell gegangen. Als Irma zum Abschied ihren Arm aus dem seinen hatte lösen wollte, hatte er ihre Hand festgehalten. »Lass uns endlich du sagen. Ich bin Erich.«

»Ich bin Irma!«, hatte Irma gelacht.

Sie hatten sich lang in die Augen geblickt, die Menschen, die an ihnen vorbeigingen, nicht mehr wahrgenommen. Und jetzt?, hatte Irma sich gefragt.

»Ich werde dich nach Hause fahren«, hatte Erich vorgeschlagen.

Irma hatte das Angebot angenommen, sehr aufrecht neben Erich im Wagen gesessen und starr geradeaus durch die Frontscheibe geblickt. Hatte sie bereits geahnt, dass ab diesem Tag ihr Leben anders verlaufen würde? Als Erich das Auto in der Seestraße angehalten hatte, wollte sie schnell aussteigen, doch es gelang ihr nicht, auf Anhieb die Tür zu öffnen.

»Warte«, sagte Erich und stieg aus. Er ging um das Auto herum und öffnete die Beifahrertür. Sie stand dicht vor Erich. Atmete seinen Duft nach Wurzeln und fernen Reisen ein. Er legte eine Hand auf ihren Oberarm. »Darf ich dich morgen nach der Arbeit abholen?«

Irmas Stimme versagte, als sie mit Ja antworten wollte.

Erich ließ seine Hand zärtlich bis zu ihrem Ellbogen gleiten, bevor er zurück auf die Fahrerseite seines Autos ging. Irma blieb noch einen Augenblick unschlüssig stehen. Dann sah sie eine Frau an einem Fenster des Vorderhauses zu ihnen herunterschauen und eilte in den Hinterhof. Zu Martha und Max.

Irma würde für immer das Gefühl bewahren, das sie durchfuhr, als Erich ihr über den Arm gestrichen hatte. Die Erregung, die sie jedes Mal spürte, wenn er sie berührte. Als er das erste Mal ihre Hand ergriffen hatte, um mit ihr vor einem zu schnell heranfahrenden Auto rasch den Ku'damm zu überqueren.

An einem ihrer freien Samstage war Erich mit Irma hinaus an einen See gefahren, der so blau war, wie das Meer auf dem Bild in seiner Praxis. Nicht an den Wannsee, wo sich viele Leute tummelten, sondern weit hinaus aus

Berlin. Ins Ländliche, an den Glienicker See. Dort hatte er eine Decke ausgebreitet. Den Picknickkorb, den seine Haushälterin ihm gepackt hatte, aus dem Auto geholt und Sherry eingeschenkt. Irma und Erich waren ganz allein gewesen. Hatten unbefangen miteinander geplaudert. Miteinander geschwiegen. Erich hatte sich wohlig auf der Decke ausgestreckt. Die Arme unter dem Kopf verschränkt. Irgendwann hatte Irma es gewagt, sich neben ihn zu legen und ihren Kopf auf seinen Arm zu betten. Ihr Herz hatte heftig gepocht. Erich hatte sich aufgerichtet, sich über sie gebeugt, ihr fest in die Augen geblickt. Und sie geküsst.

Von diesem ersten Kuss hatte Irma damals ihrer Kollegin Trude Hermann erzählt. Und jetzt, dass Erich davon gesprochen hatte, noch in diesem Jahr mit ihr nach Venedig reisen zu wollen.

Es tat Irma gut, dass Trude sich mit ihr darüber freute, wie sehr sie in Erich verliebt war. Martha freute es nicht. Also verschwieg Irma ihr vieles. Brachte Notlügen hervor, wenn sie mit Erich verabredet war. Behauptete, dass sie unverhofft im KaDeWe arbeiten müsse. Dass sie dies nicht abschlagen könne, denn immerhin hätte Herr Hoppe ihnen damals mit dem Stubenwagen ausgeholfen.

Martha hatte zwar keine Ahnung, *wie* Irma es tat, aber *dass* sie sich mit Erich traf, das wusste sie. Nichts ließ sie aus, ihr Wissen und ihren Neid darüber Irma vorzuhalten und sich ihrer schlechten Laune hinzugeben.

Irma ging darüber hinweg, doch es verletzte sie, wenn ihre Schwester gegenüber Max, der davon noch gar nichts verstand, böse Sprüche machte. Wenn Irma mit ihm auf dem Fußboden mit Bauklötzen spielte, zog Martha den Jungen, wenn er gerade sehr glücklich war, mit sich aus dem Zimmer und sagte dabei: »Komm, lass Irma in Ruhe, der sind wir nicht mehr fein genug.« Irma versuchte sich immer noch einzureden, dass das Verhalten ihrer Schwester nur Eifersucht und somit auch ein Zeichen von Liebe sei. Vielleicht wäre Irma ja auch eifersüchtig, wenn sie plötzlich für ihre Schwester nicht mehr der wichtigste Mensch im Leben wäre?

»Fahrt ihr mit dem Auto?«, fragte Trude Hermann neugierig. »Es ist doch bestimmt weit bis nach Italien. Oh mein Gott …«, entfuhr es ihr. »Dann müsst ihr ja unterwegs übernachten!«

»Wir müssen auch in Venedig übernachten«, sagte Irma amüsiert.

Trude riss die Augen auf.

»Doch nicht etwa in ein- und demselben Hotelzimmer?«

»Nein!«, behauptete Irma. Dabei hatte sie schon mehrmals in Erichs Wohnung übernachtet.

Sie dachte kurz an den Abend, an dem sie sich fast unentwegt auf dem roten, samtenen Sofa geküsst hatten. Als sie nur dann kurz voneinander abgelassen hatten, um etwas von dem roten Wein, der nach Brombeeren schmeckte, zu trinken. Irma war so erregt gewesen, dass sie in dieser Nacht bei Erich hatte bleiben wollen. Sie hatte ihm das Hemd geöffnet und seine glatte Brust geküsst. Dabei hatte sie sein Herz schlagen hören. Sie hätte es am liebsten mit den Händen umschlossen und festgehalten. Vorsichtig hatte sie sich aus Erichs Umarmung gelöst, war vom Sofa aufgestanden, hatte die oberen Knöpfe ihres Kleides geöffnet und es langsam auf den Boden gleiten lassen. Erich hatte sie dabei betrachtet. Als Irma in Unterwäsche vor ihm stand, erhob Erich sich langsam, nahm sie zärtlich in den Arm und streichelte ihren Rücken. Irma suchte mit ihrem Mund seine Lippen und küsste ihn leidenschaftlich.

»Bist du sicher?«, fragte er.

»Ja!«, sagte Irma und legte eine Wange an seine Brust. Sie hatte das Gefühl zu glühen.

Erich hatte sie ins Schlafzimmer getragen.

Ihre erste gemeinsame Nacht würde sie für immer begleiten. So, wie auch die vielen Nächte danach, in denen sie sich sehr glücklich gemacht hatten. Doch darüber würde Irma mit niemandem sprechen.

»Was denkst du denn von mir?«, warf sie ihrer Kollegin Trude Hermann jetzt gespielt vor. »Wir sind doch nicht verheiratet, noch nicht mal verlobt, also schlafen wir selbstverständlich in verschiedenen Zimmern!«

Trude richtete kurz mit einer Hand den neumodischen Bubikopf, den sie sich beim Friseur hatte machen lassen. »Ich denke nur das Beste von dir. Und was nicht ist, kann ja noch werden. Gib doch zu, dass du hoffst, dass dir dein Doktor bald einen Antrag macht! Vielleicht tut er es ja in Venedig ... Wie romantisch: unsere kleine Irma Weckmüller und der feine Herr Doktor! Er kennt doch bestimmt Mittel und Wege, damit ihr gemeinsam in einem Zimmer übernachten könnt. So ein Jud findet für alles Mittel und Wege.«

»Was meinst du damit?«, fragte Irma verblüfft.

Ihre Kollegin fasste ihr an den Bauch.

»Dass dein Doktor zu verhindern weiß, dass *da* etwas passiert.«

Unwirsch schob Irma Trudes Hand von sich weg. »Nein, wie meinst du das mit dem Jud?«

»Das weiß doch jeder, dass die Juden besonders raffiniert sind. Nicht umsonst sind sie so erfolgreich. Und stinkreich.« Trude zwinkerte. »Raffi, pfiffi, verstehst du?«

Irma verstand nicht. In ihrem Viertel im Wedding lebten viele Juden. Das wusste sie, weil sie eine andere Kirche besuchten. Ansonsten schufteten sie tagein, tagaus wie alle anderen auch. Sie waren kein bisschen ›raffi, pfiffi‹. Irma konnte sich nicht daran erinnern, dass es jemals eine Rolle gespielt hatte, welcher Religion ihre Nachbarn und Bekannten angehörten. Die meisten besuchten sowieso keine Kirchen, manche nur zu besonderen Anlässen wie Ostern oder Weihnachten.

Seit Irma und Martha Vater und Mutter genommen worden waren, fiel es ihnen schwer, an einen Gott zu glauben. Sie hatten seither nie wieder gebetet. Frau Neumann hatte glücklicherweise keinen Wert darauf gelegt. Die Mädchen hätten nicht gewusst, wen sie in ihre Gebete einschließen hätten können. Max hatten sie nicht taufen lassen, damit die Lüge über seine Herkunft nicht aufflog. In den seltenen Fällen, in denen jemand danach fragte, behaupteten Irma und Martha einfach, dass Max bereits getauft worden war, bevor er zu ihnen kam. Wenn Max eines Tages erwachsen sein und die Wahrheit über seine Herkunft kennen würde, dann sollte er selbst entscheiden, ob er sich noch taufen ließ oder nicht.

Es schien jedoch seit einiger Zeit für immer mehr Menschen eine große Rolle zu spielen, ob und welcher Religion jemand angehörte.

»Schau dir zum Beispiel unsere Chefs an«, flüsterte Trude Hermann. »Auch Juden!«

»Herr Hoppe?«

»Nein, der doch nicht, sondern unsere Oberchefs! Denen das ganze Kaufhaus gehört.« Trude trat ganz nah zu Irma und sprach mit so leiser Stimme, dass Irma Mühe hatte, sie zu verstehen. »Das muss man sich mal vorstellen: Das KaDeWe gehört *drei* Menschen allein. Das würde unsereins doch niemals hinbekommen. Sowas schafft nur ein Jud!«

Irma blickte abwesend zur Decke. In einem der oberen Stockwerke hatten die KaDeWe-Gesellschafter und Geschäftsführer Hugo Zwillenberg, Georg und Martin Tietz, ihre Büros. Georg Tietz war Irma schon einmal begegnet, er schien ihr ein Mann wie jeder andere. Sie bewunderte ihn und seine Partner für den Mut und treffenden Geschmack, den sie immer wieder aufs Neue bewiesen. Erst kürzlich waren aufwändige Um- und Erweiterungsarbeiten im Kaufhaus abgeschlossen worden. Seitdem hatte das KaDeWe nicht nur zwei Voll- und zwei Dachgeschosse, sondern auch noch eine Dachgartenterrasse. Dort standen Liegestühle, wie man sie sonst angeblich nur auf luxuriösen Passagierschiffen fand.

»Oder diese ganzen Pfandleiher«, fuhr Trude mit einem verschlagenen Blick über die Auslagen fort, »auch alles Juden! Alle, die es zu etwas gebracht haben, sind Juden. Genau wie dein feiner Doktor. Der Arzt, zu dem ich gehe, wenn ich mal krank bin, der wird es niemals zu einer so schicken Praxis am Ku'damm bringen. Und warum? Weil er kein Jud ist! Aber mir soll es egal sein, meinetwegen sollt ihr glücklich werden.«

Irma und Erich hatten noch nie darüber gesprochen, was es bedeutete, dass er Jude war. Offenbar war er kein strenggläubiger Mensch. Bis auf die beiden siebenarmigen silbernen Kerzenhalter auf seiner Fensterbank war Irma nichts aufgefallen, das mit seine Konfession zusammenhing. Erich hatte auch in ihrem Beisein noch nie gebetet. Betete er überhaupt? Was sollte neuerdings dieses Gerede über die Juden? War Trude Hermann vielleicht eifersüchtig auf Irma? Oder gar neidisch auf Menschen, die so viel erreichten wie Erich?

Erich war erfolgreich, weil er ein guter Arzt war. Einer, der sich wirklich um seine Patientinnen bemühte. Davon war Irma überzeugt. Martha und sie hatten es ja selbst erlebt. Durch seine Menschlichkeit und sein Können war Erich zu Wohlstand gekommen. Und dieser erlaubte es ihm, bald mit Irma nach Italien zu reisen. Sie würden in einem der schönsten venezianischen Hotels übernachten, dem *Grand Hotel des Bains.* Es sah wie ein Palast aus und lag direkt am Lido. Erich hatte Irma eine Postkarte davon gezeigt, weil er schon einmal dort genächtigt hatte. Sie hatte den Namen und sie Aussprache des Hotels in ihr blaues Notizbuch eingetragen. Bis zur Reise wollte sie noch üben, ihn richtig auszusprechen.

Sollte Trude doch denken, was sie wollte. Irma würde mit Erich nach Italien reisen und auch dort ihre Liebe genießen. Es würde ihr zukünftig zwar fehlen, sich wenigstens hin und wieder einem Menschen auf dieser Welt über ihr neues, aufregendes Leben anzuvertrauen, doch auf solche Kommentare wie die soebigen von Trude wollte Irma gern verzichten. Niemand sollte ihr das Glück mit Erich vergiften.

◈

»Entschuldige mich bitte einen Moment«, sagte Erich und strich Irma zärtlich über den Arm, bevor er sich zu seiner Hausangestellten begab.

Irma fühlte sich augenblicklich verlassen zwischen all den Menschen, die mit ihren Aperitifs im Salon um die festlich gedeckte Tafel herumstanden und sich angeregt unterhielten.

Nervös zupfte sie an ihrem Kleid, das sie sich aus hellem, geblümtem Chiffon genäht hatte. Sie blickte über den Tisch, auf dem die geschliffenen Kristallgläser im Schein des Kronleuchters funkelten. Zu allen Getränken, die serviert werden würden, standen jeweils passende Gläser in unterschiedlichen Größen und Formen um die silbernen Teller, auf denen später das Essen aufgetragen werden würde. Daneben lagen unterschiedliche Bestecke aus massivem Silber. Und schneeweiße, sorgfältig gestärkte und akkurat gefaltete Servietten.

Erich besprach leise etwas mit seiner Haushälterin und zeigte dabei auf die zwei Leuchter, die mit je sieben brennenden Kerzen ein zusätzliches warmes Licht auf den Esstisch warfen. Fräulein Nitschke nahm sie eilig herunter und trug sie vorsichtig zur Fensterbank. Dabei tropfte Wachs auf den Parkettboden.

»Menoras gehören nicht auf den Esstisch«, flüsterte Erich Irma erklärend zu, als er wieder neben ihr stand.

Schade, dachte sie, denn der Schein der Kerzen hatte der Tafel noch mehr Festliches verliehen, auch wenn das kaum noch möglich war.

Erich bat seine Gäste, die Plätze einzunehmen.

Irma saß neben Erich an der Stirnseite des Tisches. Fräulein Nitschke ging feierlich um die Tafel und schenkte jedem einen fast violettfarbenen Rotwein ein. Er duftete herrlich nach Brombeeren. Es war der gleiche Wein, den Irma und Erich bei ihrem ersten Picknick und später in ihrer ersten gemeinsamen Nacht getrunken hatten. Irma hätte am liebsten sofort davon genippt. Seit sie mit Erich zusammen war, trank sie öfter Wein oder Sherry, weil es sie beruhigte und ihr Mut verlieh. So wie auch in der Nacht, in der sie einfach bei Erich geblieben war. Als sie sich geliebt haben. Trude Hermann hatte es richtig vermutet: Erich hatte Mittel und Wege gewusst, dass Irma nichts passierte.

Erich erhob sich und schlug sacht ein Messer gegen sein Glas. Es klang hell und voll zugleich. Er begrüßte seine Gäste herzlich und bedankte sich für deren Kommen. Er stellte jedes einzelne Ehepaar vor, indem er zwei, drei Sätze zu diesem sagte: zu den Wegscheiders, Krügers, Rosenkranz', Mantheis, Winterfeldts, Abrahams, Goedeckes, Meyers. Die Herren waren Uhrmacher, Juwelier, Anwalt,

Bankier, Arzt für Augenheilkunde und Bauunternehmer. Irma war an diesem Abend zu nervös, um sich auf Anhieb alle Namen und Berufe einprägen zu können.

Erichs Bruder Martin und dessen Frau waren ebenfalls der Einladung gefolgt. Martin betrieb einen Automobilhandel und eine Reparaturwerkstatt. Erich hatte schon oft sehr liebevoll von seinem Bruder und dessen Familie erzählt. Irma betrachtete Martins Gesicht. Es war genauso eben wie das von Erich. Sein Haar war hellbraun. Seine Augen dunkel. Der Blick sehr ernst. Gelegentlich wirkte er, als müsse er sich dazu zwingen, dem Geschehen an diesem Abend aufmerksam zu folgen und manchmal zu lächeln. Irma wusste von Erich, dass Martin seit der Wirtschaftskrise mit seinem Automobilhandel in finanzielle Schwierigkeiten geraten war und zunehmend Probleme hatte, seine Familie zu ernähren.

»Last, but not least«, sagte Erich, als er in der Vorstellungsrunde bei Irma angekommen war.

Last, but not least, was bedeutete das schon wieder? Alle fremd klingenden Wörter und Wendungen, die offenbar in der feinen Gesellschaft üblich waren, versuchte Irma sich einzuprägen. Dazu schrieb sie sie heimlich in ihr blaues Büchlein und vermerkte dahinter, in welchem Zusammenhang sie diese zukünftig verwenden könnte. Dieses Last, but not least würde sie später auch eintragen.

Erich legte eine Hand auf Irmas Schulter.

»Last, but not least ... Einige von Ihnen wissen es bereits: Das ist Fräulein Irmgard Weckmüller. Die wunderbarste Frau, die mir jemals begegnet ist.«

»Und in Ihrer Praxis begegnen Ihnen ja so einige«, tönte der Bauunternehmer Meyer vergnüglich dazwischen.

Erich fuhr unbeeindruckt fort.

»Irma ist die Frau, mit der ich den Rest meines Lebens verbringen möchte.«

Irma spürte, wie ihr die Röte ins Gesicht stieg. Ihre Hände wurden feucht, zitterten. Sie würde sich gern darauf setzen, wie immer in aufregenden Situationen, doch wie würde das aussehen? Sie befürchtete, dass die Gäste durch den dünnen Stoff ihres Kleides sehen könnten, wie sehr ihr Herz gegen ihre Brust schlug. Irma konnte dem, was gerade geschah, nicht mehr richtig folgen.

Erich nahm aus der Tasche seines dunkelblauen, samtenen Dinnerjackets eine kleine Schachtel, öffnete sie und wandte sich an Irma. »Liebste Irma, würdest du diesen Ring als Zeichen meiner tiefen Zuneigung annehmen?«

Als Irma endlich begriff, dass er ihr gerade einen Antrag machte, schrie es in ihr Ja, doch sie brachte dieses Wort nicht hervor. Sie wusste nicht, ob sie jetzt sitzen bleiben oder aufstehen sollte. Sie wusste nicht einmal, ob sie aufstehen könnte, so sehr zitterten ihre Knie. Erich nahm den Ring von dem kleinen Samtkissen in der Schmuckschachtel und hielt ihn Irma entgegen. Als sie sich erhob, versagten ihre Beine. Sie stützte sich kurz auf der Tischkante ab. Ließ wieder los.

»Liebe Irmgard, möchtest du meine Frau werden?«

Ein Glücksgefühl, wie sie es noch nie erlebt hatte, strömte durch ihren ganzen Körper und auf ihrem Gesicht breitete sich ein Lächeln aus.

»Ja, ich will.«

Erich steckte ihr den Ring an den Ringfinger. Er passte exakt.

Irmas Hand zitterte, doch Erich hielt sie zärtlich zwischen seinen warmen Händen. Gemeinsam blickten sie in die Runde der Gäste, die begeistert klatschten. Irma blickte auf den Ring. In seiner Mitte funkelte ein kleiner Diamant.

»Eine Verlobung. Wie romantisch! Und dass wir dabei sein dürfen«, schwärmte die Gattin von Herrn Winterfeldt und klatschte noch, als alle anderen längst damit aufgehört hatten und die Verlobten wieder saßen.

»Herzlichen Glückwunsch!«, rief Erichs Bruder. »Auf das junge Glück sollten wir anstoßen.«

Die Gäste erhoben ihre Gläser. Irma registrierte die Blicke, die sich manche verstohlen zuwarfen. Auch sie erhob ihr Glas, stellte es jedoch eilig zurück, bevor es ihr aus der zitternden Hand fiel. Alle stießen auf Erich und sie an. Auf ihre Verlobung! Weshalb hatte Erich sie nicht vorgewarnt?

»Dann haben Sie wohl auch vor, in diesen Zeiten zu heiraten?«, fragte Herr Meyer. »Ich hoffe, Sie haben sich das gut überlegt.«

»Da gibt es nichts zu überlegen.« Erich nickte in die Runde, und im selben Moment kam Fräulein Nitschke in den Salon. Begierig schauten die Gäste auf die vielen kleinen Teller, die sie auf massiven Silberplatten hereintrug und vor jedem platzierte: Fasanenpastete mit Preiselbeeren auf Kartoffelspalten.

Irma war erleichtert, dass nun alle vom Thema Heirat abgelenkt waren.

»Machen Sie sich übrigens keine Gedanken, es wird heute nur koscheres Essen geben«, sagte Erich fröhlich.

»Koscheres Essen, was soll das sein?«, fragte Herr Meyer entrüstet.

»Na so etwas, das nur die Juden essen«, flüsterte ihm seine Gattin zu.

Meyer legte angewidert Messer und Gabel beiseite und lehnte sich zurück. »Das ist Judenessen?«

»Nein«, sagte Erich. »Es ist bloß nichts darunter, was einige meiner Gäste nicht essen würden.«

Herr Meyer blickte die Gäste einen nach dem anderen an. »Wenn man sich das leisten kann, nicht alles zu essen, was auf den Tisch kommt, dann muss es einem ja sehr gut gehen. Aber den Juden ging es ja schon immer gut. Viel zu gut.« Meyer nahm das Besteck wieder auf, schnitt etwas missmutig ein Stück Pastete ab und schob es sich in den Mund.

Die andern taten es ihm nach und widmeten sich auch dem Essen. Es schien ihnen zu schmecken, denn bis die Suppe als Zwischengang serviert wurde, waren nur das Klappern des Bestecks auf dem Meißener Porzellan mit dem Zwiebelmuster zu hören.

Erich gab seiner Haushälterin beinahe unauffällig zu verstehen, dass sie bitte nicht nachlassen solle, sämtlichen Gästen Wein nachzuschenken, indem er kurz sein Glas in ihre Richtung erhob und mit dem Kopf in Richtung Runde nickte.

Während des Hauptganges, der aus einem Damwildbraten mit feinen Klößen, gedünsteten Birnen und Rotkraut bestand, lockerte sich die Stimmung. Die Männer unterhielten sich über die neuesten Bauvorhaben in Charlottenburg und Wilmersdorf. Die Gattinnen machten sich Komplimente zu ihren Frisuren oder Kleidern.

Irma bekam kaum einen Bissen hinunter. Sie begriff erst nach und nach, dass sie jetzt verlobt war.

Erich legte kurz seine Hand auf die ihre und sah ihr lächelnd in die Augen. »Bist du glücklich?«, flüsterte er.

»Und wie! Aber warum hast du mir nichts gesagt?«

»Ich wollte dich überraschen. Vielleicht hatte ich auch Sorge, dass du unter vier Augen Nein sagen würdest.«

Irma glaubte, er mache einen Scherz. »Wie kommst du auf diese Idee?«

Erich zuckte mit den Schultern und blickte in die Runde. »Keine Ahnung. Wirklich dumm von mir.«

Vielleicht war es wegen Martha und Max? Weil Erich wusste, dass es für Irma nicht einfach werden würde, ihrer Schwester zu erzählen, dass sie ihn heiraten würde? Aber das würde sie nicht davon abhalten.

Irma legt ihre Hand auf Erichs Arm. »Ich freue mich darauf, mein Leben mit dir zu verbringen!« Erich lächelte und gab ihr einen Kuss auf die Wange.

Frau Meyer schwärmte gerade von einem Sänger, von dem Irma schon häufiger im KaDeWe gehört hatte: »Dieser Käsebier hat zuerst den Ku'damm erobert, dann ganz Berlin und nun erstürmt er sicherlich bald die Bühnen der ganzen Welt.«

»Du mit deinem Käsebier«, sagte ihr Gatte. »Wenn ich den Namen schon höre! Da frage ich mich, ob der nicht auch ein Jud ist. Käse und Bier in einem Wort! Das ist wie Rose und Kranz oder Winter und Feld. Der Goebbels wird das schon rausfinden, ob dein Käsebier ein Jud ist.«

Das Ehepaar Winterfeldt hörte augenblicklich auf zu essen. Wie versteinert blickten beide auf ihre Teller.

»Ach, Friedrich, der Käsebier ist bei allen angesehen. Ganz egal, was er für einer ist«, sagte Frau Meyer.

»Da sieht man's mal wieder«, sagte ihr Mann barsch. »Diese Juden, die glauben immer noch, sie könnten uns alle um den Finger wickeln, nur, weil sie besser trällern können als andere. Oder weil sie das Geld hatten, höhere Schulen als unsereins zu besuchen und zu studieren. Nicht, dass wir uns falsch verstehen: Ich hab nichts gegen die Juden, nicht gegen alle. Es gibt solche und solche. Aber viele von denen glauben, sie seien was Besseres. Die nehmen überall Einfluss und unterwandern alles. Aber damit ist ja, Gott sei Dank, bald Schluss!«

»Ich wäre dafür, wir wechseln das Thema«, sagte Martin.

»Wieso?« Meyer kniff die Augen zusammen. »Sind Sie selbst einer?«

Martins Frau erblasste und trank hastig einen Schluck Rotwein.

»Ist es nicht eine feine Sache, dass in ein paar Jahren die Olympischen Spiele in Berlin stattfinden werden? Habe ich heute gehört,« warf Frau Abraham ein, und Irma war ihr dankbar dafür.

»Moment!« Meyer beugte sich leicht nach vorn und blickte Martin direkt an. »Mein Gegenüber ist mir noch eine Antwort schuldig. Sind Sie ein Jud oder nicht? Bragenheim, das ist doch kein jüdischer Name. Und Martin auch nicht.« Er richtete seinen Blick von Martin auf Erich. »Oder etwa doch?«

Erich antwortete nicht.

Meyer blähte die Backen auf und pustete aus. Dann wandte er sich erneut an Martin. »Und Ihre werte Gattin? Auch Jüdin?«

»Um Gotteswillen, nein!«, antwortete Martins Frau Marlene.

»Mädchenname?« Meyer schlug einen Befehlston an.

»Krause!«, antwortete Marlene.

Meyer grinste und schob sich zufrieden ein Stück Fleisch in den Mund. Er kaute gemächlich, während er die junge Marlene musterte. Ihr blondes Haar, die vollen Lippen und ihr Dekolleté, auf dem sein Blick etwas zu lang hängen blieb. »Na, dann ist doch alles in Ordnung, meine Teure.«

»Ich weiß gar nicht, was neuerdings das ganze Gerede über Juden soll«, sagte Frau Winterfeldt. »Zuallererst sind wir doch alle Deutsche. Mein Mann hat im Krieg für Volk und Vaterland gekämpft. Und der Herr Doktor Bragenheim auch, soviel ich weiß.«

»Ich war gleich nach Ende meines Studiums im Feldlazarett tätig, bis 1918«, sagte Erich

»Ich war dabei, ich kann es bezeugen!«, bestätigte Herr Goedecke.

»Und jetzt sollten wir bitte nochmals auf diesen wunderschönen Abend anstoßen.« Erich erhob sein Glas.

»Und auf Ihre Verlobung!« Frau Winterfeldt klang erleichert, dem Thema Juden entkommen zu können.

Nach und nach erhoben alle ihre Gläser.

»Na gut«, sagte Meyer. »Fürs Politische ist auch morgen noch Zeit.« Er nickte zum Flügel. »Klimpern Sie uns doch zum Dessert was Schönes, Herr Doktor! Die Freude haben Sie uns noch nie gemacht. Das wär doch mal was anderes.«

»Nach dem Dessert vielleicht.«

»Das ist ein Wort! Ich kann ja nur den Flohwalzer. Für Klavierstunden war bei uns kein Geld übrig. Nicht so wie bei den …«

»Friedrich!«, zischte seine Frau.

»Ja, ja, ich hör ja schon auf. Ich merk schon, auf euren Herrn Doktor lasst ihr alle nichts kommen. Soll mir recht sein. Ist ja auch ein guter Mann, der hat schon vielen geholfen. Ansonsten würd ich ja hier nicht sitzen. Prost allerseits!«

Die Gäste nippten an ihrem Wein.

Irma fragte sich, was Erich mit den Meyers verband. Weshalb hatte er sie eingeladen? Mit solchen Menschen mochte man doch nicht an einem Tisch sitzen! Und dann auch noch am Abend ihrer Verlobung. Besaß Erich etwa keine gute Menschenkenntnis? Oder war er anderen Leuten gegenüber zu unkritisch?

Fräulein Nitschke kam herein und servierte ein nach Zimt duftendes Dessert in Kristallschalen, und Erich erwähnte, dass es nach einem italienischen Rezept zubereitet sei – in Vorfreude auf Irmas und seine baldige Reise nach Italien.

»Dann wird die Reise nach Venedig ja eine Verlobungsreise. Wie nobel«, sagte Frau Meyer, und Irma glaubte etwas Abschätziges herauszuhören.

»Können Sie denn die Berliner Damenwelt tagelang allein lassen?«, wollte ihr Gatte wissen und grinste vielsagend.

»Aber selbstverständlich! Es gibt genug gute Ärzte in Berlin«, antwortete Erich, als habe er den Sarkasmus in Meyers Frage nicht bemerkt.

»Auch solche wie Sie, die Frauen in Not helfen?«

Erich erhob sich unbeeindruckt. »Meine sehr verehrten Herrschaften, ich habe zur Feier des Tages für meine Verlobte ein Klavierstück komponiert. Bitte verzeihen Sie mir, wenn es nicht perfekt ist. Ich bin kein guter Pianist, geschweige denn ein fähiger Komponist. Aber es kommt von Herzen.« Er setzte sich an den Flügel und öffnete den Deckel.

Einige Gäste klatschten. Frau Meyer starrte Irma an.

Bevor Erich die ersten Akkorde anschlug, warf er Irma einen Handkuss zu.

Irma fühlte sich plötzlich verlassen, so allein an der Stirnseite des langen Tisches. Sie hörte die harmonischen, verschlungenen und eigens für sie geschriebenen Melodien ineinander fließen. Doch sie nahm sie kaum wahr, weil sie die Blicke einiger Gäste wie ein unangenehmes Brennen auf ihrem Gesicht spürte.

Nach dem letzten Ton hob Erich die Finger von den Tasten und verharrte eine Weile, bevor er seine Hände in den Schoß legte und sein Publikum ansah.

Frau Winterfeldt war es, die als Erste klatschte und rief: »Wie wunderbar! Wenn das kein Liebesbeweis ist!«

Erich wollte sich gerade vom Klavierhocker erheben, als

Meyer verlangte: »Und nun noch was Anständiges. Etwas, das wir alle kennen! Sie können doch bestimmt auch die Vaterlandslieder, die wir zwischen 1914 und 1918 gesungen haben. Oder einen der Märsche aus *Schwert und Leier!*« Meyer schlug mit der Faust auf den Tisch und stimmte an: *»Setzt zusammen die Gewehre, weg mit des Tornisters Schwere, Helm ab, hier ist Rendezvous …«*

Winterfeldt fiel ein. *»Laßt uns gemütlich singen, bald wird Horn und Trommel klingen, und vorbei ist's mit der Ruh …«*

Erich schlug die Melodiebegleitung auf dem Flügel an.

Meyer stampfte unter dem Tisch mit den Füßen, als würde er marschieren, und Winterfeldt schlug mit der Hand den Takt auf dem Tisch.

»Lass gut sein!« Frau Winterfeldt legte entschlossen eine Hand auf die ihres Mannes.

»Oha, die Damen wollen wohl lieber was Romantisches«, rief Meyer. »Können Sie haben: *Das Lieben bringt groß Freud, das wissen alle Leut. Weiß mir ein schönes Schätzelein mit zwei schwarzbraunen Äugelein, das mir, das mir …* Ne, blaue Augen sollten es sein.« Meyer lachte viel zu laut und sang weiter: *»Weiß mir ein schönes Schätzelein mit zwei blauen Äugelein …«*

Fast alle Gäste blickten zu Meyers Frau. In ihre braunen Augen. Auch die Augen ihres Mannes waren von einem Braun, das je nach Licht changierte.

Irma fühlte sich eigenartig erleichtert, weil sie blaue Augen hatte. War ihr vorhin noch heiß gewesen, begann sie nun zu frieren. Was bildete dieser Meyer sich ein? Wie konnte er gegenüber Erich und seinen Gästen so unverschämt sein? Warum hasste er die Juden so sehr? Fast fürchtete Irma sich vor dem, was dieser ungehobelte Mann aus diesem glücklichen Abend noch machen würde. Sie sehnte sich danach, dass Erich sich wieder zu ihr setzte und sie seine Wärme neben sich fühlte.

Meyer trank in einem Zug sein Glas leer und tippte dann auf dessen Rand, damit Fräulein Nitschke ihm nachschenkte. *»Lustig ist das Zigeunerleben, faria, fariaho. Brauchen dem Kaiser kein Zins zu geben, Faria fariaho. Lustig ist's im grünen Wald, wo des Zigeuners Aufenthalt, Faria, faria, faria, faria, faria, fariaho …«*

Endlich setzte Erich sich wieder an den Tisch. Er stimmte in das fröhliche Lied ein, dessen weitere Strophen die Verlobungsgesellschaft im Chor sang.

Frau Winterfeldt hakte ihren Mann unter, um mit ihm zu schunkeln.

Meyer machte es ihr nach und hakte Irma unter. Irma reichte Erich den Arm und spürte seine Wärme durch ihr dünnes Kleid. Sie unterdrückte nur mühsam die Tränen, während sie hin- und hergezogen wurde, umgeben vom fröhlichen *»Faria, fariaho!«*

◇

Während Irma einige Wochen später ihr Chiffonkleid von dem seidenbezogenen Bügel nahm und es sich überzog, schmunzelte sie, weil sie sich an den Gesang am Abend ihres Verlöbnisses erinnerte. Und weil das Kleid das war, das sie seither am liebsten trug und in dem Erich sie am liebsten jeden Tag sehen mochte. Und es war das Kleidungsstück, das er ihr am liebsten auszog. Mal langsam und zärtlich, mal spontan und voller Leidenschaft – so wie vorhin.

Irma drehte sich zu ihrem Verlobten um. Er stand mit dem Rücken zu ihr auf dem großen Balkon ihres Grand-Hotel-Zimmers und blickte über den Lido. Als spüre er Irmas Blick, wandte er sich zu ihr um.

Irma trat zu ihm hinaus. Der Ausblick auf das Wasser, das das Blauviolett des Himmels spiegelte, war überwältigend. Obwohl es bereits Spätherbst war, spielten einige Gäste ausgelassen Ball am Hotelstrand, andere saßen unter Sonnenschirmen und lasen Zeitung oder ein Buch. Wieder andere hielten einfach nur ihr Gesicht in die Sonne oder schienen versunken in die Schönheit des Augenblicks.

Erich zog Irma fest an sich. »Bist du glücklich?«

»So wie noch nie in meinem Leben.«

»Ich auch.«

Irma wollte am liebsten für immer in Venedig bleiben. Venedig, in dem sie fast nicht zum Schlafen kamen, weil sie entweder durch die Lagune schlenderten, eng umschlungen die Kanäle entlang und über die Tausenden Brücken und Plätze flanierten und mit einer Gondel vom Wasser aus die bunten Silhouetten der uralten Häuser bestaunten, während der Gondoliere stoisch und mit der leise platschenden Stake die Gondel vorantrieb und dazu italienische Arien sang. Oder sie sich – wenn sie nicht unterwegs waren – in ihrem großzügigen Bett liebten. Sie versuchten, dabei leise zu sein, weil es im Zimmer so warm war, dass sie Tag und Nacht das Fenster weit offenstehen ließen. Nach dem Liebesakt lösten sie ihre schweißnassen Körper voneinander, lagen erschöpft Arm in Arm nebeneinander und spürten durch die dünnen, wehenden Vorhänge vor der Balkontür den kühlen Herbstwind auf der Haut und sogen den Duft des salzigen Meeres ein, der zu ihnen hereinwehte. Sie genossen es, morgens nach wenig Schlaf vom Kreischen der Möwen geweckt zu werden und nicht zur Arbeit aufbrechen zu müssen. Wenn Irma im Badezimmer am Toilettentisch aus Marmor stand und in den Spiegel blickte, dann fiel ihr auf, dass ihre Haut zarter war, ihre Wangen rosiger und ihr Haar sich leichter kämmen und legen ließ als in Berlin. Sie fand, dass sie glücklich aussah.

Am wenigsten hatten Erich und sie bisher vom Hotel gesehen. Sie waren einmal im Restaurant gewesen, hatten sich die Terrassen mit den geschwungenen Korbmöbeln, die hochherrschaftlichen Treppen und Säulen am Eingang des Hauses angeschaut. Das Gebäude und sein Interieur waren purer Prunk aus Marmor, Mahagoni und Messing. Doch all das, dachte Irma und schmiegte sich noch dichter an Erich, brauche ich nicht. Hier, direkt an diesem Herzen, ist meine Welt. Das brauche ich. Für immer.

Gestern Nacht hatte auch Erich ihr gesagt, dass sie sein größter Reichtum sei. Jetzt küsste er Irma zärtlich. Dabei streichelte er ihren Rücken, dann ihre Hüften, sanft, dann wanderte seine Hand noch weiter hinab.

Irma lachte: »Erich! Wir sind nur noch vier Tage hier! Ich wollte doch noch mal die byzantinischen Mosaiken im Markusdom anschauen, dieses Gold und die Bilder aus den

Millionen bunten Steinchen! Und du wolltest auf den Glockenturm steigen, damit wir ganz Venedig von oben …«

»Unbedingt!« Er erkundete mit seinen Lippen ihren Hals.

Spätestens, wenn er das tat, konnte sie ihm nicht mehr widerstehen. »Nein«, unternahm sie einen letzten Versuch, sich Erich zu entziehen und lieber der Kultur zu widmen. Dann gab sie nach.

»Du hast recht, wir sollten schleunigst zum Markusdom aufbrechen«, ließ Erich plötzlich von ihr ab und verschwand durch die Flügeltür im Hotelzimmer.

Irmas Wangen glühten. Nicht von der Sonne Venedigs. Sie eilte Erich ins Zimmer nach. Er zog sich eben sein Jackett über.

»Erich«, sagte sie enttäuscht.

»Wir sind in Venedig! Und du kommst nicht aus dem Bett, geschweige denn aus diesem Zimmer!«, sagte er vorwurfsvoll.

Irma blickte ihn verunsichert an.

Dann begann er zu lachen.

Irma griff nach einer roten, glatten Frucht in der silberne Obstschale und warf sie nach Erich.

Geschickt fing er sie auf und biss hinein. Sofort verzog er angewidert das Gesicht und blickte auf das, was er in der Hand hielt.

Bevor Irma noch eine weitere Frucht nach Erich werfen konnte, griff er sich Irma.

Als sie später doch noch durch das herrschaftliche Hotel streiften, als sie einen Kaffee auf der Terrasse tranken, als sie am darauffolgenden Tag eine Regatta auf dem Canale Grande beobachteten oder vor dem Herzogspalast standen, sprachen sie immer wieder über ihre Hochzeit. Irma liebte es, wenn Erich davon anfing und konnte nicht genug davon hören. Am vorletzten Abend ihrer Venedigreise standen sie auf dem Glockenturm des Markusdoms. Nur Irma und Erich. Und gurrende Tauben. Sie blickten auf das Meer. Sahen den Horizont. Der Wind zerzauste ihre Haare. Sie lachten darüber.

»Ich weiß schon, wo wir heiraten werden«, sagte Erich.

Irma strich ihm zärtlich das Haar glatt. »Wo?«, fragte sie, obwohl sie es längst ahnte.

»Im *Adlon.* Es ist zwar nicht ganz so prachtvoll wie unser Hotel hier, aber ein Haus wie das *des Bains* findet man in Berlin nicht, vielleicht nicht einmal in Deutschland. Aber wir werden den schönsten Tag unseres Lebens im schönsten Hotel Berlins feiern.«

Irma schlang die Arme um Erich. Er umfasste ihre Taille. Sie blickten schweigend in die Ferne.

»Wir könnten uns in der *Conditorei Wien* eine Torte anfertigen lassen. Sieben Stockwerke hoch!«

Irma lachte auf. »Damit wird man im *Adlon* nicht einverstanden sein, die haben doch eine hauseigene Patisserie«.

»Du hast recht. Das muss alles gut überlegt sein. Aber wir haben ja noch etwas Zeit.« Er schob Irma etwas von sich und sah sie direkt an. »Bist du wirklich damit einverstanden, dass wir mit der Hochzeit noch warten, bis es meinem Bruder und seiner Familie wieder etwas besser geht?«

»Natürlich!« Für Irma zählte das Verlöbnis, denn damit hatten Erich und sie sich das Eheversprechen gegeben. Außerdem bewunderte sie Erich dafür, dass er Martins Familie so selbstlos unterstützte.

Irma gab Erich einen Kuss. »Wir müssen außerdem zuerst die Verlobungszeit bestehen. Es heißt nicht umsonst: Drum prüfe, wer sich ewig bindet.«

»Du willst mich noch prüfen?«

Irma lachte und küsste ihn erneut. »Verlobt zu sein, heißt, sich für die gemeinsame Ewigkeit bereitzumachen. Das haben uns Herr und Frau Abraham in die Glückwunschkarte geschrieben.«

Erich nickte. »Das gefällt mir.«

◈

Als Irma und Erich am folgenden Morgen über den Mercato di Rialto schlenderten, suchte Erich an den Obstständen nach der Frucht, die Irma im Hotelzimmer nach ihm geworfen hatte. Es war ein Granatapfel gewesen.

Amüsiert über die Unkenntnis der beiden Deutschen schnitt der Verkäufer gestikulierend einen auf und demonstrierte, dass man ausschließlich die glänzenden Kerne aus dem Inneren essen dürfe. Dabei redete er viel auf Italienisch, den Inhalt konnten Erich und Irma bloß erraten. Das Italienische kam Irma wie Musik vor, die Musik Venedigs. Der Obsthändler schenkte ihr zum Abschied den schönsten Granatapfel, den er im Angebot hatte. Als sie weitergingen, betrachtete Irma die Frucht immer wieder und strich über ihre rote, glatte Oberfläche. Sie würde ihn mit nach Berlin nehmen und niemals essen. Sie hakte sich bei Erich unter. »Meinst du, dass wir auch in Berlin so glücklich wie hier sein werden?«

Erich blieb stehen und blickte Irma fragend an. »Ich bin auch in Berlin glücklich! Vielleicht sieht es manchmal nicht so aus, aber das liegt daran, dass in Berlin unser Alltag ist. Dort arbeiten wir, damit wir uns Reisen wie diese erlauben können. Wenn wir in Venedig leben würden, wäre auch nicht jeden Tag eitler Sonnenschein. Das ist normal.«

»Du hast recht«, sagte Irma, obwohl sie nicht ganz überzeugt war.

Erich zog sie an sich. »Es ist völlig gleichgültig, wo wir sind. Ich brauche nur eines zum Glücklichsein: dich.«

»Und ich möchte immer dort sein, wo du bist«, flüsterte Irma.

II

1945

»So, wie die Blume welkt …«

»Es ist kalt bei dir, kälter als draußen«, sagte Max und zog fröstelnd die Schultern hoch.

»Souterrain eben«, sagte Irma, ohne von dem Stofffetzen aufzublicken, auf den sie gerade ihren Namen und ihre Adresse schrieb. Sie schob ihrem Neffen mit dem Fuß eine Holzkiste hin. »Jetzt setz dich erst mal. Und lass den Mantel an.«

Max gehorchte, so, wie er immer gehorcht hatte, wenn Irma etwas von ihm verlangt hatte. Sie sah ihn kurz an, wieder einmal verdutzt darüber, wie groß und stattlich er mit seinen fünfzehn Jahren war. Mindestens einen Kopf größer als Irma – und als Martha. Das hatte er wohl von seinem Vater geerbt. Von dem Mann, den Max niemals kennengelernt hatte: Karl-Heinz Fricke. Ansonsten ähnelte er, wie Irma es nach seiner Geburt vorausgeahnt hatte, seiner Mutter sehr. Blaue Augen, dunkles Haar. Max war etwas ganz Besonderes.

»Komm doch bitte wieder zurück zu uns! Vertragt euch wieder«, bat er.

Irma reagierte darauf nicht und malte in großen Buchstaben *Für Erich Bragenheim* auf den Rest des Lakens, das Erichs ehemaliger Haushaltshilfe als weiße Fahne gedient hatte, als die Russen vor einem halben Jahr im Mai einmarschiert waren. Würde der Stoff Irma mehr Glück bringen, als er Fräulein Nitschke gebracht hatte?

Die Russen hatten nachgeschaut, wer die weiße Fahne am Fenster des Souterrains angebracht hatte. Als sie daraufhin die hübsche, junge Frau antrafen, »feierten« sie ihren Sieg mit ihr. Gegen deren Willen.

Irma war zu dieser Stunde gerade wieder auf der Suche nach Erich gewesen. Als sie zurück in die Bleibe, die sie sich seit Kriegsende mit Fräulein Nitschke notdürftig teilte, gekehrt war, hatte sie sie völlig verstört vorgefunden und sich seither fürsorglich um sie gekümmert. Doch dann war Erichs ehemalige Haushälterin eines Nachts verschwunden, und Irmas pausenlose Suche nach ihr erfolglos geblieben. So erfolglos, wie ihre Suche nach Erich. Sie sorgte sich sehr um Erich – und um Fräulien Nitschke. Man hörte immer wieder von Frauen, die sich etwas Schlimmes antaten, nachdem ihnen ähnliches wie Fräulein Nitschke zugestoßen war.

»Ich könnte dir bei der Suche nach Erich helfen«, schlug Max vor.

Irma blickte ihrem Neffen ins Gesicht. »Nein. Ich möchte nicht, dass du Ärger bekommst. Es ist schon schlimm genug, dass du heimlich herkommst.«

»Sie würde auch davon nicht erfahren.«

»Kümmere dich lieber um dich. Der Krieg ist vorbei, du musst jetzt dein Leben in die Hand nehmen.«

Max setzte sich auf seine Hände, wie er es schon als Kind immer getan hatte und wie Irma es tat, wenn sie nervös war. »Möchtest du gar nicht wissen, wie es Mutti geht?«

»Nein«, log Irma.

Max fröstelte in seinem Mantel. Dem Mantel, den Irma

ihm vor ein paar Jahren aus dickem dunkelgrauem Kammgarn genäht hatte und der inzwischen überall spannte, weil Max so schnell heranwuchs. Gern würde Irma ihm den Mantel weiter machen, doch sie hatte damals nicht so viel Tuch verwendet, dass sie die Nähte auftrennen und Stoff herauslassen könnte.

»Ich koche uns einen Tee, ich habe noch ein paar Hagebutten.« Auf einem kleinen, schiefen Holztisch in der Ecke bewahrte sie ihre Habseligkeiten auf und suchte die abgeschrammte Blechdose hervor, in der sie die getrockneten Früchte aufbewahrte.

Max zog eine Schachtel Chesterfield aus der Manteltasche hervor.

Irma bemerkte es aus dem Augenwinkel. War er auf dem Schwarzmarkt darangekommen? Was hatte er dafür gegeben? Während sie Wasser erhitzte, war sie wieder einmal froh darüber, dass sie immer noch einen Tauchsieder besaß. Sie hatte ihn vor Jahren bei der Firma Eltron Dr. Theodor Stiebel gekauft, die die ersten Ringtauchsieder in Deutschland in einer kleinen Hinterhofwerkstatt in der Reichenberger Straße produzierten, die dann im Krieg total zerstört worden war.

Max' Blick wanderte durch das Zimmer und blieb an der Nähmaschine hängen, die ebenfalls aus der gemeinsamen Wohnung in der Seestraße stammte. »Nähst du wieder?«

»Ab und zu bringt mir jemand etwas zum Flicken und gibt mir dafür etwas Brot oder Kartoffeln. Die meisten Leute haben jedoch andere Sorgen, als sich Sachen ausbessern zu lassen.«

Das Wasser brodelte. Irma zog mit zwei spitzen Fingern den lose am Kabel hängenden Stecker aus der Dose, goss die Hagebutten, die sie irgendwo auf der Suche nach Erich am Wegrand gepflückt und dann getrocknet hatte, in einer abgeschlagenen Emaille-Kanne auf und stellte diese auf den Tisch. »Darf ich?«, fragte sie und zeigte auf die Zigarettenschachtel.

»Sie ist für dich!« Max schmunzelte.

Irma nahm vorsichtig eine Zigarette heraus und betrachtete sie eine Weile wie ein besonderes Geschenk.

Max blickte auf das alte Einweckglas voller Kippen, das auf dem Tisch stand. Daneben lagen ein paar nicht ganz aufgerauchte Zigarettenstummel, die Irma auf der Straße aufgesammelt hatte.

»Mutti bekommt wieder eine Anstellung als Mamsell. In Zehlendorf. Da hat sie zwar einen weiten Weg und …«

… und der Hausherr ist hoffentlich kein solches Schwein wie Fricke, unterbrach Irma ihren Neffen gedanklich und inhalierte tief den ersten Zug der Chesterfield.

Max zündete sich ebenfalls eine an.

Der Junge sollte nicht rauchen, dachte Irma besorgt, er ist doch noch ein Kind. Sie goss zwei angeschlagene Becher mit blass orangefarbenem Tee voll.

»Wenn Mutti in Zehlendorf ihre Anstellung antritt, dann wird sie dort freie Kost und Logis haben. Sie wird nur noch selten nach Hause kommen. Dann könntest du doch wieder bei uns wohnen. So wie früher!« Max fuchtelte mit der Zigarette herum, und der Rauch breitete sich in der Küche aus.

»Max, bitte!« Sie drückte ihre erst angerauchte Zigarette vorsichtig am Deckel des Weckglases aus und legte sie neben die anderen Kippen.

»Wenn Erich zurückkommt, wird er sicherlich in die Seestraße kommen und dort nach dir fragen.«

Irma blickte Max fest an. »Und *du* weißt dann, wo ich bin und was du ihm sagen wirst.«

Er nickte. »Aber wenn ich gerade nicht zu Hause bin? Dann wird er nicht erfahren, wo er dich findet, weil Mutti es nicht weiß. Schon deshalb wäre es gut, wenn ihr wieder miteinander redet und …«

»Trink deinen Tee!«

Max gehorchte. Als er den Becher wieder abgesetzt hatte, versuchte er es erneut: »Wir drei. So wie früher. So wie ganz früher. Bitte, mir zuliebe!«

Irma reagierte nicht.

»Aber warum denn nicht?« Er blickte sie flehend an.

»Du weißt es«, sagte Irma.

◈

»Fräulein Weckmüller?«, rief ein fremder Mann einige Wochen später hinter ihr.

Überrascht blickte sie sich um.

Der Mann trug links eine Augenklappe.

Der Zettel mit dem Gesuch nach Erich, den sie gerade unter den vielen Vermisstenanzeigen, die andere Leute einfach über der ihren angebracht hatten, hervorgeholt hatte, fiel ihr aus der Hand. Täglich ging sie zu dieser Vermisstensuchstelle, um ihren Aushang gut sichtbar zu platzieren. Irma hob das Gesuch auf, bevor es der Mann tat. Woher kannte er ihren Namen? Hatte er vielleicht im Kaufhaus des Westens gearbeitet?

»Wie schön, dass Sie überlebt haben, Fräulein Weckmüller.«

Irma musterte ihn fragend.

Seine knochige Hand lag auf seiner Brust, die Wangen waren eingefallen, und er trug einen viel zu weiten Filzmantel. »Erkennen Sie mich denn nicht? Eugen Wegscheider! Ich war ein Kamerad Ihres Verlobten, von 1917 bis 1918. Wir haben uns gelegentlich an den Gesellschaftsabenden in Erichs Wohnung gesehen.« Seine Augen glänzten. »Wie oft habe ich in den letzten Jahren an diese guten Zeiten zurückgedacht.«

Irma wich zurück. Eugen Wegscheider? Eugen Wegscheider war einst ein stattlicher Mann gewesen, man hätte ihn als beleibt beschreiben können. Jetzt wirkte er wie ein großer, ausgemergelter Vogel. Wegscheider war Juwelier in Charlottenburg gewesen und hatte jede Gesellschaft zum Lachen gebracht, weil er es sehr gut verstand, Witze zum Besten zu geben. Viel besser als Erich, der sich auch für einen guten Witzeerzähler gehalten hatte, dem aber fast jede Pointe missglückt war, was wiederum Irma sehr amüsiert hatte. Sie hoffte, bald wieder mit Erich lachen zu können.

Irma blickte auf ihre ausgetretenen braunen Schuhe. Sie waren durchfeuchtet vom Schneematsch, durch den Irma seit Tagen durch die Gebäuderuinen lief, um nach Erich zu suchen. Am linken Schuh löste sich die Sohle ab. Irma sah den Mann wieder an. Eugen Wegscheider! Sie hatten einst ausgelassen Foxtrott getanzt, und ein paar Tage nach ihrer Verlobung mit Erich hatte er ihr als Geschenk einen zierlichen goldenen Kettenanhänger zukommen lassen, den er selbst geschmiedet hatte.

Irma fasste sich unwillkürlich an den Hals. Den Anhänger hatte sie vor Jahren versetzt, als Erich und sie Geld gebraucht hatten, um ihre geplante Auswanderung vorzubereiten.

Falls Erich sich ebenfalls so stark wie Eugen Wegscheider verändert hatte, dann würde sie ihn vielleicht nicht wiedererkennen, wenn er ihr jetzt begegnete, dachte sie besorgt. Sie trat wieder zu Wegscheider und reichte ihm die Hand. »Bitte entschuldigen Sie, dass ich Sie nicht gleich erkannt habe. Ich freue mich sehr, Sie wiederzusehen!«

Seine Hand fühlte sich rau und rissig an. Hatte er die Krätze? Irma wagte nicht, ihre Hand wegzuziehen.

Eugen Wegscheider lief eine Träne aus dem gesunden Auge. »Sie sind der erste liebe Mensch, der mir in Berlin begegnet. Der erste Mensch, den ich aus den guten alten Zeiten kenne.« Er streckte die Arme wie zu einer Umarmung aus.

Irma trat einen Schritt zurück und fragte eilig: »Seit wann sind Sie wieder in Berlin?«

»Seit ein paar Wochen, seit Mitte September. Es hat gedauert, bis ich mich zu Fuß nach Berlin durchgeschlagen hatte.«

»Von wo sind Sie gekommen?«

»Aus Polen. Auschwitz-Birkenau.«

Irma nickte und blickte auf das Vermisstengesuch in ihrer Hand. »Dann werden Sie mir leider nichts über Erich berichten können. Er war in Theresienstadt. Das ist auch weit weg. Bestimmt ist er noch unterwegs zu mir.« Um ihre Tränen zu verbergen, drehte sie sich dem Holzbrett zu, an dem die unzähligen Zettel angebracht waren und das fast eine gesamte Barackenwand einnahm. Sie stahl eine Reißzwecke von einem anderen Gesuch und pinnte ihres gut sichtbar obenauf. Eugen Wegscheider stellte sich neben sie und las. Jetzt lief ihm eine gelbliche Träne unter seiner Augenklappe hervor. »Sie wissen es noch nicht?«

»Was?« Kälte erfasste ihren gesamten Körper, als sie sich ihm zuwandte.

Wegscheider blickte sich in der Suchstelle um, in der sich inzwischen sehr viele Menschen vor den Aushängen drängelten. Einige weinten, andere blickten stumm umher.

»Lassen Sie uns bitte nach draußen gehen, um in Ruhe zu reden«, bat er zaghaft.

Irma überprüfte nochmals, ob ihr Aushang gut platziert war, bevor sie Eugen Wegscheider folgte. Sie könnte ihm anbieten, seinen Mantel enger zu machen, schoss es ihr groteskerweise durch den Kopf, als sie ihm hinaus folgte. Sie würde den überflüssig gewordenen Stoff nicht abschneiden, damit sie ihn wieder herauslassen konnte, wenn der Mann eines Tages wieder seine stattliche Statur angenommen hatte.

Draußen standen Menschen in einer langen Schlange an einer Gulaschkanone an, um sich warme Suppe abzuholen. Auf den umliegenden Schutthaufen saßen einige und löffelten aus ihren Blechnäpfen. Andere zogen Bollerwagen hinter sich her, in die sie gesammelte Holzreste und anderes Brauchbares luden. Jeder hatte wohl noch den Winter des Vorjahres in schrecklicher Erinnerung und befürchtete, dass es auch in diesem Jahr wieder so eisig würde.

»Worüber möchten Sie mit mir reden?« Sie trat von einem Fuß auf den anderen, um das aufkommende Zittern zu bekämpfen. War Erich längst zurück in Berlin, wollte aber nichts mehr mit ihr zu tun haben? Hatte er sich in eine andere, eine, die standesgemäßer war als Irma, verliebt?

Irma erinnerte sich daran, dass Eugen Wegscheider einmal Zeuge einer Eifersuchtsattacke von Irma geworden war. Erich und sie waren mit ein paar Bekannten zum Tanzen ins *Barberina* in der Hardenbergstraße ausgegangen. Erich hatte irgendwann an diesem Abend ein sehr elegantes Fräulein aus der illustren Runde aufgefordert. Irma erkannte, dass diese junge Frau etwas Besseres war als sie. Nicht nur an deren Kleid, das vermutlich im Modehaus Herrmann Gerson am Werderschen Markt, einem der größten und renommiertesten, für Luxus und Exklusivität bekannten Geschäfte gekauft worden war. Sondern auch an der Haut des Fräuleins. Wohlhabende Menschen besaßen eine reinere Haut als arme Leute. Strahlend und glatt und von ebenmäßigem Teint. Irma hatte Glück, denn man sah ihr an der Haut nicht an, dass sie vom Wedding kam. Damals noch nicht.

»Sie tanzt wie eine Feder«, hatte Erich über seine Tanzpartnerin gesagt, als er zu Irma an den Tisch zurückgekehrt war. Als Erich dann Irma zum Tanz aufgefordert hatte, hatte sie beleidigt abgelehnt und ihm vorgeschlagen, sich doch eine andere tanzende Feder zu suchen. Irma schüttelte über ihre damalige Eifersucht den Kopf. Wie hatte sie sich durch so etwas Sinnloses die kurze, gemeinsame Zeit mit Erich trüben lassen können?

»Hat Erich sich in eine andere verliebt?«, fragte sie jetzt. Denn Wegscheider stand einfach nur stumm vor ihr. »Nun reden Sie schon!«

»Ihr Verlobter war ebenfalls in Auschwitz«, sagte er.

Irma schüttelte den Kopf. »Nein! Er war in Theresienstadt! Er hat dort als Arzt gearbeitet. Ich war da!«

»Das weiß ich. Ich war mit ihm in Theresienstadt. Er hat übrigens ständig nur von Ihnen erzählt. Von Ihren Reisen mit ihm. Von Ihren Plänen. Von Ihrer beider Liebe. Was Sie alles auf sich genommen hätten, um ihm zu helfen. Dass Sie ihn im Lager besucht haben, weiß ich auch.«

»Ich habe ihm auch dorthin geschrieben, wieder und wieder. Und Päckchen geschickt.«

Eugen Wegscheider blickte zu Boden. »Post kam keine mehr bei uns an.« Dann schwieg er.

Irma trat wieder unruhig von einem Bein auf das andere. »Was wollen Sie damit sagen?«

Langsam hob er den Kopf und blickte sie mit dem einen Auge an. »Zunächst wurden Leute wie wir, die im Ersten Weltkrieg Volk und Vaterland gedient haben, davon verschont und durften in Theresienstadt bleiben. Erich hat dort im Lazarett gearbeitet, ich im Straßenbau.«

Irmas Blick schweifte kurz zu einer Frau ab, die ihr kleines Kind mit Suppe fütterte. Dann fragte sie: »Wovon verschont?«

Wegscheider wischte sich mit der zerkratzten Hand über die feuchte Wange. Er sagte nichts.

»Sie sind doch wieder hier! Was ist denn los? Wissen Sie, wo Erich ist?«

Wegscheiders Adamsapfel bewegte sich auf und ab, als er leise weitersprach: »Im Oktober '44 wurden plötzlich Transporte zusammengestellt. Ich stand auch auf der Liste. Und Erich.«

Das wollte Irma nicht hören.

»Der Bestimmungsort wurde geheim gehalten«, fuhr Wegscheider fort. »Ihr Verlobter war nicht mehr gut bei Kräften, als wir in Auschwitz ankamen. Die Arbeit in Theresienstadt hatte ihm sehr zugesetzt. Dann dieser Transport. Wir hatten Hunger. Wir hatten so furchtbaren Hunger ...«

»Aber Sie sind jetzt hier! Wo ist Erich?« Am liebsten hätte sie Wegschneider gepackt und geschüttelt, damit er es endlich sagte.

Eugen Wegscheider schwieg. »Ich habe allein bei diesen Transporten einhundertsiebzehn Freunde und Bekannte verloren«, sagte er schließlich. Plötzlich wankte er.

Irma griff nach seinem Oberarm. Sie erschrak, weil er so dürr war.

»Gleich, nachdem wir ankamen, wurden sie ... Nur fünfzig von den vielen Tausenden wurden nicht ins Gas geschickt.« Er blickte Irma an, als plage ihn das schlechte Gewissen, weil er überlebt hatte. »Dass ich hier bin, gleicht einem Wunder«.

»Und Erich!«, sagte Irma wie zum Trotz.

Eugen Wegscheider reagierte nicht. Irma konnte das Zittern nicht unterdrücken. »Und Erich«, flüsterte sie, und ihre Stimme brach weg.

Wegscheider schüttelte sacht den Kopf.

Sie wollte »Nein« schreien. Eugen Wegscheider schlagen für diese Lüge! Doch sie war wie gelähmt, ihr Körper gefühllos bis auf diesen stechenden Schmerz, der ihr vom Herzen aus in den Körper fuhr. Sie fasste sich an den Bauch, krümmte sich, als habe jemand sie in den Leib getreten. Dann bahnte sich der Schrei seinen Weg: »Nein!«

Sie wankte, ihr wurde schwarz vor Augen.

Eugen Wegscheider wollte sie noch auffangen.

Doch Irma fiel.

1946

»Wo du nicht bist, kann ich nicht sein.«

Ende Februar herrschten in Berlin unter null Grad Celsius, und die Ruinen der einst so stolzen Häuser lagen unter einer trügerisch idyllischen Schneedecke. Die Menschen froren. Irma jedoch spürte keine Kälte. Sie spürte gar nichts.

Als sie eines Tages vor Erichs ehemaligem Zuhause stand – noch immer getrieben von der unwirklichen Hoffnung, das Gesicht ihres Geliebten zwischen den Mauerresten zu entdecken – erreichte das, was Eugen Wegscheider ihr Wochen zuvor mitgeteilt hatte, ihr Gehirn. Und ihr Herz. Sie sank auf die Knie und ließ sich mit dem Oberkörper über den Schutt fallen. Dort lag sie, als wolle sie die schneebedeckten, eiskalten Steine umarmen. Daran, wie sie irgendwann zurück in ihre Bleibe kam, konnte sie sich später nicht erinnern.

Seit diesem Tag suchte sie nicht mehr nach Erich. Sie verließ ihr Kellerloch, wie sie ihre Behausung in der Linienstraße in Berlin-Mitte nannte, kaum noch. Manchmal, wenn sie hörte, dass sich Schritte der Tür näherten, nahm sie einen irrealen Augenblick lang an, es könne Erich sein. Doch es war jedes Mal Max, der an ihre Tür klopfte und nach ihr rief. Irma rührte sich dann nicht. Sie wollte ihn nicht sehen. Sie wollte niemanden sehen. Max legte ihr meistens etwas zu Essen vor die Tür: Brot, Kartoffeln und manchmal auch ein Stück Schokolade. Irma wartete ab, bis ihr Neffe fort war, bevor sie die Tür einen Spalt öffnete und die Sachen hereinholte. Eigentlich interessierten sie nur die Zigaretten, die Max immer dazulegte.

Irma verbrachte die meiste Zeit in ihren Mantel und in alte Decken eingerollt auf der Pritsche. Sie döste vor sich hin, immer versucht, Erinnerungen an Erich heraufzubeschwören. Erinnerungen an die guten Zeiten mit ihm. In Berlin, in Italien, in Österreich oder in der Schweiz.

Ein ganz intensive Erinnerung waren die Tage in den Alpen. Ihre Wanderungen mit Erich. Die vielen braunen Kühe mit den großen Glocken um die Hälse, die bei jedem Schritt über die saftgrünen Weiden und bei jeder Kopfbewegung der Tiere geläutet hatten. Das Picknick, das Erich und Irma auf der Alm gemacht hatten. Sie erinnerte sich an ihre große Sorge, als Erich übermütig einen hohen Felsen erklommen hatte, um ihr ein Edelweiß zu pflücken. Das Edelweiß, das bis heute gepresst in ihrem blauen Buch lag. Die vielen Küsse, die Irma Erich zum Dank gegeben hatte: Auf seine feinen Hände, die Wangen, den Hals und seinen Mund. Irma würde niemals vergessen, wie sie sich auf der Decke geliebt hatten. Wie sie sich dabei von all den wiederkäuenden Kühen beobachtet gefühlt und sich sehr darüber amüsiert hatten. Anschließend hatte Irma Erich gebeten, ein weiteres Edelweiß zu pflücken, nicht für sich, sondern für Martha. Erich war ihrem Wunsch selbstverständlich nachgekommen.

Wenn es Irma gelang, positive Erinnerungen heraufzubeschwören, schlief sie für ein paar Stunden ein. In ihren Träumen sah sie sich mit Erich als Braut und Bräutigam. Auf dem Standesamt. Vor ihnen eine Schale mit zwei Ringen. Lachend. Bei strahlendem Sonnenschein. Umringt von Menschen ohne Gesichter. Bis auf Max, der Erich und Irma freudig zuwinkt. Im Traum nimmt Irma Erich an die Hand und läuft mit ihm fort. Weg von den gesichtslosen Menschen! Doch wohin? Irma wachte jedes Mal auf, bevor sie eine Antwort finden konnte.

Den anderen Träumen, in denen sie wiederholt erlebte, was Erich und ihr Böses widerfahren war, konnte Irma bis zu deren Ende nicht entkommen: Joseph Goebbels, der mit schneidender Stimme verkündet, dass Berlin schleunigst von den Juden gereinigt werden müsse und dass er nicht ruhen und rasten würde, bis der letzte Jude Berlin verlassen habe. Erich, der Irma mitteilt, dass es ab sofort strengstens verboten sei, dass sie heiraten. Irma, die Erich mit sich fortzieht. Ihre Schwester Martha, die ihnen den Weg versperrt. Irma, die Martha grob beiseite stößt. Doch hinter Martha baut sie sich erneut auf: die Mauer gesichtsloser Menschen.

Irma träumte auch immer wieder vom Gas. Vom Gas in Auschwitz: »Fräulein Weckmüller, ich muss Ihnen leider mitteilen, dass Ihr Verlobter ins Gas geschickt wurde. Gleich, nachdem wir angekommen sind«, teilt Eugen Wegscheider ihr mit und fügt hinzu: »Es grenzt an ein Wunder, dass ich überleben durfte …«

Weshalb durfte Wegscheider überleben? Warum Erich nicht?

In ihrem heutigen Traum trägt Irma ihr Brautkleid und steht mit Erich vor einem großen Tor. Er lässt ihre Hand los und geht durch das Tor. Es schließt sich hinter ihm. An dieser Stelle schreckte Irma aus ihrem Traum auf. Weshalb hatte sie Erich nicht wenigstens im Traum zurückgehalten? Oder war mit ihm gegangen? Sie wollte doch immer dort sein, wo er war. Und Erich wollte sein, wo Irma war. Das hatten sie sich versprochen. In guten wie in schlechten Zeiten.

Als Irma richtig wach und durch die Eiseskälte ihr Kopf schnell klar wurde, wusste sie, was sie zu tun hatte. Sie würde ihr Versprechen halten.

Sie würde Erich heiraten!

Augenblicklich hatte sie das Gefühl, dass wieder Blut in ihren Adern pulsierte. Sie stand von der Pritsche auf und setzte sich auf den Hocker an dem wackligen Tisch, auf dem sich nichts als das Weckglas mit den Kippen befand und steckte sich eine ihrer halb aufgerauchten Filterlosen an. Sie tastete den Saum ihres Mantels ab. Er war noch dort, der Diamant aus ihrem Verlobungsring. Mit dem Gold des Ringes hatte Irma versucht, Erich aus Theresienstadt nach Berlin zurückzuholen. Sie war auf die leeren Versprechen eines Bekannten hereingefallen.

Den Diamanten trug sie stets bei sich. Sie hätte sich damit eine bessere Bleibe leisten können als dieses Zimmer mit dem kleinen Fenster, dessen zerborstene Scheibe zur Hälfte durch Pappe ersetzt war. Durch die andere Hälfte konnte Irma, wenn sie sich auf die Zehenspitzen stellte, auf den Gehweg hinaussehen. Doch sie erspähte dort meistens nicht viel mehr als die Schuhe der wenigen vorbeigehenden Menschen. Irma hätte sich mit dem Diamanten auch Essen und neue Kleidung kaufen können. Oder gar ein besseres Leben in einer anderen Stadt führen. Vielleicht sogar in einem anderen Land. Doch das war für Irma nicht in Frage gekommen, denn mit diesem Diamanten hatten Erich und sie sich ein gemeinsames Leben versprochen. Für nichts anderes war dieser Stein bestimmt.

Kurz darauf warf Irma den Rest der Zigarette ins Weckglas und stand auf. Sie blickte lang in den fast blinden Spiegel, der über dem Ausguss hing und sah darin eine Frau, die sich bis an die Grenze der Verwahrlosung hatte gehen lassen. Irma strich sich das lange, strähnige Haar beiseite und erblickte eine Frau, die Erich kaum wiedererkennen, geschweige denn heiraten würde. Ihre Haut im Gesicht war nicht bloß fahl, sondern auch talgig. Die Lippen waren aufgesprungen und die Mundwinkel eingerissen. Ihre Augen trüb. Eine Frau, der wohl niemand bei der Umsetzung ihres soeben gefassten Entschlusses helfen würde. Sie musste sich verändern.

Irma legte ein Ohr an ihre Wohnungstür. Keine Stimmen, keine Schritte waren im Hausflur zu hören. Als sie sicher war, niemandem zu begegnen, öffnete sie die Tür, lief in die Waschküche und holte eilig den ersten Eimer Wasser in ihre unbeheizte Bleibe. Als sie sich wusch, fror sie nicht, auch nicht, als sie sich eiskaltes Wasser über die Haare goss und danach mit Kernseife einrieb.

Sie probierte einen schmalen, knielangen Rock und eine helle Bluse an, die ihr eine Kundin zum enger machen gebracht hatte. Zufrieden stellte sie fest, dass ihr beide Kleidungsstücke gut passten. Irma zog den Rock wieder aus und zeichnete sich mit einem winzigen Stück Brikett Linien auf die Rückseiten ihrer nackten Beine, sodass es aussah, als trage sie feine Nylonstrümpfe mit Nähten. Danach trennte sie den Diamanten aus dem Saum ihres Mantels, wickelte ihn in ein kleines Stück Stoff und versteckte das winzige Päckchen unter dem Rand ihres Schlüpfers über dem rechten Bein. Dann zog sie den Rock wieder an.

◈

In den Straßenzügen in Charlottenburg und Wilmersdorf hielt Irma Ausschau nach Schildern und Aushängen an den Hauseingängen, auf denen Anwälte ihre Dienste anboten. So zerstört, wie die beiden Stadtteile waren, war Irma sich bewusst, dass sie lang würde suchen müssen. Plötzlich stand sie vor dem Gemüseladen, vor dem sie im Februar des vergangenen Jahres für einen Kohlkopf angestanden hatte. Am 3. Februar 1945. Bei der Erinnerung daran schluckte sie hart, und ihre Brust wurde eng.

Wie viele andere Berliner auch, hatte sie damals angenommen, dass der Krieg bald vorbei sein würde. Nicht, weil Hitler versprochen hatte, dass die Wunderwaffe U2 der Wehrmacht doch noch den Endsieg bescheren würde, sondern weil fast alle ahnten, dass der Krieg ein für alle Mal verloren war. Hoffentlich, hatte Irma gedacht und nur einen Gedanken gehabt: dass Erich dann bald zurück nach Berlin käme und es ihnen endlich möglich sein würde, zu heiraten. Bei jedem Luftangriff, während dem Irma in einem Keller oder Bunker ausharrte, hatte sie sich ihr Leben mit Erich ausgemalt. Vielleicht war es ihr Glaube an eine glückliche Zukunft gewesen, der Irma hatte überleben lassen.

Sie hatte nicht mitgezählt, wie häufig sie seit 1940 in Luftschutzbunkern gesessen hatte, während bei Fliegerangriffen Bomben tosend in den umliegenden Straßen zu Boden gegangen waren. Die Explosionen hatten die Mauern des Kellers vibrieren und die Menschen panisch schreien und sich aneinander festklammern lassen. Als am besagten 3. Februar gegen halb elf am Vormittag die Luftschutzsirenen heulten, rannten die meisten Leute in der Schlange vor dem Gemüseladen sofort weg, während Irma zunächst überlegte zu bleiben, um etwas zu essen zu ergattern. Doch dann verdunkelte sich der Himmel so intensiv wie bisher bei keinem Luftangriff.

Irma rannte los und erhielt Einlass im Bunker am Zoo, in dem es angeblich Platz für achtzehntausend Schutz suchende Menschen gab. Auf fünf Etagen. Manche redeten anfangs noch unbefangen miteinander. Ein Mann reichte eine ausgelesene Zeitung weiter. Ein anderer nahm sie freudig entgegen, setzte seine Brille auf, deren Gläser jeweils einen Sprung hatten, und schlug die Zeitung auf. Kurz darauf gingen die ersten Bomben auf Charlottenburg nieder. So viele gleichzeitig wie niemals zuvor. Das Licht flackerte. Die Mauern des Bunkers bebten. Der Lärm war ohrenbetäubend. Die Motoren der Bomber, lautes Pfeifen, die dumpfen Einschläge und Explosionen. Die Menschen verstummten. Kinder klammerten sich weinend an ihre Mütter, die Mütter sich an ihre Kinder. Die wenigen Männer im Bunker regten sich nicht. Dann erlosch das Licht. Verzweifelte Schreie. War dieser Bunker Ziel des Angriffs, weil die Amerikaner wussten, wie viele Menschen hier Schutz suchten und dass man sie an diesem Morgen mit einem Schlag vernichten konnte? Das konnte sogar dann gelingen, falls die Bunkermauern standhielten. Denn den Leuten könnten die Lunge oder andere innere Organe durch den Luftdruck der Explosionen zerfetzt werden. Andere könnten von herabstürzenden Balken erschlagen werden. Oder ersticken, weil der Ausgang des Bunkers verschüttet war …

All das wusste Irma und fragte sich viel zu spät, weshalb sie gerade hier Schutz gesucht hatte. Hätte sie sich allein an einem anderen Ort versteckt, wäre ihre Chance zu überleben sicherlich größer.

Irma presste sich die Hände auf die Ohren, um das Wimmern der Frauen und Kinder nicht länger mit anhören zu müssen. Und um ihr Trommelfell davor zu schützen, dass es durch den Lärm der Detonationen zerriss.

Seit einem Jahr wurde Berlin nicht mehr nur nachts, sondern auch tagsüber bombardiert. Die Gedächtniskirche, der Ufa-Palast, das Aquarium und viele Wohnhäuser und Geschäfte waren längst zerstört. Auch das Haus am Ku'damm 141 gab es nicht mehr, doch Irma trieb es immer wieder dorthin. Sie wollte Erich in Empfang nehmen, wenn er zurückkehrte und sein Zuhause nicht mehr vorfand, und ihn dann mit zu sich in den Wedding nehmen. Obwohl sie wusste, dass Martha dies nicht gutheißen würde.

Die Schwestern sprachen zu diesem Zeitpunkt schon lang nicht mehr miteinander und hatten die Wohnung in der Seestraße unter sich aufgeteilt, um sich dort so wenig wie möglich begegnen zu müssen. Jede verließ ihr Zimmer nur noch dann, wenn es unbedingt sein musste. Wenn die eine etwas zum Kochen ergattert hatte, bereitete sie sich das Essen erst dann zu, wenn die andere sich nicht in der Küche aufhielt. Wie gut, dass Max nicht miterleben musste, wie es inzwischen um seine beiden Mütter stand. Als Martha und Irma noch miteinander geredet hatten, hatten sie sich gestritten, als Martha Max zur Erholungsverschickung in ein KLV-Lager hatte geben wollte. Wenn einer überleben sollte, dann sollte es Max sein, hatte Martha gesagt, deshalb müsse er auf eine dieser Ferienreisen in einem luftsicheren Raum, die die Hitlerjugend organisierte, gehen. Doch Max hatte keinesfalls von Zuhause weggewollt. Und Irma hatte mehrfach davon gehört, dass die monatelangen Aufenthalte der Kinder und Jugendlichen keiner Erholung dienten, sondern einem starken, disziplinarischen Drill, dem man sie im Unterricht und in der Freizeit aussetzte. Die meisten Kinder litten unter starkem Heimweh. Doch davon wollte Martha nichts hören und warf Irma vor, dass sie schuld sei, wenn Max in Berlin etwas zustieße. Die Schwester einigten sich schließlich auf den Kompromiss, Max zu einer Pflegefamilie in die Eifel zu bringen, denn die Bombardements auf Berlin waren inzwischen zu gefährlich geworden. Lang hörten Irma und Martha nichts von Max. Irma befürchtete, dass er es in der Eifel nicht so gut getroffen hatte, wie ihr Eindruck gewesen war, als sie ihn den Pflegeeltern übergeben hatten. Irma schickte Max Briefe und Päckchen in die Eifel, von denen sie lang nicht wusste, ob sie Max erreichten. Bis sie eines Tages einen Brief von Max in der Wohnung gefunden hatte, den Martha Irma vorenthalten hatte, und in dem stand, dass er alles erhalten habe und es ihm gut ginge. Die Pflegeeltern hatten außerdem geschrieben, dass er ein sehr lieber Junge sei.

Irma lächelte bei dem Gedanken daran, als sie im Bunker am Zoologischen Garten saß. Ja, Max war ein lieber Junge. Und ein sehr empfindsamer. In diesem Jahr würde er fünfzehn Jahre alt werden. Glücklicherweise immer noch zu jung, um an die Front eingezogen zu werden. Hoffentlich war der Krieg vorüber, bevor Hitler sich überlegte, nach den sechzehnjährigen auch noch fünfzehnjährige Jungen einzuziehen. Kaum jemand glaubte noch an den baldigen Endsieg, der täglich im Radio propagiert wurde.

Wenn sich Leute voneinander verabschiedeten, sagten sie schon seit geraumer Zeit nicht mehr »Mach es gut« oder »Auf Wiedersehn«, sondern: »Bleib übrig!«

Wie viele Berliner würden nach diesem Angriff übrigbleiben? Seit einer halben Stunde schon fielen pausenlos Bomben.

Irma hatte das Gefühl, ihr Brustkorb würde gesprengt. Sie nahm die Hände von den Ohren und umfasste fest ihren Oberkörper, wippte vor und zurück. Manche Leute um sie herum wirkten inzwischen so, als würden sie ihrem Ende lethargisch entgegensehen. Sie kauerten auf den Bänken oder am Boden und blickten apathisch vor sich hin. Andere wimmerten. Nach einer knappen weiteren halben Stunde wurde es draußen plötzlich still. Alle richteten den

Blick hoffnungsvoll zur Decke des Bunkers. Dann ein weiterer Einschlag. Ein Beben des Bunkers. Erneute Ruhe.

Wer bisher noch nicht geweint hatte, tat es jetzt.

Als Irma in der schluchzenden Menge gegen Mittag schließlich ins Freie trat, war der Himmel schwarz. Zu ihrer Überraschung brannte es in der Umgebung des Zoologischen Gartens nur an wenigen Stellen lichterloh. Irma stolperte hinter anderen her durch eine Schneise. Dann sah sie es. Das Feuer, das wie eine Wand am Horizont loderte und sich mit hoher Geschwindigkeit auf den Kurfürstendamm zubewegte. Die Menschen stoben schreiend auseinander. Wie eine Lawine rollte das Feuer sekundenschnell auf alles noch Bestehende und Lebende zu. Die Flammen hatten einen Sog entwickelt, der zahlreiche Menschen mit sich riss. Wer Glück hatte, war nicht allein unterwegs und bildete mit anderen Menschen eine Kette, um sich dem zu widersetzen. So auch Irma, als sie sich Hand in Hand mit wildfremden Menschen langsam zum Wedding durchschlug. Waren dort auch Bomben abgeworfen worden? Würde die Seestraße in Trümmern liegen? Würde Irma ihre Schwester wiedersehen?

Der Brandgeruch nahm Irma den Atem. Sie hustete, rang nach Luft. Die Menschen, an die sie sich klammerte, waren schwarz vom Ruß, nur aus manchen Augenhöhlen blitzte noch etwas Helles auf. Sie kamen nur sehr langsam vorwärts. Aus den Trümmern riefen Verschüttete verzweifelt um Hilfe. Andere schrien mitten auf der Straße vor Schmerzen. Doch niemand ließ sich auf seinem Weg nach Hause aufhalten. Auch nicht von den brennenden

Menschen, die wie lebendige Fackeln durch die Verwüstung torkelten bis sie hinfielen und regungslos verstummten. Kaum jemand nahm Notiz von den herumliegenden menschlichen Gliedmaßen, aus denen Blut in die schwarze Asche sickerte. Und von der Frau, die aus dem Ende von Irmas Menschenkette in die Flammen gerissen wurde.

Jeder wollte nur eines: übrig bleiben.

Stunden später kam Irma in ihrem Viertel an und sah bereits von weitem, dass die Seestraße beinahe unversehrt geblieben war. Auf dem Weg dorthin brannte ein Transparent mit der Aufschrift *Unsere Mauern brechen, unsere Herzen nicht,* von denen die Mitglieder der Volkswohlfahrt in den vergangenen Wochen sehr viele in Berlin aufgestellt hatten. Irmas Herz war längst zu Asche geworden. Es tröstete sie nicht, dass Martha nicht so wie sonst sofort grußlos in ihrem Zimmer verschwand, wenn Irma nach Hause kam, sondern auf sie zukam und sie umarmte, weil sie überlebt hatte.

Über dreihundert Luftangriffe hatten Irma und Martha zu diesem Zeitpunkt in Berlin überlebt. Dies war keine Garantie dafür, einen weiteren zu überleben. Wie lange würde dieser Krieg noch andauern, fragten sich die Menschen, wenn sie inzwischen nicht mehr nur nachts in die Keller ihrer Häuser und in die Luftschutzbunker gezwungen wurden. Dort fanden jedoch nur die wenigstens von ihnen Platz, also zogen viele mit Klappstühlen los, um vor den Eingängen zu den Bunkern auszuharren, bis erneut die Sirenen aufheulten. Irma gehörte nicht zu den sogenannten Klappstuhlgeschwadern. Nach dem verheerenden Angriff am 3. Februar 1945 flüchtete sie bei Bombenalarm in den Keller ihres Wohnhauses in der Seestraße. Dort roch es noch immer so, als lagerten im Keller Kartoffeln, die endlich einmal entkeimt werden mussten. Dort roch es nach heiler Welt.

⟐

Es war, als schneide der Frost ihr ins Gesicht, als Irma jetzt vor dem Gemüseladen – gut ein Jahr später – die Erinnerungen an diese Bombennacht und alles, was darauf folgte, zu verdrängen versuchte und sich auf ihre Suche nach einem Rechtsanwalt besann. In den klirrend kalten Schneisen der Verwüstung trugen nur wenige Trümmerfrauen Steine und Schutt ab, die meisten von ihnen ohne Handschuhe. Irma besaß noch einen Muff, doch auch darin froren ihre Hände, so wie die Füße in den aufgeweichten, zerlöcherten Halbschuhen. Ihre Winterschuhe hatte sie im Herbst, in der Hoffnung, dass es keinen harten Winter geben würde, gegen Zigaretten eingetauscht.

Seit ihrem Entschluss, einen Anwalt zu suchen und mit seiner Hilfe Erich zu heiraten, war es, als sei Irma zu neuem Leben erwacht. Ja, sie empfand wieder. Sie fror auch wieder. In der Waschküche hatte sie die Wasserleitungen mit Stoffresten umwickelt, damit sie nicht einfroren oder platzten. Morgens zierten Eisblumen die kleinen Fensterscheiben ihres Zimmers. Als kleines Mädchen hatte Irma verwundert beobachtet, wie die filigranen Gebilde nach und nach dahinschmolzen, nachdem ihre Mutter in der

Küche den Ofen angeheizt hatte. Sie hatte gespannt auf den nächsten Morgen gewartet, an dem neue Eisblumen, die ganz anders als am Vortag aussahen, die Fenster verzierten. Inzwischen hasste Irma Eisblumen. Ebenso sehr wie Eiszapfen, weil man sie nicht mehr so wie in Kindertagen abbrechen und im Mund zu Wasser zerschmelzen lassen konnte, denn sie waren in diesem Winter voller Einschlüsse von Staub und Asche. Asche, die nicht nur von verbrannten Gegenständen stammte. Manche Leute tauten Eiszapfen auf, weil sie ansonsten keinen Zugang zu Trinkwasser hatten. Jedes Mal nahmen sie dann ein paar Körnchen verbrannter Menschen in sich auf, dachte Irma und fragte sich, wessen Asche ihr der kalte Wind auf ihrer Suche nach einem Anwalt ins Gesicht wehte. Wie viele Körnchen Mensch atmete sie gerade ein?

An manchen, nur wenig zerstörten Häusern waren provisorische Aushänge angebracht, hier von einem Friseurmeister und dort von einem Schuster, die ihre Dienste anboten. Ein Tischler hatte Holzspäne zum Heizen zu vergeben. Alle, die etwas feilzubieten hatten, würden sich vermutlich statt mit Geld mit Lebensmitteln oder Zigaretten bezahlen lassen. Auch Leute, die noch über Besitztümer wie Schmuck oder Teppiche verfügten, tauschten diese gegen Butter oder Wurst ein. Oder gegen medizinische Hilfe.

Die paar Krankenhäuser, die in Berlin die Bombardements überstanden hatten, waren mit Kriegsversehrten überfüllt. Wer jetzt durch Hunger, Kälte, verunreinigtes Wasser oder verdorbenes Essen so ausgezehrt war, dass er ärztlichen Rat oder Medikamente benötigte, versuchte meistens vergeblich, Hilfe zu bekommen. Mittel gegen Läuse und Krätze waren Raritäten, für die man auf dem freien Markt teuer bezahlen musste. Wer die Läuse loswerden wollte, schor sich den Kopf kahl. Wer sich nicht mit Krätze anstecken wollte, vermied es, die schorfigen Hände anderer zu drücken.

In fast allen Hauseingängen hausten Menschen, in Lumpen und der Kälte schutzlos ausgeliefert. Manche hielten Vorbeikommenden die offene Hand entgegen. Die Hoffnung, dass jemand etwas zu essen hineinlegte, erfüllte sich zumeist nicht. Irma tastete durch den Mantel die Stelle unter ihrem Mantel ab, an der der Diamant über dem rechten Bein steckte. Würde sie heute noch einen Anwalt finden, den sie damit bezahlen konnte? Vermutlich waren außer Irma noch viele weitere Menschen auf der Suche nach juristischem Beistand. Seit der Krieg verloren war, gab es keine Anlaufstellen mehr für diejenigen, die ausgebombt worden waren. Wer setzte sich inzwischen für die Entschädigungen der vielen Opfer ein? Andere suchten wiederum anwaltliche Hilfe, um die Entnazisierungen zu umgehen, der sie sich als ehemalige Parteimitglieder und Funktionäre der NSDAP gesetzlich unterziehen mussten. Darunter befanden sich sicherlich auch viele Juristen. Deshalb würde es schwer werden, einen Rechtsanwalt zu finden, der bereits wieder arbeitete. Vielleicht sollte Irma von vornherein nur nach einem jüdischen Anwalt suchen? Vor 1933 hatte es sehr viele von ihnen in Berlin gegeben, doch die Nazis hatten die Stadt weitestgehend von ihnen »gesäubert«.

Plötzlich sah sie eine Frau in einem eleganten Kostüm und mit akkurat sitzendem Dutt, die mit einem weißen

Tuch das Messingschild am Eingang eines etwas zurückgesetzten und offenbar völlig unversehrten Hauses in der Mommsenstraße blank rieb. Der Anblick irritierte Irma. Der Schnee, von dem der Zugang auf die Eingangstür sorgfältig freigeschaufelt worden war, türmte sich, vermischt mit Schutt und Asche, am Rande der Straße.

Dr. Karl Rohde – Rechtsanwalt und Notar, las Irma auf dem glänzenden Schild. War sie gerade ihrem Ziel näher gekommen, noch dazu in diesem Rest heiler Welt? Sie sprach die Frau an, die soeben in etwas ungalanter Weise in das Putztuch spuckte und danach erneut über das goldfarbene Schild wischte: »Guten Tag. Bitte entschuldigen Sie. Ich möchte gern zu Herrn Dr. Rohde. Wissen Sie, ob er heute zu sprechen ist?«

Die Frau hielt inne, drehte sich zu Irma um und streifte mit kurzem Blick ihren schäbigen Mantel, der vor Jahren, als Erich und Irma in der *Conditorei Wien* gewesen waren, mal ein sehr ausgefallener gewesen war, und die Schuhe, die sich inzwischen vollständig aufzulösen drohten.

»Kommt darauf an, worum es geht.« Die Frau wandte sich mit dem Putzlappen der ornamentverzierten Glasscheibe in der Eingangstür zu.

»Mit Verlaub, das würde ich gern mit Herrn Dr. Rohde selbst besprechen.«

»Mein Mann ist sehr ausgelastet.«

Sie war also seine Ehefrau. Womit konnte Irma sie locken? »Ich würde ihn sehr gut bezahlen«, versuchte sie es.

Frau Rohde wandte sich ihr erneut zu und musterte sie. »Und womit?«

»Auch das würde ich gern selbst mit ihm besprechen«, sagte Irma so selbstbewusst, wie es ihr möglich war.

Die beiden Frauen blickten sich eine Weile fest an. Schließlich ging Frau Rohde voraus ins Haus. Irma folgte ihr die Stufen in die erste Etage hinauf. Die Frau des Anwalts trug feine Strümpfe mit echten Nähten.

»Warten Sie bitte hier, ich werde nachsehen, ob mein Mann Zeit hat.« Frau Rohde schloss eine Wohnungstür auf. Wärme drang in den Hausflur. Und der Geruch von Braten.

Während Irma wartete, strich sie sich das Haar aus dem Gesicht und den Mantel glatt. Sie wiederholte in Gedanken die Sätze, die sie sich zurechtgelegt hatte, um einem Anwalt ihr großes Anliegen vorzutragen.

Rechtsanwalt Rohde knöpfte sich die dicke, elegante Hausjacke zu, als er in der Tür erschien. Er war ein kleiner, gedrungener und kahlköpfiger Mann, der Irma auf Anhieb an Otto Müller erinnerte, den Mann, der Martha vor dem Krieg mit Knallbonbons für die Heimarbeit versorgt hatte. Otto Müller war, kurz nachdem man ihn an die Front eingezogen hatte, gefallen. Irma hatte seit Jahren nicht an den Mann gedacht, der immer offen für gute Geschäfte gewesen war. Hoffentlich würde es Anwalt Rohde ebenso sein.

»Gnädige Frau! Dann schauen wir mal, ob ich etwas für Sie tun kann«, sagte er und schloss die gegenüberliegende Tür auf der Etage zu seiner Kanzlei auf. Dort waren im gesamten Korridor edle Möbelstücke untergestellt. An den Wänden lehnten gerahmte Gemälde.

Der Anwalt blieb an einer mit aufwändigen Schnitzereien verzierten Garderobe stehen.

»Verraten Sie mir Ihren Namen?«, fragte er freundlich.

»Weckmüller, Irma Weckmüller.«

Herr Rohde nickte und half ihr aus dem Mantel. Irma spürte die Kälte in diesen offenbar schon seit langem nicht mehr beheizten Räumen und hätte ihren Mantel gern angelassen, doch sie legte ihn ab, um nicht unhöflich zu wirken. Außerdem hoffte sie, in ihrem geliehenen Rock und der Bluse vertrauenswürdiger zu wirken als in ihrem heruntergekommenen Mantel.

»Bitte folgen Sie mir.« Der Anwalt ging weiter voraus.

Auch in seinem Besprechungszimmer häuften sich Gemälde, Spiegel, zusammengerollte Teppiche. Aus einer geöffneten Truhe lugten ein paar achtlos verstaute Teller aus Meißen hervor. Porzellan, wie viele wohlhabende Menschen es vor dem Krieg besaßen. Ein solches wie auch Erich es besessen hatte. »Wie schön, dass Sie Ihr Heim und Ihr Hab und Gut über den Krieg retten konnten«, sagte Irma, nur, um etwas zu sagen.

Anwalt Rohde schaute auf die Sachen, als sähe er sie zum ersten Mal. »Ja, wir haben Glück gehabt. Was hier steht, ist allerdings von Mandanten.«

Nach all den Schätzen zu urteilen, rannten die Leute dem Rechtsanwalt das Haus ein. Vielleicht war Herr Rohde der einzige, der in Berlin bereits wieder arbeitete. Oder war er sogar der Beste von allen und ließ sich dafür angemessen bezahlen?

Rohde nahm an einem gewaltigen Schreibtisch aus dunklem Holz Platz. Erich hatte einen ähnlichen, dachte Irma abgelenkt, als der Anwalt ihr den Stuhl auf der gegenüberliegenden Seite des Tisches anbot.

Dankend setzte sich Irma.

Herr Rohde knöpfte seine Jacke ein Stück weit auf, weil sie über dem Bauch zu fest spannte, nahm ein Blatt Papier und öffnete einen Tintenfüllfederhalter. »Was kann ich für Sie tun?« Er blickte Irma interessiert an.

Irma fand die Worte nicht wieder, die sie sich zurechtgelegt hatte.

»Na, das muss ja etwas ganz Furchtbares sein, das Sie zu mir führt.« Er zwinkerte. »Haben Sie denn etwas angestellt?«

»Nein!« Sie knetete ihre Finger in ihrem Schoß.

»Ich bin Anwalt. Also mal ganz ungeniert raus mit der Sprache!«

Sie holte tief Luft. »Ich möchte meinen Verlobten heiraten.«

Rohde tippte mit dem Füllfederhalter aufs Papier. »Das ist schön. Aber weshalb kommen Sie damit zu mir?« Er zwinkerte erneut. »Oder will Ihr Verlobter Sie nicht mehr heiraten, und ich soll ihn nun dazu zwingen?«

Irma zwang sich zu einem Lächeln.

Er schwieg, betrachtete sie. Dann fragte er ernst: »Gnädige Frau?«

»Wir sind verlobt. Unsere Hochzeit war beschlossen. Alles dafür angemeldet«, brachte Irma stockend hervor. »Doch dann kam alles anders. Nicht, weil wir nicht mehr heiraten wollten, sondern weil man uns nicht mehr gelassen hat. Aber inzwischen sind andere Zeiten, bessere. Jetzt können Erich und ich endlich heiraten.«

Rohde schloss den Füllfederhalter und legte ihn aufs Papier. »Lassen Sie mich raten: Kommunist oder Jude?« Er lachte kurz auf. »Ein Homo wird Ihr Verlobter ja wohl nicht sein!«

Irma senkte den Kopf.

»Was?«, fragte der Anwalt ungeduldig.

»Jude«, flüsterte sie und hob den Kopf. Ihr Blick fiel zu einer großen Standuhr, vor der ein riesiger, mit Intarsien aus Elfenbein und Perlmutt verzierter Globus stand. Ihr fiel der erste Sherry ein, den sie in ihrem Leben getrunken hatte. Erich hatte ihn aus einem Flakon neben einem großen Globus eingeschenkt, um mit Irma auf Max, den kleinen Kaiser, zu trinken.

Anwalt Rohde lehnte sich zurück, verschränkte die Arme vor der Brust und blickte Irma nachdenklich an. »Ein Jud also. Einer, der überlebt hat. Und sogar zurückgekommen ist«, stellte er wie für sich selbst fest. Dann ließ er den Blick über die vielen Gegenstände in seinem Besprechungszimmer schweifen. Auf seiner Stirn bildeten sich Schweißperlen. »Bisher ist keiner von all denen, die mir dieses Zeug gebracht haben, wieder bei mir aufgetaucht.« Er sah Irma an. »Wie hat er denn überleben können, Ihr Jude? Haben Sie ihn versteckt?«

»Nein«, sagte sie leise. »Er war zunächst in Theresienstadt. Danach in Auschwitz.«

»Sieh mal einer an! Dann können Sie aber von Glück reden. Aber wahrscheinlich war es in den Lagern doch nicht so schlimm, wie es heutzutage von einigen gern behauptet wird.«

Irma kamen die Tränen. Zum ersten Mal, nachdem Eugen Wegscheider ihr die Nachricht von Erichs Tod überbracht hatte.

»Also. Weshalb kommen Sie zu mir?« Rohde nahm den Füllfederhalter wieder auf und klopfte damit auf das Papier. »Warum heiraten Sie Ihren Verlobten nicht einfach?«

Erneut suchte Irma vergeblich nach Worten. »Weil er tot ist!«, stieß sie schließlich hervor.

Der Anwalt starrte sie an. Sie hielt seinem Blick stand, bis er zur Tür schaute. Überlegte er, wie er vor der verrückten Frau, die ihm in seiner Kanzlei gegenübersaß, fliehen konnte?

»Gnädige Frau, bei allem Respekt, Sie sind bei mir an der falschen Adresse!« Er erhob sich und knöpfte seine Hausjacke wieder zu.

Irma blieb sitzen. »Bitte, Sie sind doch Anwalt! Ich möchte nichts weiter, als dass unsere Ehe geschlossen wird. So, wie wir es uns versprochen haben.«

Rohde wies Richtung Tür.

»Ich kann Sie auch gut bezahlen!«, flehte Irma.

»Gehen Sie jetzt!« Er ging einige Schritte Richtung Ausgang der Kanzlei.

Irgendetwas sagte Irma, dass ihr der Diamant jetzt auch nichts mehr bringen würde. Als sie dem Rechtsanwalt in den Korridor und hinaus aus der Kanzlei folgte, vergaß sie beinahe, ihren Mantel mitzunehmen. Rohde klopfte bereits energisch an seine Wohnungstür. Als seine Frau öffnete, schien er sich augenblicklich sicherer zu fühlen. »Verlassen Sie sofort unser Haus!«

»Bitte …«

»Gehen Sie endlich!«, schrie der Anwalt.

◈

In den folgenden Wochen wurde Irmas Anliegen von weiteren Anwälten abgewiesen. Einige hielten Irma für verrückt und äußerten dies ziemlich unverhohlen, bevor Irma überhaupt ausgesprochen hatte.

Rechtsanwalt Winkler hörte Irma wenigstens zu und erklärte ihr zunächst in aller Ruhe, dass postmortale Eheschließungen nicht mehr möglich seien. Im Krieg hätte es zwar ein paar Ausnahmefälle gegeben, die sogenannten Stahlhelm-Hochzeiten, doch diese seien etwas anderes gewesen, weil sie vor allem Versorgungszwecken gedient hatten. Inzwischen herrschte Frieden und da gäbe es keine Eheschließungen mit Verstorbenen mehr.

»Vielleicht nur deshalb, weil es noch keiner versucht hat«, entgegnete Irma. »Ich bitte Sie sehr, der erste Anwalt zu sein, der eine solche Heirat durchsetzt!«

Rechtanwalt Winkler schüttelte den Kopf. »Es wäre aussichtslos. Und ich würde mich lächerlich machen.«

»Aber es würde doch kaum jemand mitbekommen.«

»Meine Kollegen schon«, erwiderte er. »Angenommen, die Sache geht bis vors Gericht oder würde in der Justizbehörde bekannt, dann wäre mein Ruf ruiniert. Aber soweit würde es sowieso nicht kommen, weil ich keine Strategie sehe, die ich in dieser Angelegenheit juristisch einschlagen könnte. Ich kann Ihr Mandat nicht übernehmen, weil es solche Fälle heutzutage nicht mehr gibt und auch nicht mehr geben wird. Mit Verlaub, kein vernünftiger Mensch heiratet jemanden, der tot ist!«

Bevor Irma erneut etwas einwenden konnte, lachte der Anwalt kurz auf: »Das ist wirklich eine lustige Idee, mit der Sie zu mir gekommen sind. Leider völlig absurd.«

Lustig fand Irma das alles nicht, und erst recht nicht absurd. Sie hatte Erich ein Versprechen gegeben. Und sie würde es halten. Sie konnte sich nicht vorstellen, dass es jemals einen anderen Mann in ihrem Leben geben würde als Erich. Sie gehörte nicht zu den Menschen, die sich nach einem »Ersatz« umsahen, nachdem der wertvollste und von Herzen geliebte Mensch aus dem Leben hatte gehen müssen. Den liebsten Menschen konnte man nicht ersetzen. Wer sollte denn Erichs Stelle einnehmen? Irma hatte immer nur eines gewollt: mit Erich zusammen sein. Und daran hatte sich auch nach seinem Tod nichts geändert. Sie wollte keinen anderen Mann heiraten. Sie verstand die Frauen nicht, die sich nach einem »Neuen« umsahen, wenn der Ehemann gefallen war. Hatten diese Frauen wirklich geliebt? Irma bezweifelte es. Sie konnte sich auch nicht in die Eltern hineinversetzen, die nach dem Verlust eines Kindes schnell ein neues machten. Irma verurteilte keinen dieser Menschen als charakterlos oder gar lieblos. Ihr Denken und Handeln war ihr nur völlig fremd. Sie hatte nichts mit ihnen gemeinsam. Außerdem würde sich Irma niemals wieder von jemandem daran hindern lassen,

Erich zu heiraten. Sie würde seine Frau werden, koste es was es wolle.

Irma ließ den Blick durch Winklers provisorisch eingerichteten Kanzleiraum streifen. Ein kleines gedrechseltes Regal, auf dem sich Bücher türmten. Auf dem Schreibtisch zwei Aktendeckel. An der Wand gepresste Blumen und Gräser in drei Bilderrahmen. Es schien Irma, als benötige der Anwalt dringend Geld. Weshalb nutzte er die Gelegenheit nicht, welches zu verdienen? Vor dem Fenster stand ein Kastanienbaum. Er war zur Hälfte verkohlt, doch an den unversehrten Ästen blühte er so, als schere die eine Hälfte sich nicht darum, dass die andere tot war. Vielleicht in der Hoffnung, auch die andere Hälfte eines Tages wieder mit Leben zu erfüllen. Und zum Erblühen zu bringen.

»Ich habe gerade neulich davon gehört, dass jemand seine große Liebe nach deren Tod geheiratet hat«, behauptete Irma. »In Italien«, fügte sie hinzu, weil ihr gerade das Land einfiel, in dem sie unvergleichlich schöne Tage mit Erich erlebt hatte. »Vielleicht könnten Sie es herausfinden und dann in Deutschland der erste Rechtsanwalt sein, der einen solchen Fall in Friedenszeiten übernimmt. Und der dadurch berühmt wird!«

Winkler lehnte sich zurück und fragte interessiert: »Sie meinen, dass es irgendwo einen Präzedenzfall gibt?«

Irma bejahte.

»Würde ich tatsächlich Ihr Mandat übernehmen, würde es eine sehr langwierige Angelegenheit werden. Und eine teure. Und die Erfolgsaussichten sind gleich null. Andererseits …«

»Ja?« Saß sie vielleicht gerade dem Anwalt gegenüber, der als Erster den Mut aufbrachte, ihrem Lebenswunsch nachzukommen? Würde er es auch noch dann tun, wenn sie ihm erzählte, dass Erich Jude gewesen war? Nach Irmas Erfahrungen mit den letzten Anwälten hatte sie diese Information stets so lang wie möglich zurückgehalten.

»Und Sie besitzen all die nötigen Unterlagen und Beweise darüber, dass Ihre Eheschließung fest geplant war? Und auch den Totenschein, der belegt, dass Ihr Verlobter kurz vor dem Termin verstorben ist?«, fragte Winkler vage interessiert.

Irma bejahte wieder, obwohl sie kaum Nachweise besaß.

»Woran ist er denn so plötzlich verstorben? Litt er an einer schweren Erkrankung?«

Irma wollte nicht antworten. Eine Träne lief ihre Wange hinab.

»Oh, es ist also erst kürzlich geschehen,« sagte der Anwalt anteilnehmend. »Mein herzliches Beileid.«

Irma wischte sich über die Augen. »Schon 1944«, sagte sie leise.

»Also im Krieg gefallen. Schlimm, so etwas. Nicht auszumalen, wie viele verlobte Männer ihr Leben für Volk und Vaterland gegeben haben.«

»Wenn sie alle zu Ihnen kämen, hätten Sie gut zu tun«, versuchte Irma ihn bei Stimmung zu halten.

Tatsächlich lächelte Winkler und sagte: »Ich glaube nicht, dass außer Ihnen noch jemand auf eine solche Idee kommen wird. Die meisten Frauen werden andere Sorgen haben, als sich auf den langwierigen und teuren Spaß einzulassen, einen Mann zu heiraten, den es gar nicht mehr gibt. Und da ich außerdem niemandem versprechen kann, dass es überhaupt klappen wird, und ich betone, dass ich es *absolut nicht versprechen* kann, nennen Sie mir bitte einen Grund, weshalb ich es für Sie tun sollte. Weshalb wollen Sie Ihren toten Verlobten ehelichen?«

»Weil wir uns mit unserer Verlobung ein Eheversprechen gegeben haben. Ich werde dieses Versprechen halten.«

»Ihr Frauen. Ihr seid einfach …«, sagte Winkler amüsiert.

Irma vermutete, dass er »verrückt« sagen wollte, doch er fragte: »Sie wollen diese Tortur also aus rein romantischen Gründen auf sich nehmen?«

»Erich ist der Mann, den ich liebe und immer heiraten wollte. Und will! Weil er die einzige große Liebe meines Lebens ist. Und daran wird sich nichts ändern!«

»Wann hat Ihr Verlöbnis denn stattgefunden?«

Irma versuchte, sich um die genaue Antwort zu winden. »In den dreißiger Jahren.«

Der Anwalt hob die Augenbrauen. »Aber wenn Ihr Verlobter 1944 gefallen ist und sie bereits Jahre zuvor die Hochzeit geplant haben, weshalb haben Sie dann nicht geheiratet? Bevor er eingezogen wurde? Oder später, als Ihr Verlobter mal auf Feldurlaub kam?«

Irma betrachtete den Kastanienbaum vor dem Fenster. Ist er halbtot, oder halblebend?, fragte sie sich. Dann blickte sie den Anwalt fest an. »Weil wir nicht mehr durften.«

Es dauerte, bis der Rechtsanwalt begriff. Er lachte ungläubig auf. »Wollen Sie mir etwa sagen, dass Ihr Verlobter Jude war?«

Als Irma nicht reagierte, schlug er mit der Faust auf den Tisch. Irma zuckte zusammen.

»Also beim besten Willen!« Er wurde laut. »Sie kommen in meine Kanzlei, um einen toten Juden zu heiraten? Das ist, das ist …«

Verrückt, dachte Irma. Sollte er es doch aussprechen.

Abrupt schob Winkler seinen Stuhl nach hinten und stand auf. Ab jetzt schrie er. »Ich werde mir doch für solche Leute wie Sie nicht meinen guten Ruf ruinieren! Wer bin ich denn, dass ich mich für eine Mischehe einsetzen würde?« Er starrte Irma an. »Oder sind Sie auch eine von der Sorte?«

»Nein.«

»Dann seien Sie doch froh, dass jetzt alles vorbei ist! Beginnen Sie ein neues Leben! Mit einem Mann, der gut zu Ihnen passt und Ihnen keine Schwierigkeiten bereitet!«

»Erich hat mir keine Schwierigkeiten bereitet! Und ich will keinen anderen Mann!«

Der Anwalt setzte sich wieder hin, stemmte die Arme auf den Schreibtisch und beugte sich zu ihr hinüber. »Sie können mir doch nicht erzählen, dass Sie keine Probleme hatten, als Sie mit diesem Juden verlobt waren.«

Irma erinnerte sich an den Tag, als sie im KaDeWe ihre Anstellung verloren hatte. An die folgenden Anstellungen, die sie verlor. Und an die Kommentare, die sie von Bekannten, Kolleginnen oder Nachbarn zu hören bekommen hatte, über die Juden, die angeblich Deutschland zersetzten und angeblich eine Rasse, aber keine Menschen seien. Sondern Ebenbilder des Teufels. Irma begriff bis heute nicht, dass sich damals niemand darum geschert hatte, als es salonfähig wurde, Millionen Menschen als antideutsche Drecksbazillen zu bezeichnen. Sie erinnerte sich auch an die angeblich gut gemeinten Ratschläge, die sie wegen ihres Verlöbnisses mit Erich erhalten hatte. Die immer bloß in einen einzigen mündeten: Irma solle Erich verlassen. Niemals hätte sie das getan. Es war doch, als trüge sie Erichs Herz in ihren Händen. Und Erich Irmas. Erichs Herz war ihr Herz – Irmas Herz gehörte Erich. Für immer. Sie sagte: »Erich und ich haben uns ein Versprechen gegeben. Und Versprechen muss man halten. Es wird in meinem Leben keinen anderen Mann als Erich geben. Niemals! Und Leute wie Sie«, ergänzte sie jetzt sehr laut, »werden das nicht verhindern! Nicht noch einmal!«

Winkler breitete die Arme aus und lachte hämisch. »Bitteschön! Meinen Segen haben Sie! Machen Sie sich weiterhin unglücklich mit Ihrem Schwachsinn! Kein Jurist dieser Welt wird sich für Ihre abstruse Idee einsetzen. Das einzig Gute, das uns dieser Krieg eingebracht hat, ist doch, dass wir jetzt von vorn anfangen können. Ohne dieses Judenvolk, das unser Vaterland so lange zersetzt hat.«

Irma blickte mit geballten Fäusten zu der verkohlten Kastanienbaumhälfte hinaus, dann zu der blühenden Seite. »Mein Verlobter hat nichts zersetzt! Er war Arzt! Er hat vielen Menschen geholfen. Arischen und jüdischen!«

»Ja, ja, und wer weiß, was noch. Wie all diese Leute.«

»Er hat leider auch solchen wie Ihnen geholfen. Sogar noch, als Sie schon an der Macht waren«, sagte Irma bitter. »Das einzig Gute ist, dass Sie jetzt nicht mehr an der Macht sind und nie wieder kommen werden.«

»Warten wir es ab!« Er erhob sich grinsend und wies zur Tür. »Und jetzt entschuldigen Sie mich bitte.«

Als Irma aufstand, rutschte der Diamant in ihrem Strumpfhalter ein Stück nach unten. Sie war erleichtert, dass sie ihn im Gespräch mit diesem Anwalt nicht erwähnt hatte. Sicherlich hätte er die Bezahlung angenommen und dann nichts für Irma und Erich getan. So, wie andere Anwälte es vor dem Krieg gehandhabt hatten, als sie Hilfesuchenden versprachen, ihnen Atteste oder Ausreisepapiere zu besorgen, um sie vor den Lagern zu bewahren. »Ich entschuldige gar nichts«, sagte Irma und verließ erhobenen Hauptes die Kanzlei.

◈

»Gestatten Sie mir bitte eine Frage, und ich ersuche Sie um eine ehrliche Antwort: Bei wie vielen Anwälten waren Sie bereits, bevor Sie mich aufgesucht haben?«, fragte Rechtsanwalt Dr. Leonhard.

Irma blickte zögernd auf die Menora, die auf der Fensterbank des kleinen Kanzleiraumes stand, und entschloss sich zu lügen: »Bei fünf.« In Wahrheit waren es mehr als zehn gewesen.

Der Anwalt nickte. »Und alle Kollegen haben es abgelehnt, sich Ihres Anliegens anzunehmen.«

»Aber nur, weil sie bis heute noch etwas gegen Juden haben«, log Irma nochmals.

»Das glaube ich Ihnen nicht«, sagte Leonhard. »Sicher ist das für viele ein Grund. Aber meine Kollegen werden

Ihnen sicher erklärt haben, dass eine postmortale Eheschließung eine aussichtslose juristische Angelegenheit ist. Weil es so etwas in Deutschland nicht gibt. Vielleicht auf der ganzen Welt nicht.«

Irma blickte ihm fest in die Augen. Sie waren dunkelgrün. Sein volles, dunkelblondes Haar war wellig und akkurat nach hinten gekämmt. Sie strich sich wie aus Reflex eine Haarsträhne aus dem Gesicht. »Dann bitte ich Sie hiermit darum, derjenige zu sein, der dafür sorgt, dass es das gibt. Herr Doktor Leonhard, ich bitte Sie von ganzem Herzen.«

Kurz herrschte Schweigen zwischen ihnen. Dann ergriff er das Wort: »Ehrlich gesagt, könnte es mir beinahe Spaß bereiten, einen solch außergewöhnlichen Antrag juristisch durchzusetzen.«

Irma lächelte hoffnungsfroh. Der Anwalt blickte sie nachdenklich an, und Irma schien eine Ewigkeit zu vergehen, bis er endlich sagte: »Also gut, wenn Sie es unbedingt möchten.«

Irma sprang vom Stuhl auf und reichte ihm die Hand über den Tisch hinweg. »Danke! Vielen, vielen Dank.«

Er wies sie lachend zurück auf den Stuhl. »Noch gibt es nichts, wofür sie sich bedanken können. Ich befürchte auch, dass es niemals etwas geben wird.«

Das war Irma gleichgültig, sie nickte begeistert.

»Wir haben noch einiges zu besprechen!«, sagte Leonhard.

Irma vermutete, dass gleich das Thema Honorar aufkommen würde. Sollte sie den Diamanten jetzt hervorholen?

Dr. Leonhard schraubte einen Tintenfüllhalter auf. »Damit beim Standesamt Ihre Angelegenheit nicht sofort abgelehnt wird, muss ich alles über Ihre geplante Eheschließung wissen. Gibt es Unterlagen darüber und außerdem Personen, die bezeugen können, dass diese Ehe definitiv geschlossen werden sollte?«

»Sicher.«

»Gut. Diese Zeugen benötigen wir zwar nicht sofort, aber Sie sollten sie schon mal kontaktieren, ob sie tatsächlich zu eidesstattlichen Aussagen bereit sind. Es ist davon auszugehen, dass wir solche vorbringen müssen. Spätestens, wenn Ihr Antrag abgelehnt werden sollte und wir Einspruch einlegen oder gar vor Gericht gehen müssen, brauchen wir diese Zeugenaussagen. Falls Sie tatsächlich so weit gehen möchten. Wie gesagt, das Ganze ist nicht besonders aussichtsreich. Es wäre nicht seriös von mir, Ihnen das nicht in aller Deutlichkeit mitzuteilen.«

»Aber Sie werden es trotzdem versuchen.« Irma konnte es kaum fassen.

Dr. Leonhard zuckte mit den Schultern.

»Wegen des Geldes?«, fragte Irma.

Leonhard lachte auf. »Wie kommen Sie darauf? Weil ich ein jüdischer Anwalt bin und Juden dafür bekannt sind, alles Erdenkliche für Geld zu tun?«

Irma blickte erneut zur Menora auf der Fensterbank. »Mein Mann hatte auch solche. Ich finde sie wunderschön.«

»Vielleicht nehme ich mich ja tatsächlich Ihres Anliegens an, weil ich auch Jude bin«, sagte der Anwalt. »Aber vor allem deshalb, weil es mir imponiert, dass Sie aus Liebe zu Ihrem verstorbenen Mann zu mir gekommen sind. Oder treibt Sie außer der Liebe noch etwas anderes an?«

Irma verstand nicht, worauf Dr. Leonhard anspielte.

»Es wird sich auch schon bis zu Ihnen herumgesprochen haben, dass demnächst ein Gesetz zur Entschädigung der Opfer der nationalsozialistischen Verfolgung verabschiedet wird«, klärte er sie auf. »Durch diese könnten Sie von einer Eheschließung erheblich profitieren.«

»Ich bin gekommen, weil mein Verlobter und ich uns ein Eheversprechen gegeben haben. Wir konnten es damals nicht halten, weil andere uns daran gehindert haben. Aber jetzt herrschen andere Zeiten. Also werde ich jetzt Erich heiraten.«

Dr. Leonhard nickte. »Es wird ein sehr langer und steiniger Weg, den wir zusammen gehen werden.«

»Ich weiß«, sagte Irma so fest wie möglich. »Apropos Stein. Zu unserem nächsten Treffen werde ich Ihnen einen mitbringen. Als Bezahlung.«

»Diamant?«, fragte Leonhard.

Irma nickte.

»Gut«, sagte der Anwalt zufrieden. »Und bereiten Sie bitte zu unserem nächsten Termin schon einiges vor. Ich muss die Geschichte von Ihnen und Ihrem Verlobten bis ins Detail kennen. Erinnern Sie sich noch an alles? Mit den Erinnerungen ist es ja so eine Sache.«

»Ja. Ja, ich erinnere mich an jeden einzelnen Tag, den ich gemeinsam mit Erich erleben durfte!«

◇

Zurück in ihrer Bleibe säuberte Irma sorgfältig den Tisch in ihrem Zimmer, bevor sie darauf die leeren Papierblätter, die ihr der Anwalt freundlicherweise mitgegeben hatte, und einen Bleistift zurechtlegte. Zuerst sollte sie alle wichtigen Daten und Ereignisse von der Verlobung bis zur geplanten Hochzeit zusammentragen. Sie sollte die Namen der Menschen auflisten, die das eine oder andere wichtige Geschehnis in Irmas und Erichs Leben bezeugen konnten. Und wie es schließlich dazu gekommen war, dass die Hochzeit nicht mehr stattfand.

Irma setzte sich und zündete sich eine Zigarette an. Martha hatte vieles miterlebt. Und Irma als »Judenhure« beschimpft. Die eigene Schwester. Sie hatte Irma der gemeinsamen Wohnung verwiesen, solange sie mit Erich liiert war. Weil Irma eine »Judenhure« war. Und immer noch ist, dachte Irma bitter und drückte die Zigarette aus, um sie später weiterrauchen zu können. Sie holte einen Eimer Wasser aus der Waschküche und fing an, ihr Zimmer zu scheuern. Sie schrubbte mit der alten Bürste über den Steinboden, bis sie sich die Haut von den kalten, geröteten Händen abwetzte. Mit dem Feudel wischte sie das Wasser vom Boden, sie wrang und wischte, als könne sie dadurch die Gedanken an Martha für immer beseitigen.

Schließlich beschloss sie, zunächst nur die Namen derjenigen aufzulisten, die Erich und ihr stets wohlgesonnen gewesen waren und Irma vielleicht auch heute noch zur Seite stehen würden. Da wäre Fräulein Nitschke, die jahrelang den Haushalt von Erich geführt hatte, doch Irma wusste nicht, wo sie noch nach ihr suchen sollte. Da wäre Eugen

Wegscheider, der bis zum letzten Tag, bis zur letzten Stunde mit Erich zusammen gewesen war. Wen gab es noch? Trude Hermann, ihre Kollegin im Kaufhaus des Westens? Nein, denn Trude hatte die Verbindung von Irma und Erich zunehmend weniger gutgeheißen, je größer der Hass der Deutschen auf die Juden geworden war, und schließlich hatte sie zufrieden mit angesehen, dass Irma gekündigt worden war. Traute Meyer … Weshalb fiel Irma jetzt ausgerechnet Traute Meyer, die Frau des Bauunternehmers ein? Das Ehepaar Meyer gehörte zu den abscheulichsten Menschen, die Irma kannte. Sie hatte sie für immer vergessen wollen. Stimmte es etwa, dass man im Leben eher das Gute als das Schlechte vergisst?

Irma würde gern all die schrecklichen Dinge vergessen, die Erich und ihr angetan worden waren. Doch jetzt war es gut für den juristischen Weg, dass ihr das nicht gelungen war. Was das Paar Schönes erlebt hatte, war nicht nur als Erinnerung für Irma kostbar, es würde das Ganze sicherlich ebenfalls bekräftigen. Ebenso die wenigen Postkarten und Briefe, die ihr geblieben waren. Und ihr blaues Buch, in das sie auch wichtige Daten und Ereignisse notiert hatte. Als Irma das Buch aufschlug, fühlte sie sich plötzlich erschöpft. Sie strich sanft über das gepresste Edelweiß, das Erich ihr gepflückt hatte. Sie zündete sich eine Filterlose an und schrieb *Ab 1933* auf ein Blatt Papier.

III

1947

»Traumschön und sehnsuchtsbang …«

Irma tippte mit dem Bleistift auf das Papier von Dr. Leonhard und versuchte, sich die Gäste, die zu Erichs Salons gekommen oder beim Verlobungsabend anwesend gewesen waren und die Heiratspläne bezeugen könnten, zu vergegenwärtigen. Sie schrieb: *Herr und Frau Winterfeldt, Herr und Frau Abraham* auf. Und *Herr und Frau Meyer …* Irma warf den Bleistift von sich. Weshalb drängte sich eine erneute Erinnerung an die Meyers in der Vordergrund?

Sie stand auf. Ging zum Fenster. Lugte durch die Pappe nach draußen. Versuchte, etwas mehr Sauerstoff einzuatmen. Sie erinnerte sich noch sehr genau an den letzten Salon, bei dem Traute und Friedrich Meyer zu Gast gewesen waren. Sie waren verwunderlicherweise noch recht lange den Einladungen zu den Zusammenkünften gefolgt und hatten mit an der von Fräulein Nitschke festlich eingedeckten Tafel gesessen. 1933 waren es nach und nach immer weniger Gäste geworden.

Irma setzte sich wieder, zündete sich eine ihrer halbierten Zigaretten an und inhalierte tief. Der Gedanke daran, dass sie damals zunächst noch keine rechte Erklärung dafür gefunden hatte, weshalb manche Bekannte plötzlich ohne Entschuldigung ferngeblieben waren oder andere es gewagt hatten, sich während der Treffen immer bösartiger aufzuführen, stieß ihr bitter auf. Sie hatte sich gefragt, weshalb diese wunderschönen Abende mit jedem weiteren

Treffen weniger ausgelassen verliefen. Weshalb die Meyers immer wieder so miesepetrig gewesen waren? Ob die Eheleute vielleicht Streit gehabt hatten, bevor sie zu Erich gekommen waren? Und weshalb hatte Friedrich Meyer Irma so unverhohlen beobachtet und Traute Meyer Erich nicht aus den Augen gelassen?

◈

»Die Meyers waren heute komisch«, sagte Irma zu Erich, nachdem an einem Mittwochabend alle Gäste gegangen waren.

»Findest du?«, fragte Erich mäßig interessiert.

»Ja. Herr Meyer haut doch sonst immer so gern auf den Putz. Und heute … Ist dir nicht aufgefallen, dass er anders war?«

»Vielleicht hat er Probleme und ist deshalb etwas ruhiger gewesen.«

»Welche Probleme könnten die Meyers wohl haben?«

Erich zuckte mit den Schultern.

»Noch einen kleinen Absacker?«, schlug Irma vor und griff zu der Kristallflasche mit dem Sherry. »Ich liebe Sherry, seitdem du … Erinnerst du dich?«

»Na, dann gieß mir auch noch einen ein.«

»Du weißt also was von den Meyers und darfst nicht darüber sprechen?«, hakte Irma neugierig nach.

Erich nickte.

»Weil du Frau Meyers Arzt bist!«, vermutete Irma. »Ich hoffe, sie hat keine schwere Krankheit.«

»Nein, nein.«

Irma blickte ihn forschend an, dann kam sie auf den richtigen Gedanken.

»Frau Meyer war schwanger!«

»Ich werde deinen Verdacht nicht bestätigen.« Er nahm das Sherryglas von ihr entgegen.

»Aber warum wollten sie das Kind denn nicht behalten? Sie haben doch noch keins?«

»Frau Meyer fühlt sich inzwischen zu alt dafür«, verriet Erich. »Ein Kind würde wohl ihr ganzes Leben durcheinanderbringen.«

»Also hast du Frau Meyer geholfen. Aber weshalb wirkte Herr Meyer dann heute so sauer auf dich? War er gegen die Sache?«

»Keine Ahnung. Ich weiß nicht mal, ob er etwas davon weiß. Vielleicht ahnt er nur etwas. Und soviel ich weiß, hat er sich immer einen Sohn gewünscht. Aber vielleicht ist ihm auch eine ganz andere Laus über die Leber gelaufen. Hast du das Abzeichen an seinem Jackett gesehen?«

Irma schüttelte den Kopf, eher über die Tatsache, dass sie ihr Glas bereits geleert hatte, als über die, dass sie sich nicht für Meyers Abzeichen interessierte.

»Er ist neuerdings auch Mitglied dieser Partei«, sagte Erich nachdenklich.

Irma zuckte mit den Schultern.

Erich erhob sich aus dem Sessel, um die Gläser nachzufüllen. »Einen letzten noch.« Er goss sich ein. »Ich muss morgen sehr früh aufstehen.«

»Ich auch.« Irma hielt Erich ihr Glas hin. Sie war erleichtert darüber, dass sie am nächsten Morgen länger schlafen konnte, als wenn sie vom Wedding aus zur Arbeit aufbrechen musste. Wenn sie sich sehr beeilte, dann erreichte sie das KaDeWe von Erichs Wohnung aus innerhalb von nur dreißig Gehminuten. »Vielleicht hat Frau Meyer ja das Kind nicht behalten wollen, weil es nicht von ihrem Mann war«, spekulierte sie nach einem weiteren Schluck übermütig.

Erich lachte und setzte sich neben sie. »Ich wusste gar nicht, dass meine Verlobte eine so neugierige Person ist!«

»Bitte entschuldige«, erwiderte Irma etwas beunruhigt. »Es geht mich nichts an. Und du darfst nicht über deine Patientinnen reden.«

»So ist es.« Erich wurde ebenfalls ernster. »Das Wichtigste ist, dass die Frauen ihre Entscheidung gut verkraften. Also nicht nur den Eingriff, sondern dass sie auch in der Zeit danach seelisch und moralisch mit der Angelegenheit gut klarkommen.«

Martha wäre nicht gut damit klargekommen, dachte Irma. Als Mutter von Max ging es ihrer Schwester jedoch auch nicht besonders gut. »Ich glaube, man muss sich um Frau Meyer keine Gedanken machen. Sie scheint ein recht robuster Charakter zu sein«, sagte Irma.

»Ich hoffe es.« Erich klang erschöpft.

»Weshalb haben eigentlich die Krügers abgesagt? Die sind doch sonst auch immer gekommen?«

Erich stellte sein leeres Glas ab. »Keine Ahnung.«

»Sie müssen doch angerufen haben. Was haben sie gesagt?«

Erich stand auf, reichte ihr die Hand und zog sie zu sich hoch. »Sie haben nicht angerufen.«

»So etwas gehört sich nicht!« Sie strich ihm mit dem Handrücken über die Wange. Sie war warm und kratzte ein klein wenig.

»Nein, so etwas gehört sich nicht«, hatte Erich wiederholt und war mit den Händen zärtlich über das Rückenteil ihres Kleides gefahren. Abwesend hing Irma ihren Gedanken nach.

◈

Jetzt drückte Irma die aufgerauchte Zigarette aus und schloss die Augen. Sie versuchte, die Erinnerung an die darauffolgende Nacht mit Erich heraufzubeschwören, doch es gelang ihr nicht. Sie blickte sich in ihrer Bleibe um. Wie hätte sie jemals ahnen können, dass sie eines Tages in einem solchen Kellerloch hausen würde? Dass sie sogar froh darüber war, denn andere Menschen hatten seit Kriegsende in Berlin immer noch kein Dach über dem Kopf. Genauso wenig hatte Irma sich damals vorstellen können, dass ihre Hochzeit mit Erich verhindert werden würde. Manchmal plagte sie das schlechte Gewissen, dass sie die vielen ersten Anzeichen dafür nicht ernster genommen hatte. Sie versuchte sich dann dadurch zu beruhigen, dass sie damals nicht das Wissen von heute gehabt hatte. Mit dem Wissen von heute wäre jeder klüger. Doch Irma hatte damals nicht gewusst, was passieren würde. Nicht einmal eine Vorstellung davon hatte sie gehabt, welche Ausmaße die Ablehnung der Juden noch annehmen könnte. Das alles war ja bis heute unvorstellbar. Trotzdem fragte Irma sich oft, ob sie damals zu gutgläubig gewesen war. Ob sie Erich hätte retten können, wenn sie kritischer gewesen wäre.

Irma stand auf, nahm in der Ecke drei Steine vom Lehmfußboden, in dem sie in einem Loch ein paar Lebensmittel kühlte, und zog eine Flasche Selbstgebrannten hervor. Sie goss sich davon in ihre Tasse und trank im Stehen einen kräftigen Schluck, so, wie sie immer trank, wenn sie nicht aufhören konnte, sich eine Mitschuld an Erichs Tod einzureden. Der Schnaps lief brennend ihre Kehle hinab und beruhigte Irma auf Anhieb. Sie verstaute die Flasche wieder, setzte sich an den Tisch zurück und nahm den Bleistift zur Hand.

Herr und Frau Goedecke, Herr und Frau Manthei notierte sie für Rechtsanwalt Leonhard. Die beiden Ehepaare waren mit die letzten gewesen, die auch nach 1933 den Mittwochsgesellschaften noch treu geblieben waren, obwohl keiner von ihnen jüdisch war. Die Namen *Eugen Wegscheider* und *Martin Bragenheim* schrieb Irma aufs Papier.

Erichs Bruder war zuletzt nur noch allein gekommen und hatte mit jedem weiteren Treffen bedrückter gewirkt. Seine Frau war den Salons schon lange ferngeblieben, weil sie angeblich jedes Mal unter starker Migräne litt.

◇

»Soll ich Marlene etwas verschreiben?«, fragte Erich seinen Bruder eines Abends besorgt, bevor das Essen begann.

Martin schüttelte den Kopf und zog Erich beiseite.

Worüber sprachen die beiden wohl?, fragte Irma sich besorgt. Reichte Martin die finanzielle Unterstützung Erichs nicht mehr aus? Das Geld, weshalb Irma und Erich ihre Heirat immer weiter nach hinten verschoben? Oder hatte Martin noch weitere Sorgen? Weshalb bereitete es Erich nach dem Gespräch mit seinem Bruder sichtlich große Mühe, seinen Gästen ein so unterhaltsamer Gastgeber wie an den vorherigen Abenden zu sein?

»Ich liebe diese Treffen bei Ihnen, lieber Erich!«, sagte die zumeist stille Frau Winterfeldt plötzlich mitten beim Essen. »Wenn ich in Ihrer herrlichen Wohnung gemeinsam mit all Ihren lieben Freunden sein darf, dann habe ich das Gefühl, ich wäre auf einer friedvollen Insel. Auf einer, auf der uns niemand etwas anhaben kann.«

Frau Winterfeldt erntete für ihre Worte überraschte Blicke. Manche nickten bestätigend zu dem, was sie gesagt hatte.

»Auf einer Insel, auf der wir uns etwas vormachen können«, fügte Frau Winterfeldt leise hinzu.

Herr Winterfeldt legte zärtlich die Hand auf den Unterarm seiner Frau. Erich erhob sein Glas. »Stoßen wir auf diese Insel an, die ich so unglaublich gern mit Ihnen teile.«

Frau Winterfeldts Hände zitterten, als sie an ihrem Glas nippte. Als sie es abstellte, stieß sie es um. »Verzeihung«, wiederholte sie mehrmals und brach dann in Tränen aus.

»Aber das macht doch nichts!«, sagte Erich.

Fräulein Nitschke war sofort zur Stelle und schob eine Stoffserviette unter das Tafeltuch.

Irma eilte zur Hilfe und streute Salz auf den Rotwein, der sich in die weiße Tischdecke fraß. »So wird das Tuch bei der Wäsche wieder sauber. Bitte machen Sie sich keine Gedanken«, tröstete sie Frau Winterfeldt.

Frau Winterfeldt versuchte vergeblich, sich zu beruhigen.

Ihr Mann blickte stoisch geradeaus.

»Bitte entschuldigen Sie mich«, sagte Frau Winterfeldt mit erstickter Stimme. »Ich gehe mich kurz frisch machen.« Hektisch schob sie ihren Stuhl nach hinten, er kippte um. Frau Winterfeldt rannte aus dem Salon.

Fräulein Nitschke stellte den Stuhl wieder auf.

»Ich bitte für meine Frau vielmals um Verzeihung!«, sagte Herr Winterfeldt mit brüchiger Stimme. »Sie ist seit einiger Zeit etwas dünnhäutig. Sie kommt wohl mit den neuen Zeiten nicht so gut zurecht.«

Manche in der Runde nickten.

»Ich weiß nicht, wie es Ihnen geht, aber unserem Geschäft bleiben in letzter Zeit die meisten Kunden fern«, fuhr Herr Winterfeldt fort. »Auch Stammkunden. Aber das allein ist es nicht, was meiner Frau so zu schaffen macht.« Herr Winterfeldt zögerte, bevor er weitersprach. »Neulich sind zwei Männer in unser Geschäft gekommen und haben meine Gattin aufs Übelste beschimpft. Sie wusste nicht, wie ihr geschah. Ich war gerade hinten im Büro, und als ich mitbekam, was vorn im Laden los war, war meine Frau bereits am Boden zerstört. Ich bin dann eingeschritten. Da haben die Männer mich gepackt, an die Wand gedrückt und bedroht. Mir hat das, ehrlich gesagt, nicht viel ausgemacht, aber offenbar meiner Frau, wie Sie soeben bemerkt haben.

Seitdem ist sie etwas angegriffen. Sie würde am liebsten nicht mehr in unserem Verkaufsraum stehen. Sie möchte auch nicht, dass ich dort stehe. Aber sie wird sich schon wieder beruhigen.« Herr Winterfeldt trank einen kräftigen Schluck Rotwein. Jetzt zitterten auch seine Hände.

»Um Gottes Willen, das ist ja furchtbar!«, sagte Frau Goedecke. »Was wollten diese ungehobelten Leute bloß von Ihnen?«

Herr Winterfeldt zuckte mit den Schultern und wandte sich an Erich. »Läuft in Ihrer Praxis alles noch so reibungslos wie früher?«

»Ja.« Erich sah zu seinem Bruder. Martin hatte die Arme vor der Brust verschränkt und den Blick ins Leere gerichtet.

Frau Winterfeldt kam an den Tisch zurück. »Entschuldigung.« Sie setzte sich. »Es kommt nicht wieder vor.«

»Es ist nichts passiert«, beteuerte Erich.

Fräulein Nitschke schenkte ihr ein frisches Glas Rotwein ein.

»Ich habe die hier anwesenden Herrschaften gefragt«, richtete Herr Winterfeldt das Wort an seine Frau. »Keiner von ihnen hatte bisher Probleme mit den Leuten von dieser Partei. Wir hatten einfach nur Pech. Es hätten genauso gut Diebe in unseren Laden kommen können. Irgendwann passiert allen Geschäftsleuten mal so etwas. Es wird bestimmt nicht wieder vorkommen.«

Frau Winterfeldt nickte und versuchte zu lächeln. »So wird es sein. Ich danke Ihnen allen.«

Als fühle er sich dafür verantwortlich, die Stimmung der Gäste aufzuheitern, fuhr Herr Winterfeldt betont unbeschwert und etwas zu laut fort: »Und dass es mal Monate gibt, in denen ein Geschäft nicht so gut läuft, das kennen wir doch alle, oder? Geschäfte verlaufen in Phasen, in Kurven, also immer mal auf und mal ab. Mal wundert man sich, dass einem die Leute den Laden einrennen, und kurz darauf bleiben sie plötzlich für längere Zeit fort. Davon darf man sich als Geschäftsmann nicht beirren lassen. Das wird schon wieder! Ich glaube fest daran!«

Seine Frau nickte mit gesenktem Blick, während einige der Gäste die Aussagen von Herrn Winterfeldt mit Plattitüden bestätigten.

Irma hatte den Eindruck, dass sie sich dadurch selbst beruhigen wollten. Sie fragte sich, ob auch im KaDeWe weniger Leute einkauften. Doch obwohl sich hartnäckig das Gerücht hielt, dass das Kaufhaus seit 1929 unter der Wirtschaftskrise litt, schienen die Geschäfte dort nicht nur nach wie vor gut, sondern besser als je zuvor zu laufen. Lag dies vielleicht auch daran, dass immer mehr Kundschaft auftauchte, die früher in Geschäften jüdischer Inhaber eingekauft hatte? Manche Leute äußerten sich inzwischen ungeniert darüber, dass sie nicht länger dem Judenvolk mit ihrem guten Geld die Taschen vollstopfen wollten. »Wenn ich richtig informiert bin, gehört das KaDeWe auch Juden, vielleicht sollte ich zukünftig lieber woanders einkaufen«, hatte neulich eine ältere Dame beim Bezahlen in der Stoff- und Kurzwarenabteilung gesagt. Irma war über diese Äußerung hinweggegangen, denn es gab immer mal wieder Kunden, die sich schlecht benahmen, das wusste jede Verkäuferin, auch jede im KaDeWe.

Trude Hermann zischte Irma neuerdings immer öfter zu: »Da, das ist ein Jud« oder: »Die da, die ist mit einem Jud verheiratet.«

Auch Vorsteher Hoppe hatte Irma schon einmal so etwas wie »Da kommt ein Jud, da kommt Geld«, zugeflüstert und hinzugefügt: »Mal sehen, wie lang noch.«

Redeten die Leute auch darüber, dass Erich und sie ein Paar waren? Nahm Martin Bragenheims Ehefrau an den Salons nicht mehr teil, weil sie sich nicht mehr unter Juden aufhalten wollte? Wann würde sich diese ganze neumodische Aufregung um diese Menschen endlich legen? Irma blickte an jenem Abend mehrmals zu dem Stuhl, auf dem vor einigen Monaten noch die fröhlich lachende Marlene gesessen hatte. Und zu Martin, der abwesend wirkte. Die Hand, die er neben dem Teller abgelegt hatte, war zur Faust geballt, die Handknöchel waren weiß vor Anspannung. Irma drehte an ihrem Verlobungsring – wie immer, wenn sie nervös war – und sah zu Erich, der wiederum seinen Bruder kaum aus den Augen ließ. Hoffentlich bemerkte keiner der Gäste Martins Verfassung und sprach ihn darauf an.

Erichs Bruder lehnte sich plötzlich zurück und richtete sich an die Winterfeldts: »Fast jeder Dritte ist heutzutage arbeitslos. Kein Wunder, wenn nicht mehr so viel gekauft wird. Fast sechs Millionen Arbeitslose in unserem Land. Die können jetzt keine Uhren oder Schmuck mehr in Geschäften wie Ihrem kaufen oder Automobile bei mir reparieren lassen. Und schon gar keine neuen kaufen.«

»Recht haben Sie!«, stimmte Herr Goedecke zu. »Über

sechs Millionen Arbeitslose … Die schlechte Stimmung im Land hat eindeutig mit der Krise, die wir haben, zu tun. Denken wir nur an den Zusammenbruch der Banken! Es ist noch nicht lang her, dass die Leute Schlange gestanden haben, um noch schnell ihr Geld abzuholen. Es wird nicht mehr allen gelungen sein.«

»Und denen es gelungen ist, die horten es jetzt unter ihren Matratzen – für noch schlechtere Zeiten«, sagte Herr Wegscheider.

»Aber ich denke, in schlechten Zeiten geht Gold immer?«, wandte sich Frau Abraham an die Winterfeldts. »Sie verkaufen in ihrem Geschäft doch Gold, also müssten die Kunden Ihnen doch eigentlich den Laden einrennen.«

»Wir verkaufen vor allem Schmuck«, erwiderte Frau Winterfeldt. »Diejenigen, die sich Goldbarren kaufen wollen, die gehen zu Kollegen meines Mannes, zu Goldhändlern. Manche verkaufen übrigens ihre Autos dafür.« Sie wandte sich an Erichs Bruder. »Ich empfehle solchen Kunden übrigens immer, ihre Autos über Ihr Geschäft anzubieten. Vielleicht hat ja schon mal einer seinen Wagen bei Ihnen in Kommission gegeben.«

»Ich danke Ihnen, das ist sehr nett«, erwiderte Martin lächelnd.

»Wie Herr Winterfeldt es richtig gesagt hat: Auch eine schlechte Phase gehört leider zum Geschäftsleben. Tun wir also alles dafür, dass es uns bald wieder gutgeht«, versuchte Erich etwas abrupt, die Stimmung in der Runde aufzuheitern.

»Sie haben Recht!«, sagte Frau Winterfeldt dankbar.

»Worüber reden wir denn hier? Gold und Autos. Es geht es uns doch gut!«

»Uns geht's Gold!«, lachte ihr Mann.

»Und Ihnen, Herr Doktor Bragenheim, doch auch am schönen Ku'damm, oder?« Frau Abraham wandte ihren Kopf zu Erich.

Er nickte.

»Seien Sie froh, dass sie kein Arzt in einem schlechten Viertel sind«, sagte Frau Goedecke. »Unsere Mamsell erzählt uns öfter grausige Sachen vom Wedding. Dort hausen manche mit ganzen Familien in einem Zimmer. Das muss man sich mal vorstellen! Tag und Nacht alle zusammen in einem einzigen Zimmer! Ich wollte das gar nicht glauben. Und wissen Sie, was unsere Mamsell noch erzählt hat? Dass neulich in ganz Berlin die Läusekämme ausverkauft waren. Kann man sich das vorstellen? Überall verlauste Leute! Ich meine, damit möchte man doch nichts zu tun haben. Auch als Arzt nicht, oder?«

Bevor Erich etwas erwidern konnte, kam ihm Herr Winterfeldt zuvor.

»Also, wir haben heute Abend ja Themen! Meine Herrschaften, nun ist mal genug von dem ganzen düsteren Kram!« Er erhob sein Glas. »Auf dass es ganz Berlin bald wieder besser geht! Und uns natürlich auch!«

Alle stießen miteinander an, der helle, vielschichtige Klang der Gläser erfüllte den Salon.

Irma dachte an Max, der so gesund und wohl aussah, dass es ihr fast unangenehm war, wenn sie mit ihm im Wedding unterwegs war und dabei auf Mütter mit zu mageren

Kindern traf. »Es gibt sehr viele wohltätige Menschen in Berlin. Die helfen den Leuten, die nicht mehr genügend haben. Selbst die Heilsarmee hat jetzt eine Armenküche eingerichtet«, sagte sie. Das hatte Frau Rose ihr erzählt, die in dieser Küche am Herd arbeitete.

»Und dabei war die Heilsarmee mal vor allem dazu angetreten, die Welt vom zu vielen Trinken abzuhalten«, warf Herr Mantheis amüsiert ein.

»Na, dann Prost!«, lachte Erich und bat Fräulein Nitschke, den Gästen üppig nachzuschenken.

◈

An diesem Abend vor so vielen Jahren hatte Erich nach der Verabschiedung aller Gäste Irma fest in seine Arme geschlossen und *Dein Ist Mein Ganzes Herz* gesummt, das Lied, das Irma sehr mochte, weil Richard Tauber es so wunderschön gsungen hatte. Das Lied, das Irma heimlich zu Erichs und ihrem Lied erkoren hatte. *Dein Ist Mein Ganzes Herz,* das Lied, das ihnen trotz allem Unglück gebracht hatte.

Nein, es war nicht dieses Lied gewesen! Es war Traute Meyer gewesen, die ihnen Unglück gebracht hatte.

Irma stand auf, wollte die Schnapsflasche aus dem Bodenloch holen, setzte sich aber wieder und strich stattdessen wütend den Namen *Traute Meyer* merhmals durch. Sie kratzte mit aller Kraft mit dem Bleistift darauf herum, bis das Papier durchlöchert und der Name dieser schrecklichen Frau nicht mehr zu erkennen war.

Irma hatte viel zu spät von alledem erfahren, was Erich wegen Traute Meyer schon auszustehen gehabt hatte. Erst, als Fräulein Nitschke Erich eines Abends 1933 einen Brief, der durch die Wohnungstür geschoben worden war, überbracht hatte, und er seine Haushälterin ungewohnt barsch angewiesen hatte, den Brief ungeöffnet zu vernichten, hatte er Irma von den Sorgen, die ihm Traute Meyer seit längerem bereitete, erzählt.

◈

»Du weißt ja, dass Frau Meyer vor einiger Zeit bei mir in Behandlung war. Sie hat den Eingriff gut überstanden. Ohne Komplikationen. Aber seit der Sache kommt sie fast täglich in meine Sprechstunde.«

Irma hatte Erich fragend angeblickt.

Er hatte gezögert. »Sie gibt vor, Schmerzen zu haben, eine Entzündung vielleicht. Ich glaube aber, sie hat sich ein wenig auf mich fixiert.«

Irma schaute Fräulein Nitschke, die den Brief aus dem Salon getragen hatte, nach und verstand endlich. »Und deshalb schreibt sie dir Briefe.« Sie spürte einen Stich in ihrem Herzen. Aus Eifersucht. Oder weil es sie verletzte, dass Erich sich ihr erst an diesem Abend anvertraute. »Und du, was machst du, wenn sie immer wieder bei dir auftaucht?«

Erich atmete tief ein und aus. »Anfangs habe ich sie jedes Mal beruhigt, dass bei ihr gesundheitlich alles in Ordnung ist. Bis sie endlich wieder ging.« Er lachte auf. »Inzwischen lasse ich mich nach Möglichkeit von Fräulein Schmitz verleugnen. Aber die Meyer ist hartnäckig. Die setzt sich ins Wartezimmer, fest entschlossen zu warten, bis ich von meinem vermeintlichen Hausbesuch wiederkomme. Da kam es schon zu komischen Situationen.«

Irma war nicht nach Lachen zumute.

»Du musst ihr deutlich sagen, dass sie sich keine Hoffnungen zu machen braucht!«, verlangte sie aufgebracht.

Erich winkte erschöpft ab. »So etwas kommt immer mal wieder zwischen Patientin und Arzt vor.«

»Wenn du ihr keine klare Absage erteilst, wird sie nicht aufgeben!«

»Ich werde das Problem lösen. Versprochen.« Erich blickte sie lächelnd an. »Und bei dir, wie war es heute im KaDeWe?«

Irma wollte nicht über das KaDeWe sprechen. Sie war dort neuerdings ebenfalls mit Dingen konfrontiert, die sie eigentlich nicht länger hinnehmen dürfte – und von denen sie Erich noch nichts erzählt hatte. So wie er, glaubte auch sie, ihre Probleme selbst lösen zu können oder wenigstens auszuhalten, bis sie sich von selbst erledigt hätten. Sie konnte ihm nicht vorwerfen, von Traute Meyer bisher nichts erzählt zu haben.

Vor wenigen Tagen war ihr Vorgesetzter Hoppe an Irma herangetreten. »Na, sind Se immer noch verlobt?«

Irma hatte sich über sein Interesse gefreut und ihm sagen wollen, dass er sich bis zur Hochzeit noch etwas gedulden solle, dass seine Gattin und er dann aber selbstverständlich zur Feier eingeladen würden. Doch Herr Hoppe war ihr zuvorgekommen: »Sie haben sicherlich schon mitjekricht, dass dit in unserm Hause Gerede gibt, weil Sie nich von Ihren Heiratsplänen ablassen. Dit is nicht jut, jar nicht jut. Dit wirkt sich uff unsere Kundschaft aus.«

»Aber …«

Herr Hoppe hatte den Kopf geschüttelt. »Ick weeß nich, wie lange ick noch meene schützende Hand über Se halten kann, wenn Se Ihre Verlobung nich uffösen.«

»Aber …« Wieder hatte sie nichts anderes hervorgebracht.

Hoppe hatte sich abgewendet und war in sein Büro zurückgegangen.

Wie gelähmt hatte Irma hinter dem Verkaufstisch verharrt und ihm nachgeblickt. Was war neuerdings bloß mit all den Menschen los? Herr Hoppe war ihr doch immer ein hilfsbereiter Vorgesetzter gewesen, mit dem sie sogar das Geheimnis ihrer ledigen schwangeren Schwester hatte teilen können. Er war inzwischen auch Mitglied der Volkswohlfahrt. Die war unter anderem dazu angetreten, Familien, die durch die Massenarbeitslosigkeit bedürftig geworden waren, mildtätig zu unterstützen. War dies nicht Beweis genug dafür, dass Herr Hoppe immer noch der gute Mensch war, den Irma kennen und schätzen gelernt hatte? Aber hatte sie nicht auch gehört, dass die Volkswohlfahrt Teil der NSDAP war?

Max besuchte zu dieser Zeit einen der neuen Kindergärten der Volkswohlfahrt. Es war der, in deren Küche Martha kochte. Dort sagten die Kinder im Chor auf: »Händchen falten, Köpfchen senken, immer an den Führer denken. Er gibt euch euer täglich Brot und rettet euch aus aller Not.« Das erzählte Max immer wieder mit glänzenden Augen, und er sagte den Spruch auch vor dem Abendbrot auf, weil Martha ihn dazu ermahnte.

Irma hatte nach Hoppes Worten noch immer wie gelähmt dagestanden, als eine Kundin sie ansprach. Sie hatte die junge Frau in dem Pelzmantel angesehen, aber nicht zugehört. Sie war Hoppe doch zu jeder Zeit die fleißigste, höflichste und ordentlichste Verkäuferin in der Stoff- und Kurzwarenabteilung gewesen! Und das würde sie ihm auch weiterhin sein. Gar nichts würde sich auf die Kundschaft im KaDeWe auswirken! Das würde sie dem Hoppe beweisen. Sie würde sich noch unentbehrlicher machen, als sie es bereits war, damit kein Mensch in diesem Kaufhaus sie jemals verlieren wollte, auch Hoppe nicht.

◈

Zu gutgläubig war sie damals gewesen, wusste Irma heute und betrachtete lustlos den Bleistift in ihrer Hand. Die Spitze war abgebrochen. Auch daran war wieder einmal Traute Meyer Schuld. Sogar in Abwesenheit richtete sie nichts Gutes an.

Einen Abend hatte Traute Meyer Erich und Irma damals allerdings auch versüßt. Denn nach der erfolglosen Sache mit dem Brief versuchte Traute Meyer, Erich mit Geschenken für sich einzunehmen und ließ ihm ein Seideneinstecktuch, Manschettenknöpfe und später eine Krawattennadel zukommen.

»Du lässt alles zu ihr zurückgehen!«, verlangte Irma aufgebracht. Erich versprach es.

Eines Tages stand dann eine liebevoll eingewickelte Flasche des guten Cognacs *Lheraud* vor Erichs Wohnunsgtür.

»Der geht sofort zurück«, beruhigte Erich Irma. Augenzwinkernd hatte er hinzugefügt: »Wäre aber fast schade darum.«

Irma zögerte, dann lächelte sie. »Es würde Traute Meyer nicht gefallen, wenn du mit mir davon trinkst.«

»Das wäre das Beste daran«, sagte Erich. Also stießen sie mit dem Cognac auf Traute Meyer an und stellten sich albern vor, wie verärgert sie schauen würde, wenn sie Erich und Irma jetzt sehen könnte.

Kurz darauf schickte Traute Meyer Erich eine Eintrittskarte zu einem Konzert von Richard Tauber. Im Admiralspalast. Erich reizte es, das Geschenk anzunehmen, denn wie wohl fast jeder Mensch im Land verehrte er den Tenor Tauber.

»Du darfst auf keinen Fall in dieses Konzert gehen!«, sagte Irma.

Doch Erich wiegelte ab. Ein Konzert mit diesem großartigen Sänger; die Eintrittskarte dazu sei sehr begehrt, es sei kaum dranzukommen; wer weiß, wann es mal wieder ein Konzert mit Richard Tauber in Berlin geben würde …

»Traute Meyer könnte denken, es gehe dir um sie. Und nicht um den Tauber!« Irma war außer sich.

»Dass es nicht so ist, werde ich ihr deutlich zu verstehen geben.«

»Wie denn, wenn du immer neue Geschenke annimmst?«

So war es eine Weile hin- und hergegangen. Irma dachte nicht gern daran zurück. Erich und sie waren in den einzigen Streit ihres gemeinsamen Lebens geraten. Auch daran war Traute Meyer Schuld. Und Irma, weil sie Erich schließlich ins Konzert hatte gehen lassen, nachdem er versprochen hatte, es zu nutzen, um Traute Meyer ein für alle Mal zu erklären, dass es niemals etwas anderes als ein Arzt-Patienten-Verhältnis zwischen ihr und ihm geben würde.

»Versprich es mir«, flehte Irma unter Tränen.

Erich versprach es ihr.

Doch nachdem er am besagten Abend im März ins Konzert aufbrach, fragte sich Irma unentwegt, wie er dieser Frau, die spätestens bei *Dein Ist Mein Ganzes Herz* dichter an ihn heranrücken, ihm tief in die Augen blicken und vielleicht sogar seine Hand ergreifen würde, beibringen wollte, dass er sein Herz bereits an eine andere Frau vergeben hatte und sie das doch wisse? Und wie würde die Meyer darauf reagieren, falls Erich ihr Einhalt gebot? Würde sie endlich von ihm ablassen?

Während Irma auf Erichs Rückkehr wartete, stellte sie sich verschiedenste Szenarien vor, die sich an diesem Abend zwischen ihm und der Meyer abspielen könnten. Das Szenario, in dem Erich dem Werben dieser Frau nachgab, setzte sich schließlich in Irmas Kopf fest, und sie redete sich ein, dass er erst am Morgen nach dem Konzert nach Hause käme und Irma dann mitteilen würde, dass er die Verlobung mit ihr auflöse. Irma war schließlich so beunruhigt gewesen, dass sie die Warterei in Erichs Wohnung, die ihr an diesem Abend seltsam fremd vorkam, nicht mehr aushielt. Sie schrieb ihrem Verlobten eine Nachricht auf ein Blatt Papier, in der sie vorgab, dass Max erkrankt sei und sie bei ihm und Martha übernachten werde. Vielleicht wolle Erich noch in die Seestraße kommen, um nach dem Jungen zu sehen.

Nach Irmas Klopfen dauerte es eine Weile, bis Martha die Tür öffnete. Die beiden Schwestern blickten sich einen Moment lang in die Augen. Irma kamen die Tränen. Martha nahm sie tröstend in den Arm. »Da bist du ja wieder.«

Irma trat in die Küche und setzte sich niedergeschlagen auf den Stuhl, auf dem die Mutter immer gesessen hatte, und wollte gerade von ihrer Sorge um Erich zu erzählen, als Martha sagte: »Bist du endlich zur Vernunft gekommen und hast deinen Herrn Doktor verlassen?«

Überrascht blickte sie ihre Schwester an, und Martha begriff, dass Irma nur zu einem Besuch gekommen und nicht endgültig zurückgekehrt war. »Was willst du dann hier? Mitten in der Nacht?«

Irma setzte zu einer Erklärung an, doch Martha fuhr ihr über den Mund: »Du bist doch sonst auch nie da! Lässt mich mit allem allein.«

»Du weißt, dass das nicht stimmt«, sagte Irma und dachte an das schlechte Gewissen, dass sie häufig geplagt hatte, wenn sie mit Erich zusammen war. Dass sie auf ihren Reisen oder Unternehmungen manchmal gedacht hatte, dass ihr all diese nicht zustünden. An das Gefühl, am falschen Platz zu sein. Wenn sie bei Erich am Kurfürstendamm war, glaubte sie, bei Martha und Max sein zu müssen. Wenn sie hier war, wollte sie nichts anderes, als bei Erich sein.

»Schläft Max schon?«, fragte Irma, obwohl sie die Antwort kannte.

»Was denkst du denn? Und weck ihn ja nicht auf! Zieh gefälligst die Tür *leise* zu, wenn du gehst.« Damit ging Martha ins Schlafzimmer hinüber.

Irma blieb unschlüssig sitzen. Würde Erich ihre Nachricht vorfinden und hierherkommen? Oder war er nach einer unerfreulichen Auseinandersetzung mit Traute Meyer zu erschöpft, um sich noch in sein Auto zu setzen und zum Wedding zu fahren? War er nach dem Konzert vielleicht gar nicht in seine Wohnung zurückgekehrt und wachte morgens in irgendeinem Hotelzimmer neben dieser Frau auf? Vielleicht sogar im *Adlon*? Diese Phantasie nahm in Irmas Gedanken beinahe wahnhafte Züge an.

Was hatte sie sich bloß dabei gedacht, hierher zu kommen? Sie musste morgen früh zur Arbeit, hatte nun einen sehr weiten Weg vor sich und wollte vor Dienstbeginn noch am Ku'damm 141 vorbeischauen. In ihrer Vorstellung schloss sie dort Erichs Wohnung auf, und er lag nicht in seinem Bett. Irma sah ihn Arm in Arm mit Traute Meyer vor sich. Sie erhob sich vom Küchenstuhl, sackte darauf zurück. In dieser Nacht konnte sie fühlen, weshalb die Mutter förmlich darauf festgeklebt hatte. Und weshalb sie nicht mehr gesprochen hatte, als sie nicht begreifen wollte, dass ihr Mann nicht zurückkehren würde.

Irma blickte an sich hinab und kam sich in ihrem schicken Rock und der Schluppenbluse plötzlich verkleidet vor. Als gehöre sie nicht mehr in diese Küche im Wedding.

Sie nahm etwas vom in Stücke geschnittenen Zeitungspapier und stieg leise die Stufen im Treppenhaus hinab. Sie rochen nach Bohnerwachs. Auch das vertraute Klosett schien ihr fremd. In den Ecken war die Kammer nicht so sauber wie zu der Zeit, als Irma hier noch geputzt hatte. Sie verspürte den Impuls, einen Eimer Wasser, Scheuersand und eine Bürste zu holen und das Klosett zu schrubben.

Als sie zurück in die Küche kam, stand Martha dort. Sie war überrascht, dass Irma nicht das Haus verlassen hatte.

Irma legte das übrig gebliebene Zeitungspapier zurück auf den Stapel. »Ich bringe dir mal etwas von dem weichen Papier mit, das wir immer benutzen«, bot sie an und bereute im nächsten Moment ihre Worte.

»Geh doch zurück zu deinem feinen Jud, wenn es dir bei unsereins nicht mehr gut genug ist! Wirst schon sehen, was du davon hast!«

Irma ging ohne ein Wort an ihrer Schwester vorbei ins Schlafzimmer. Dort stützte sie sich auf das Geländer des Kinderbettes und blickte in das Antlitz des schlafenden Max. Sie ging in die Hocke, lehnte den Kopf gegen das Gitter und streichelte durch die Stäbe eine seiner fest geballten Hände.

Er öffnete sie und seufzte leise im Schlaf.

»Bis bald, mein Kleiner«, flüsterte Irma. Sie erhob sich, umarmte kurz ihre Schwester und legte Max und ihr ein paar Geldscheine auf den Küchentisch.

Sie hatte es plötzlich eilig. Beim Verlassen der Wohnung fiel ihr die Tür zu laut ins Schloss.

Der Morgen graute bereits, als Irma das Haus am Ku'damm 141 aufschloss. Mit zitternden Beinen stieg sie die Treppen zu Erichs Wohnung hinauf. Bereits vom Flur aus sah sie, dass in einem der hinteren Zimmer Licht brannte. Hatte sie es angelassen, als sie das Haus verließ?

Irma ging langsam auf das beleuchtete Zimmer zu.

Erich saß in einem Sessel. Den Mantel aufgeknöpft, den Hut auf dem Schoß, blickte er Irma reglos entgegen. Sie ging zu ihm. Und entdeckte die Blessuren in seinem Gesicht. »Was ist passiert?«, rief sie und wollte ihn berühren, zögerte jedoch.

»Nur halb so schlimm.« Er verzog leicht das Gesicht.

Irma nahm ihm vorsichtig den Hut ab. Erich erhob sich mit gequältem Gesicht etwas, um den Mantel abzulegen, dann sank er zurück.

Irma warf die Sachen über die Chaiselongue, rannte ins Badezimmer und befeuchtete ein Handtuch. »Was ist passiert?«, wiederholte sie, als sie zurück war und Erich sacht das Gesicht abtupfte. Ohne seine Antwort abzuwarten, rannte sie erneut aus dem Zimmer und in die Speisekammer, wohl wissend, dass der Eismann erst vor zwei Tagen einen Eisblock geliefert hatte. Sie schlug mit dem Hammer, den Fräulein Nitschke immer benutzte, einige Stücke ab, wickelte sie in ein Geschirrtuch und eilte zu Erich zurück.

»Judenlümmel«, sagte er leise, als Irma ihm das Tuch vorsichtig gegen sein fast zugeschwollenes Auge drückte.

»Wie bitte?« Sie nahm das Tuch weg.

»›Judenlümmel‹, haben sie geschrien.«

»Zu dir?«

»Zu Richard Tauber«, sagte Erich. »›Judenlümmel! Raus aus Deutschland!‹ Wie im Chor haben sie gebrüllt.«

Irma schüttelte fassungslos den Kopf.

»Sie haben schon im Konzert immer Beschimpfungen gebrüllt. Es war schlimm.«

»Aber was ist dir passiert?« Sie hielt das Tuch vorsichtig wieder auf sein Auge.

»Ich habe auf der Straße zufällig gesehen, dass sie den Tauber zusammengeschlagen haben. Ein ganzer Trupp von diesen SA-Leuten. Ich wollte dazwischengehen. Aber ich bin nicht weit gekommen, wie du siehst.« Er versuchte zu lächeln, doch es wurde zur Grimasse.

Aufgeregt und immer energische tupfte Irma gegen Erichs Wunden.

Er hielt ihre Hand fest. »Ist schon gut.«

»Gar nichts ist gut!«

»Du hast recht«. Er seufzte. »Würdest du mir bitte einen Cognac einschenken? Auf den Schreck.«

Irma eilte zum Buffet, auf dem der Kristallflakon mit dem *Lherand* stand. Sie goss ein schweres Glas halbvoll und reichte es Erich.

Er trank einen kräftigen Schluck und verzog kurz das Gesicht vor Schmerz, weil der Alkohol auf seinen verletzten Lippen brannte.

Irma nahm ihm das Glas ab. »Wo bist du noch verletzt?«

Erich erhob sich langsam, nahm die Schärpe seines Smokings ab und knöpfte das verschmutzte weiße Hemd auf. Seine Bauchdecke war von Blutergüssen bedeckt. Er tastete seine Rippen ab. »Zwei oder drei werden wohl gebrochen sein. Nicht so wild, die verheilen von allein.«

»Nicht so wild?«, entfuhr es Irma.

Erich setzte sich wieder.

Stirnrunzelnd kniete Irma sich vor ihn und berührte mit den Fingerspitzen die Haut über seinen Rippen.

Erich streichelte ihre Hand zärtlich. »Frau Meyer war übrigens ziemlich verstimmt, nachdem ich ihr gesagt habe, dass wir nach wie vor heiraten wollen. Und dass uns nichts auf der Welt davon abbringen wird. Sie wurde regelrecht übellaunig und konnte das Konzert von Tauber nicht mehr genießen. Aber das konnte dann ja niemand mehr, so, wie dort immer dazwischengerufen wurde.«

Irma begann zu weinen, weil es ihr so leid tat, was Erich zugestoßen war. Und weil sie sich für die Eifersucht, die in den letzten Stunden mit ihr durchgegangen war, schämte.

»Ich weiß allerdings nicht, ob es eine wirklich gute Idee ist«, sagte Erich.

»Was?«

»Dass du vorhast, einen wie mich zu heiraten.«

Sie wollte ihre Hand wegziehen, doch Erich hielt sie fest.

»Wenn selbst der Tauber nicht von diesem Hass gegen die Juden verschont wird, was wird dann erst Leuten wie uns passieren? Vielleicht sollten wir abwarten, bis sich alles wieder normalisiert hat. Ich möchte nicht, dass dir etwas angetan wird, weil du mit mir verheiratet bist.«

Irma zog unwirsch ihre Hand weg und erhob sich.

»Mach dir keine Sorgen«, sagte sie, seinen eigenen Lieblingssatz verwendend. »Nicht um mich.« Sie goss sich ebenfalls ein Glas Cognac ein und trank es in einem Zug leer. Dann erzählte sie Erich erstmals über die Ablehnung, die sie schon seit geraumer Zeit durch Angestellte und Kunden im KaDeWe erfuhr, weil sie mit ihm verlobt war. Sie beteuerte, dass ihr dies nichts ausmache, denn so verhielten sich manche Menschen nun mal, wenn sie glaubten, im Recht oder gar an der Macht zu sein. »Niemand wird mich davon abhalten, dich zu heiraten, Erich! Komme, wer oder was da wolle. Wie wollen diese Nationalsozialisten, die vor ein paar Tagen die Reichstagswahlen gewonnen haben, denn gegen all die Juden oder die, die mit einem Juden verheiratetet sind, vorgehen? Allein im KaDeWe arbeiten hunderte Juden! In einhundertzwanzig Abteilungen. Selbst die Eigentümer, die Herren Tietz und Zwillenberg, sind Juden. Der Tauber, der …« Mitten im Satz brach sie ab und kniete sich wieder vor Erich. Liebevoll nahm sie seine Hand und blickte sein geschundenes Gesicht an. »Der Richard Tauber, der hatte großes Pech. Den haben sie sich vorgenommen, weil er so berühmt ist. Weil sie ihm seinen Erfolg nicht gönnen.«

»Und weil er Jude ist«, sagte Erich.

Eine Weile herrschte Schweigen.

»Ich möchte nichts lieber, als dass du an meiner Seite glücklich wirst!«, sagte Erich schließlich leise.

»Das bin ich doch schon!«

»Wahrscheinlich hast du recht, und es ist nur eine Frage der Zeit. Wenn wir heiraten, wird dieser Unsinn da draußen längst vorbei sein.«

»So ist es«, hatte Irma gesagt. »Du wirst sehen, wenn wir vor dem Altar stehen, dann ist alles wieder normal.«

»Vor dem Altar?« Er hatte amüsiert geklungen. »Eine Christin, die nicht an ihren Gott glaubt. Und ein Jude, der kein praktizierender Jude ist. Ich denke, wir sind uns einig, dass wir nur standesamtlich heiraten.«

»Ja«, hatte Irma gesagt und ihren Kopf in Erichs Schoß geschmiegt.

◈

Jetzt stand Irma unruhig vom Tisch ihres kalten Souterrainzimmers auf. Ihr Atem ging flach. Sie versuchte, ruhig Luft zu holen. Stützte die Hände in die Hüften. Atmete. Beruhigte sich nicht. Hatten Erich und sie wirklich an das geglaubt, was sie sich an dem Abend nach dem Tauber-Konzert gesagt hatten? Wie hatten sie das tun können? So, wie die vielen anderen von Hass Betroffenen ebenso, die Deutschland nicht den Rücken kehrten, weil sie die Schikanen, denen sie ausgesetzt waren, für Begleiterscheinungen einer unglücklichen, aber bald vorrübergehen politischen Phase hielten.

So hatte wohl auch Richard Tauber die Situation eingeschätzt, nachdem er in aller Öffentlichkeit als Judenlümmel beschimpft und zusammengeschlagen worden war und man seine Peiniger nicht zur Rechenschaft gezogen hatte. Tauber war weiterhin in Deutschland aufgetreten und hatte an einer neuen Operette gearbeitet. Erich und sie hatten geplant, zur Premiere zu gehen, um Richard Tauber gemeinsam zu erleben. Sie hatten, wie viele andere Menschen auch, weiterhin versucht, ihre gemeinsamen Pläne zu schmieden und umzusetzen – unbeirrt ihr Leben zu leben. Sie hatten in unbeschwerten Stunden miteinander gelacht. In anderen hatten sie zusammen geweint und sich unterstützt.

Wir haben uns so sehr geliebt, dachte Irma und blickte zur Nähmaschine, die in der Ecke des Zimmers stand. Sie deckte sie ab und legte ihre Hand auf den kühlen Metallkörper. Blickte zu dem Wäschestapel, den ihr ein Nachbar zum Ausbessern gebracht hatte. Sie sollte endlich damit anfangen, denn vielleicht würde sie die Arbeit von all ihren Fragen an sich selbst ablenken. Doch sie konnte sich nicht dazu aufraffen. Sie sah sich an dieser Maschine sitzen und ihr Brautkleid nähen. Als Erich und sie gehofft hatten, dass die Situation sich schon wieder bessern, »der Unsinn da draußen« bald vorüber wäre. Als sie daran glauben wollten, so wie viele andere Menschen in Deutschland auch. Und als sich keiner von ihnen hatte vorstellen können, dass die nachlassenden Demütigungen und Schikanen nur eine vorübergehende Phase signalisierten, weil man sich in Deutschland bei den Vorbereitungen auf die Olympischen Spiele in Berlin als weltoffen und tolerant darstellen wollte.

Irma verdrängte kurz die Erinnerungen und nahm den großen hufeisernen Magneten in die Hand, an dem unzählige Stecknadeln klebten. Wie sehr hatte Max es als Kind geliebt, wenn er damit die heruntergefallenen Nadeln aus den Ritzen des Dielenbodens in der Wohnung in der Seestraße sammeln durfte. Wenn sie schon an den Magneten flogen, bevor Max sie damit berührt hatte.

Sie drehte den Magneten und stach sich versehentlich mit einer Nadel fest in den Finger. Augenblicklich bildete sich ein Bluttropfen. Es war immer ihre größte Sorge gewesen, dass sie sich beim Nähen ihres Brautkleides stach oder schnitt und Blut auf die apricotfarbene Seide tropfte. Wenn sie an der Maschine gesessen hatte, dann hatte sie sich in ihrem raschelnden, matt glänzenden Kleid an Erichs Arm das *Hotel Adlon* betreten sehen. So, wie er es ihr in Venedig ausgemalt hatte. So, wie sie es sich ausgemalt hatten, als sie sich aufmachten, um sich im *Adlon* eine geeignete Räumlichkeit für ihre Hochzeitsfeier anzusehen. Die Gedanken daran holten Irma ein.

1935

»Ein Band von meinem Herzen.«

Nachdem der Portier Erich und Irma zuvorkommend durch die Eingangstür geleitet hatte, waren sie Arm in Arm in die glamouröse Welt des Hotels geschritten. Dort übernachtete man damals nicht nur, sondern gab auch Empfänge, Diners und Bälle und feierte Hochzeiten. Das hatten sich die Betreiber des *Adlons* in Amerika abgeschaut, wo Angehörige der gutbürgerlichen Gesellschaft schon immer gern ihre privaten Festlichkeiten in Luxushotels ausrichteten. Kaum ein anderes Berliner Hotel war damals so luxuriös wie das *Adlon*. Dass es außerdem sehr modern war, war von außen kaum zu vermuten, weil der Erbauer und Besitzer Lorenz Adlon seinem Hotel eine eher klassizistische Fassade mit Jugendstilelementen gegeben hatte. Viele hatte dies bei der Eröffnung kritisiert, doch Irma gefiel es, denn es passte ihrer Ansicht nach hervorragend zum Brandenburger Tor und allen anderen Bauten am Pariser Platz. Elementen des Jugendstils konnte sie zudem schon immer viel abgewinnen. So liebte sie auch die Gitter des alten Fahrstuhls und die mit dicken, farbigen Scheiben bleiverglasten Fenster in Erichs Wohnhaus und Praxis am Ku'damm, sowie die goldrankenverzierten Gläser, aus denen sie oft tranken. Oder die Brosche, die Erich Irma geschenkt hatte, ein Erbstück seiner Mutter. Irma trug sie zu diesem Termin im *Adlon* stolz an ihrem Kleid. Sie konnte an diesem Tag bereits ihren baldigen neuen Nachnamen Bragenheim in wunderschöner Schrift schreiben. Sie hatte es immer wieder heimlich in ihrem blauen Buch geübt: *Bragenheim, Bragenheim, Bragenheim, Irmgard Bragenheim …*

»Im *Adlon* laufen nicht nur die Kellner, sondern auch das fließend Wasser aus den Hähnen«, sagte man in der Bevölkerung gern über das Hotel. Dass die Kellner tatsächlich sehr emsig arbeiteten, erkannte Irma auf Anhieb in der prachtvollen Empfangshalle. Rings um den mittig platzierten Springbrunnen, auf dessen Rand steinerne Frösche mit wassersprudelnden Mäulern saßen, waren alle Tische gut besetzt. Ein Gewirr von Stimmen unterschiedlicher Sprachen hallte durch den hohen Raum. Vor allem hörte Irma Englisch heraus und bewunderte die Kellner dafür, dass sie im Gegensatz zu ihr diese Sprache beherrschten.

Kurz nach der Eröffnung des Hotels hatte sogar der deutsche Kaiser längere Zeit im *Adlon* genächtigt. Nachdem er im Winter die Kälte in seinem Schloss nicht mehr ausgehalten hatte, war er in eine gut beheizte Hotelsuite gezogen. Spätestens als dann auch das Auswärtige Amt das *Adlon* gern als Gästehaus nutzte, da es keine besseren Übernachtungsmöglichkeiten für hochrangige Besucher aus dem Ausland gab, hatte sich in der Welt herumgesprochen, wie luxuriös man in diesem Haus wohnen und gleichzeitig seinem Wunsch nach Sehen und Gesehenwerden nachkommen konnte. Europas Könige und Kaiser, der Zar von Russland und ein Maharadscha waren angereist. Irmas Mutter hatte sehr gern darüber in der Zeitung gelesen, wer alles Hof im *Adlon* hielt. Sie war immer ein wenig stolz darauf gewesen, in einer Stadt zu leben, die von berühmten Leuten wie Henry Ford und John D. Rockefeller besucht wurde.

Wie schön wäre es, wenn ihre Mutter noch miterleben könnte, dass sie und Erich hier heiraten würden, dachte Irma. Ihre Knie wurden schon wieder weich, während Erich mit einer Dame an der Rezeption sprach.

»Ich entnehme unseren Unterlagen, dass Sie heute wegen einer Reservierung des Ballsaales vorstellig werden«, sagte die Frau höflich.

»Mit Verlaub, uns scheint der Ballsaal inzwischen etwas zu groß zu sein«, erwiderte Erich. »Wir würden uns ersatzweise lieber Ihren Musiksalon oder eine Ihrer anderen etwas kleineren Räumlichkeiten anschauen, falls das möglich ist.« Dann setzte er nach: »Ich nehme an, dass in Ihrem Musiksalon ein Klavier steht? Dann wäre uns diese Räumlichkeit die liebste.«

»Bis zum September ist es zwar noch eine Weile hin, aber wie Sie sich sicherlich denken können, sind wir schon immer sehr lang im Voraus ausgebucht.«

»Deshalb haben wir uns erlaubt, bereits heute diesen Gesprächstermin zu vereinbaren. Wir möchten den schönsten Tag in unserem Leben unbedingt in Ihrem schönen Hause feiern.«

»Einen Moment bitte«, sagte die Rezeptionistin und drehte sich zu einer Kollegin, die gerade einen aufbrausenden Herrn in brauner Uniform, der nicht glauben wollte, dass kein Zimmer mehr frei war, zu beruhigen versuchte. Als sei diese Auseinandersetzung eine der normalsten im Arbeitsalltag im *Adlon*, flüsterten die Kolleginnen kurz miteinander. Dann schauten beide fragend zu Erich und Irma.

Irmas Handflächen wurden feucht. Sie wischte sie unauffällig an ihrem Kleid ab. Dabei fiel ihr beinahe der Verlobungsring vom Finger.

Während die Damen erneut kurz flüsterten, dachte Irma an die Liste mit den Namen der Gäste, die sie zur Hochzeitsfeier einladen wollten. Seit ihrer Verlobung war sie von über einhundert auf unter zwanzig Namen geschrumpft. Obwohl die Schikanen und Gewalttätigkeiten gegenüber Juden und Menschen, die sich mit ihnen einließen, inzwischen etwas nachgelassen hatten, hieß zu diesem Zeitpunkt kaum jemand die Heirat von Irma und Erich gut.

◈

Die Schikanen hatten damals nur *etwas* nachgelassen, und zum Guten hatte sich nichts mehr gewendet. Das wusste Irma mittlerweile. Sie beobachtete das Blut, das von ihrem Finger auf die Hand hinablief und kramte in der Kommode nach einem Taschentuch. Vorsichtig wickelte sie es sich um den verletzten Finger. Es hatte Spitze an den Rändern und kratzte. Irma hatte es als Kind unter Frau Neumanns Aufsicht umhäkelt.

Frau Neumann. Die hatte Irma damals seit ihrer Verlobung nicht mehr gegrüßt. »Deene Liebelei mit dem Jud, die sollteste dir noch mal jut überlegen, ansonsten wird dit een schlimmet Ende nehmen«, hatte sie mal im Vorbeigehen zu Irma auf der Treppe gesagt. »Ick hab euch doch nich großjezogen, damit de solchen Unfug anstellst!« Sie hatte Irma kopfschüttelnd angeblickt. »Noch denkste, bald biste wat Besseres als unsereener. Aber daraus wird nischt. Du, die Martha und der kleene Maxe werden darunter zu leiden kriegen, wenn du nich schleunigst Schluss mit deenem Jud machst. Lass dir dit von mir jesacht sein!« Sie war laut geworden, dann aufs Klosett gegangen und hatte die Tür hinter sich zugeschlagen.

Irma hatte wie erstarrt auf die geschlossene Tür geschaut und gefroren.

Herr Hoppe, der Vorsteher in der Stoff- und Kurzwarenabteilung, hatte Irma nach wie vor sehr deutlich zu verstehen gegeben, dass er gegen ihre Heirat mit Erich war. Und Trude Hermann hatte während der gemeinsamen Arbeit kaum noch ein Wort mit Irma geredet, weil sie sich schon lange nicht mehr über Irmas Glück mit dem *feinen Herrn Doktor,* freute, weil er ein *Jud* war.

Vermutlich hatte es Trude gefallen, als den drei KaDeWe-Gesellschaftern und -Geschäftsführern, Tietz & Co., aufs Übelste mitgespielt worden war. Die drei Herren, die das Kaufhaus erst einige Jahre zuvor vom Erbauer Adolf Jandorf gekauft und zu stetig wachsendem Erfolg und Berühmtheit bis über Deutschlands Grenzen hinaus geführt hatten, waren aufgrund eines zugesagten Kredites von einer Bankengruppe in Abstimmung mit dem Reichswirtschaftsministerium zu einem Treffen ins *Hotel Adlon* bestellt – und dort enteignet worden. Kurz darauf waren mehrere Hundert nichtarische Angestellte des KaDeWe entlassen worden.

Irma hatte sich gezwungen, nicht ständig darüber nachzudenken, ob sie auch bald gefeuert werde würde.

Sie nahm ein Stück Nähkreide aus der alten Zigarrenschachtel, in der sie außerdem ein paar Fingerhüte aufbewahrte. Könnte sie damit noch ein paar Ereignisse und Namen für Rechtsanwalt Leonhard aufschreiben? Und dann wieder durchstreichen … So wie sie damals für Erich die Namen der Patientinnen, die nicht mehr zur Hochzeitsfeier kommen wollten, durchgestrichen hatte.

Dadurch hatte Irma letztendlich erfahren, dass die meisten Menschen, die Erichs medizinische Hilfe jahrelang dankbar in Anspruch genommen hatten, dies schon längst nicht mehr taten.

◇

»Das liegt nur daran, dass sie verschreckt sind, weil neulich in Wannsee jemand blutig geschlagen wurde, als er seinen jüdischen Hausarzt aufsuchen wollte«, hatte Erich es erklärt. »Nach diesem Vorfall werden manche Angst haben, dass ihnen das vor meiner Tür ebenfalls passieren könnte. Oder auf unserer Hochzeitsfeier. Deshalb brauche ich sie gar nicht erst einzuladen. Einigen Frauen wird es inzwischen auch von ihren Ehemännern, die in der NSDAP sind, verboten worden sein, weiterhin meine Praxis aufzusuchen. Aber sie werden uns ansonsten keinen Ärger bereiten, weil sie nicht vergessen haben, dass ich immer für sie da war.«

»Das hoffe ich sehr«, hatte Irma bitter gesagt und an Traute Meyer gedacht.

»Einige meiner Kollegen werden ebenfalls nicht kommen, denen brauchen wir also auch keine Einladungen zuzusenden.« Er hatte Irma die Namen aufgezählt. Sie hatte auch sie von der Gästeliste gestrichen. Dieser Vorgang hatte sich regelmäßig wiederholt. Deshalb besichtigten Erich und Irma nun den Musiksalon und nicht den Ballsaal des *Adlons*.

Irma und Erich standen dicht nebeneinander in der weit geöffneten Tür, als die Rezeptionistin voranschritt und die langen, schweren Vorhänge des Salons aufzog. Sonnenlicht fiel in den Raum. Erich und Irma lächelten sich an. Nahmen sich bei den Händen. Traten ein.

Tische aus Mahagoni, Stühle mit Polstern aus dem gleichen Brokat wie die Vorhänge, eine Empore, die als Bühne genutzt werden konnte, auf der große Blumengebinde standen. Und ein geöffneter Steinway-Flügel.

Während Erich kaum den Blick davon abwenden konnte, beunruhigten Irma die vielen Stühle, die um die Tische standen. Wenn sie die Anzahl der verbliebenen Gäste richtig in Erinnerung hatte, dann müssten einige Stühle entfernt werden, damit die leeren Plätze keinen traurigen Eindruck machten.

Erich ließ Irmas Hand los, ging zu dem Steinway und strich sacht über die Elfenbeintasten. »Darf ich?«, fragte er die Dame von der Rezeption.

»Bitte.«

Erich setzte sich an den Flügel und spielte den Anfang von Chopins *Klaviersonate Nr. 2*, Irmas Lieblingsstück des polnisch-französischen Komponisten.

Sie wusste dank Erich, wer Chopin war, doch sie sprach seinen Namen nicht mehr laut aus, seit er irgendwann belustigt erwähnt hatte, dass viele Menschen es falsch täten: »Schopöng sagen die meisten, so wie sie auch Parföng sagen, dabei heißt es in einem richtigen Französisch Schopön.« Irma hatte rasch in ihr blaues Buch geschrieben: *Chopin = Schopön.* Und Parfüm? Sie benutzte auch dieses Wort nicht mehr in Erichs Gegenwart.

Der Rezeptionistin schien die Sonate ebenfalls zu gefallen. Versonnen schloss sie die Augen und lauschte einigen Takten.

Erich brach sein Spiel unvermittelt ab, die Rezeptionistin öffnete die Augen, und Erich schloss den Deckel des Flügels. »Wir werden Ihren schönen Salon buchen.«

»Sehr gern.« Die Hotelangestellte verbeugte sich leicht. »Ich würde auch gern Klavier spielen können.«

Erich winkte ab. »Das meiste habe ich mir selbst beigebracht. Sie sind noch sehr jung, Sie können es noch lernen.«

Von draußen drang laute Musik in den Salon.

»Fünf Uhr! Unser Tanztee beginnt. Ich muss wieder nach vorn!« Die Rezeptionistin hatte es plötzlich eilig und zog die Vorhänge zurück vor die Fenster. »Soll es für Sie nun wirklich dieser Raum sein?«

»Ja! Am 16. September ab 17 Uhr.« Erich lächelte Irma glücklich an.

Irma bemühte sich, ebenso freudig wie Erich zu sein, doch sie war zu nervös.

»Ich werde Ihre Reservierung der Geschäftsführung mitteilen. Mit der Bestätigung lassen wir Ihnen dann unsere

Angebote zukommen, welche Arrangements für Ihre Feier möglich sind. Daraus können Sie dann auswählen, was Ihnen beliebt. Und jetzt entschuldigen Sie mich bitte, ich muss mich um den Tanztee kümmern.«

Als sie auf sie Straße traten, holte Irma tief Luft.

Erich suchte ihren Blick und reichte ihr seinen Arm. Als hätten sie gerade etwas sehr Verrücktes getan, das man ihnen nicht anmerken sollte, blickten sie stur geradeaus und unterdrückten ihr glückliches Schmunzeln. Pressten die Lippen fest zusammen, um nicht lachen zu müssen. Gingen ein Stück unter den Linden entlang.

Irma konnte als Erste nicht mehr an sich halten: »Ja! Jetzt ist es bald so weit!«

Erich hob sie in der Taille hoch, wirbelte sie herum, ließ sie sanft wieder herunter. Irma umarmte ihn, und sie küssten sich auf offener Straße. Irma war es gleichgültig, ob sie dabei gesehen wurden. Sie blickten sich lange in die Augen.

»Ich habe es dir versprochen: Bis zur Hochzeit ist alles wieder gut«, sagte Erich.

Irma umarmte ihn noch fester. »Ja!«

Bis zur Hochzeit wurde jedoch nichts wieder gut. Zunächst erhielten Irma und Erich die Nachricht, dass sie nicht im Musiksalon des *Adlons* feiern konnten, weil der Raum zuvor anderen Gästen fest zugesagt worden sei. Man habe dies übersehen. Irma und Erich versuchten, diese Begründung nicht in Zweifel zu ziehen und sich die Vorfreude auf ihre Hochzeit nicht verderben zu lassen. »Berlin ist groß, wir werden schon noch einen schönen Raum finden«, sagte Erich.

Irma verlor bald darauf ihre Anstellung im Kaufhaus des Westens. Herr Hoppe hielt es nicht einmal mehr für nötig, Irma in sein Büro zu bestellen, um ihr ihre Entlassung unter vier Augen mitzuteilen. »Ick darf Sie nicht länger in unserem Hause beschäftigen«, verkündete er laut vor aller Kundschaft. »Es sei denne, Sie ziehen dit Verlöbnis zurück!«

Niemals, dachte Irma und fühlte sich gleichzeitig beschämt, als habe sie sich die Kündigung selbst zuzuschreiben, weil sie sich schuldig gemacht hatte. So, wie eine Verkäuferin, die entlassen wurde, weil sie des Diebstahls überführt worden war.

»Sie bringen heute noch Ihre Schicht zu Ende und ab morgen kommse nich wieder.« Hoppe steckte die Hände in die Hosentaschen. »Ick werde Ihnen een Zeugnis ausstellen, keene Sorge, dit wird keen schlechtes sein, denn immerhin waren Se ja mal meene beste Verkäuferin. Sie brochen nicht extra vorbeizukommen, um sich dit abzuholen, dit wird Ihnen zujeschickt werden.« Damit ließ er Irma stehen.

»Ich *bin* Ihre beste Verkäuferin!«, hatte sie ihm hinterher gerufen, doch er war bereits in seinem Büro verschwunden. Wie versteinert hatte sie auf die Tür, die sich gerade geschlossen hatte, geblickt. Aus den Augenwinkeln hatte sie ein paar Kundinnen wahrgenommen, Stoffe in den Händen, die sie angestarrt und dann miteinander zu tuscheln begonnen hatten. Anstatt erhobenen Hauptes auf die Damen zuzugehen und zu fragen, ob sie ihnen behilflich sein dürfe, war Irma aus dem Verkaufsraum geeilt, hatte nach ihrem Mantel und ihrer Tasche gegriffen und das KaDeWe verlassen. Wie eine Diebin, die nicht geschnappt werden wollte, war sie bis zum Bahnhof Zoo gerannt. Erst dort war sie stehengeblieben und hatte sich umgesehen. Es war ihr niemand gefolgt.

»Heute war eine Patientin in meiner Sprechstunde, die gemeinsam mit ihrem Mann ein Kurzwarengeschäft führt«, hatte Erich einige Tage nach Irmas Entlassung gesagt. »Sie erzählte, dass sie dringend eine Verkäuferin sucht, weil sie nicht mehr selbst hinter dem Ladentisch stehen möchte. Es wäre natürlich nicht dein KaDeWe, sondern ein kleines Geschäft. Aber Frau Goebel und ihr Mann sind sehr nette Leute. Wenn du einverstanden bist, dann werde ich mit ihnen reden, ob du bei ihnen anfangen kannst.«

Noch bevor Irma ihr Zeugnis aus dem KaDeWe zugeschickt bekommen hatte – es ging an ihre Postadresse im Wedding und war tadellos –, begann sie, im Geschäft der Goebels als Verkäuferin zu arbeiten. Sie war davon ausgegangen, dass das Ehepaar es aus Altersgründen ruhiger angehen wollte und deshalb Unterstützung gesucht hatte. Doch die beiden waren nicht viel älter als Irma selbst mit ihren Mitte zwanzig. Am Schaufenster des hübschen kleinen Geschäftes war zu sehen, dass es von Farbe gereinigt worden war. Zum wiederholten Mal sei die Scheibe beschmiert worden. Sprüche wie *Deutsche, kauft nicht beim Juden!* und *Juda verrecke!* seien an die Scheiben gekliert worden, erzählte Herr Goebel. Seine Frau saß seitdem die meiste Zeit im Hinterzimmer und lauschte der Türglocke. Wenn sie die Stimmen der eintretenden Kunden erkannte, kam sie nach vorn und ließ es sich nicht nehmen, die gewünschten Zwirne, Knöpfe oder Nadeln zu verkaufen. Doch wenn es Fremde waren, ließ sie nicht einmal mehr ihren Mann in den Verkaufsraum gehen. Deshalb hatten sie gern jemanden eingestellt, der keine Angst hatte. Das war jetzt Irma.

Bald schon fühlte sie sich im Geschäft der Goebels überflüssig, denn es kamen kaum noch Kunden. »Weshalb hast du mir nicht gesagt, dass die Goebels Juden sind?«, fragte sie Erich eines Abends beim Essen.

»Weil das keine Rolle spielt.« Er bestrich ruhig eine Scheibe Brot mit Butter.

»Spielt es sehr wohl! Das erlebst du doch tagein, tagaus in deiner Praxis! Wie unzufrieden musst du als Arzt sein, wenn ich es schon als Verkäuferin bin! Wie schrecklich muss es für sich sein, wenn du täglich vergeblich auf Patientinnen wartest!«

Erich legte das Messer beiseite und blickte Irma an. Seinen Augen waren leicht rot unterlaufen. »Vielleicht ist es ein Zeichen, dass wir immer noch keinen Ersatz für den Musiksalon im *Adlon* gefunden haben und wir sollten unsere Heirat nochmals überdenken«, sagte er leise.

Bevor Irma ihr Entsetzen äußern konnte, fuhr er fort: »Du würdest heute noch im KaDeWe arbeiten, wenn wir nicht vorhätten zu heiraten. Was wird dir erst alles geschehen, wenn wir Eheleute sind?«

»Das ist mir egal!«

»Mir aber nicht! Du solltest unser Verlöbnis auflösen.«

»Ich werde gar nichts auflösen! Ich liebe dich!«

Erich erwiderte nichts. Mit hängenden Schultern saß er ihr gegenüber.

Und es wäre feige, nicht zu dir zu stehen, dachte sie. Und wenn sie etwas nicht sein wollte, dann war es, feige zu sein.

»Lass uns zu Hause feiern«, schlug Erich nach weiteren vergeblichen Versuchen, in gehobenen Hotels einen Raum für die Feier nach der Trauung zu reservieren, vor. »Fräulein Nitschke wird uns sicherlich alles sehr festlich herrichten.«

Irma stellte sich vor, dass ihr Fest dann einem der Mittwochabende gleichen würde, zu denen Erich schon seit geraumer Zeit nicht mehr einlud. Sie sah die wenigen Gäste vor sich, die noch erscheinen würden – die Winterfeldts, die Abrahams, die Goedeckes. Und nun vielleicht auch noch die Goebels. Irma sah Erichs Bruder Martin vor sich. Ob seine Frau Marlene ihn mit den Kindern begleiten würde?

Und Martha und Max? Dass sie bei der Trauung im Standesamt dabei sein würden, hatte Martha nach langen Diskussionen zugesagt. Irma hatte ihre Schwester schließlich dadurch überzeugen können, dass im Standesamt Beamten säßen, die das Aufgebot eingehend überprüft hätten. Wenn es rechtlich an der Eheschließung etwas auszusetzen gäbe, dann wäre das Aufgebot gar nicht nicht erst angenommen worden.

Irma versuchte, sich Martha und Max auf der Feier in

Erichs Privaträumen vorzustellen. Beide hatten die Wohnung am Ku'damm noch nie betreten, obwohl Irma sie mehrmals eingeladen hatte.

Insgeheim hatte Irma manchmal mit dem Gedanken gespielt, dass Martha und Max eines Tages in diese Wohnung mit den acht Zimmern einziehen könnten. Das Geld, das Irma regelmäßig auf den Küchentisch ihrer Schwester gelegt hatte und das den größten Teil ihres Lohnes ausmachte, war immer noch ihr Mietanteil für die Wohnung in der Seestraße. Zum einen hätten sie dieses Geld sparen können, weil in Erichs Wohnung genügend Platz für alle war. Zum anderen könnte sie wieder mehr für Max da sein. Irma war fest entschlossen gewesen, mit Erich über diese Idee zu sprechen. Und mit Martha. Gleich nach der Hochzeit.

◈

Nach unserem schönsten Tag im Leben, dachte Irma jetzt bitter, stützte die Ellenbogen auf den Tisch und vergrub ihr Gesicht in den Händen. Als sie eine gute Stunde so gesessen hatte, schrieb sie mit der Nähkreide *16. September 1935,* und was an diesem Tag passiert war, auf das Papier von Rechtsanwalt Dr. Leonhard.

16. September 1935

Der schönste Tag im Leben

Irma und Erich machten sich am Vormittag pünktlich auf den Weg zum Standesamt Charlottenburg. Dort wurden sie schon von ihren Trauzeugen – Erichs Bruder und Irmas Schwester – erwartet.

Max rannte freudig auf Irma zu und umarmte stürmisch ihre Beine. Dabei zerknitterte er das hübsche Hochzeitskleid, das Irma sich selbst entworfen und aus apricotfarbener Seide geschneidert hatte. Es war wadenlang, tailliert. Das Dekolleté etwas gewagt. Irma lachte. Weil es ihr in diesem Augenblick gleichgültig war, ob Max ihr Kleid zerknitterte. Und weil endlich der Tag gekommen war, den sie so sehr herbeigesehnt hatte.

Martha reichte dem Brautpaar die Hand. Irma zog ihre Schwester an sich und umarmte sie. Martha ließ es geschehen.

»Hast du dir das auch gut überlegt?«, flüsterte sie Irma zu. »Noch kannst du es sein lassen.«

Irma blickte ihre Schwester fest an. Sie sah müde aus. Wirkte niedergeschlagen. Es würde ihr gut tun, wenn sie in die Wohnung am Ku'damm mit einziehen würde. »Ich liebe Erich vom ganzem Herzen«, sagte sie. Ob Martha das je verstehen würde?

Erich unterhielt sich abseits mit seinem Bruder. Martin stand mit gesenktem Kopf. Wirkte er deshalb so deprimiert, weil seine Frau nicht mitgekommen war?

Auf dem langen Gang des Standesamtes roch es nach Bohnerwachs. An den Wänden zwischen den vielen Türen standen hölzerne Bänke, auf denen niemand saß.

»Zimmer acht«, sagte Erich und hielt Irma lächelnd seinen Arm hin.

Martha griff Max an der Schulter, sodass er sich von Irma lösen und hinter dem Brautpaar an der Hand seiner Mutter gehen musste. Neben ihnen Martin. Irma drehte sich aufgeregt um und winkte ihnen mit dem Blumenstrauß zu. Erich klopfte an die Tür von Zimmer acht. Doch nichts geschah. Kein »Herein«, kein Öffnen der Tür. Erich klopfte noch einmal. Schließlich drückte er die Klinke hinunter. Die Tür war verschlossen. Er klopfte an ein anderes Zimmer. Hier das Gleiche. Er klopfte an ein weiteres. Ein Beamter öffnete die Tür. Erich erklärte, dass Irma und er einen Termin zur Trauung hätten.

»Sie haben wohl nicht kapiert, was los ist?«, blaffte der kleine untersetzte Mann mit dem Schnurrbart ihn an.

»Was meinen Sie?« Erich drückte kurz Irmas Hand. »Wir wollen nur heiraten. Es ist alles geregelt und angemeldet.«

Irma zog ihre Hand zurück, weil sie feucht wurde. Was war los?

»Verlassen Sie sofort das Haus! Sonst werde ich Sie wegen Rassenschande anzeigen!« Der Beamte ging mit festen Schritten zu seinem Schreibtisch und griff zum Telefon.

Martin zog Erich eilig mit sich nach draußen. »Kommt alle!«

Irma, Martha und Max folgten ihnen.

Die Septembersonne irritierte Irma einen Augenblick

lang. So, wie auch die feingemachten Menschen, die die Straße entlang flanierten und keinerlei Notiz von dem Brautpaar und seinen Gästen nahmen.

Max drückte Irma an sich, so, als begreife er, dass er sie trösten müsse.

Martha nahm ihn bei der Hand. »Komm, Max, ab geht's! Wir gehen jetzt nach Hause, bevor sie uns noch drankriegen.«

Max blickte Irma fragend an.

»Geh nur«, brachte sie mühsam hervor.

Er gehorchte und folgte seiner Mutter, dabei blickte er sich immer wieder zu Irma um.

»Ich hatte gehofft, ihr schafft es noch«, sagte Martin leise. »Heute stand in der Zeitung, dass gestern Abend ein Reichsparteitag stattgefunden hat. Ganz kurzfristig. Dort wurde unter anderem ein Gesetz zur Reinhaltung des deutschen Blutes verabschiedet. Mit sofortiger Wirkung. Demnach wird es ab jetzt nicht nur unter Strafe gestellt, wenn ihr heiratet, sondern auch, dass ihr überhaupt ein Paar seid.«

Irma blickte Erich an. Er schien bereits davon zu wissen. War es das, worüber die Brüder vorhin gesprochen hatten? Hatte Martin deshalb so deprimiert gewirkt?

»Reinhaltung des deutschen Blutes ... Was soll das? Wir sind doch alle Deutsche!« Irmas Stimme zitterte.

»Für die meisten nicht mehr.«

»Aber ihr habt beide fürs deutsche Vaterland gekämpft!« Sie konnte nicht glauben, was Martin da sagte.

»Das bedeutet ab jetzt nichts mehr«, sagte Erich niedergeschlagen.

»Schon lang nicht mehr«, fügte Martin leise hinzu.

Irma wollte etwas entgegnen, doch da entdeckte sie das Gesicht des Beamten, der sie abgewiesen hatte, hinter einem Fenster des Standesamtes. Sie hakte sich eilig bei Erich und Martin unter und zog sie mit sich. »Lasst uns lieber gehen!« Tränen liefen ihr über die Wangen.

◈

So, wie jetzt, zwölf Jahre später, auch. So, wie die Tränen es jedes Mal taten, wenn sie an den schrecklichsten Tag in ihrem Leben zurückdachte. Dabei sollten damals noch schrecklichere Tage folgen. Viel schrecklichere.

Das Gesetz zur Reinhaltung des deutschen Blutes hatte verboten, dass arische Frauen im Alter unter fünfundvierzig Jahren für jüdische Männer arbeiteten. Doch Fräulein Nitschke hatte sich nicht davon beeindrucken lassen. Furchtlos und pfiffig, wie sie war, hatte sie einen gepackten Koffer in Erichs Wohnungsflur deponiert. »Sollte jemand kommen und daran Anstoß nehmen, dass ich immer noch für Sie tätig bin, dann werde ich einfach so tun, als wollte ich gerade gehen«, hatte sie Erich fest entschlossen mitgeteilt.

Erich hatte vergeblich versucht, ihr diesen gewagten Plan auszureden.

Irma hatte Fräulein Nitschke oft für ihren Mut bewundert. Ihr selbst fiel das nicht immer so leicht.

◈

»Es ist uns verboten, zusammen zu sein. Wir sollten uns nicht mehr miteinander sehen lassen!«, sagte Erich damals wiederholt zu Irma. »Es würde schon genügen, wenn jemand sieht, dass du mein Haus betrittst. Dieser Gefahr dürfen wir dich keinesfalls aussetzen!«

»Ich könnte doch eine deiner Patientinnen sein.« Sie bemühte sich, unbeschwert zu klingen.

»Du weißt doch, dass kaum noch Patientinnen zu mir kommen. Und solche wie du schon gar nicht.«

Solche wie Irma? Was meinte er damit? Warf Erich Irma gerade mit den Leuten in einen Topf, die schuld an der Misere in Deutschland waren? Oder wollte er ihr damit sagen, dass sie nicht zu ihm passe?

»Ich will nicht, dass du ins Zuchthaus kommst, weil du mit mir zusammen bist«, erklärte Erich einmal, als ahnte er, dass Irma ihn nicht verstand.

»Unsere Heirat konnten sie verhindern, aber gegen unsere Liebe werden sie nichts tun können!«, widersprach Irma. »Wie wollen sie denn kontrollieren, ob wir immer noch ein Paar sind und uns dann auseinanderbringen? Da hätten sie ja viel zu tun! Da müssten sie hunderttausende Paare überwachen. Das ist unmöglich! Ich passe schon auf mich auf.«

Sie zupfte an der Kante des gestärkten Tuches, das auf dem großen Esstisch lag, an dem sie saßen. Sie blickte von Stuhl zu Stuhl. Sie sah die Menschen vor sich, die dort an den Salon-Abenden diniert hatten.

Erich setzte an, um zu widersprechen. Im selben Moment läutete es an der Wohnungstür. Irma bemerkte Erichs beunruhigten Blick, als es kurz darauf an der Tür zum Salon klopfte. Fräulein Nitschke trat ein, bevor Erich »Herein« gesagt hatte.

»Herr Doktor, Ihr Bruder«, kündigte sie an.

Martin trat ein. Er war leichenblass.

Erich eilte auf Martin zu. »Was ist passiert?«

Fräulein Nitschke schloss leise von außen die Tür.

»Marlene will sich scheiden lassen«, sagte Martin beinahe tonlos.

Erich und Irma wechselten einen kurzen Blick.

»Das kann sie doch nicht machen!«, flehte Martin, als könne sein Bruder etwas gegen Marlenes Entschluss unternehmen. »Wir haben uns doch geschworen, dass wir immer zusammenbleiben werden. Bis dass der Tod uns scheidet.«

Erich umarmte seinen Bruder. Martin ließ es mit hängenden Armen geschehen. »Nun setz dich erst mal«, sagte Erich und schenkte eilig einen Brandy ein.

Martin schaute in das Glas, trank jedoch nicht. »Sie haben Marlene sogar ein beschleunigtes Scheidungsverfahren angeboten.« Er machte eine Pause und trank einen Schluck. »Ich will mich nicht scheiden lassen!« Er trank das Glas in einem Zuge leer. Dann setzte er sich aufs Sofa, genau auf den Platz, auf dem Irma vor wenigen Jahren nach der Geburt von Max gesessen hatte. Weshalb erinnerte sie sich ausgerechnet jetzt daran?

»Ich kann ohne Marlene nicht leben«, brachte Martin kaum hörbar hervor. »Und ohne meine Kinder auch nicht. Sie dürfen mich nicht verlassen. Das dürfen sie nicht!«

Irma wartete darauf, dass Erich seinem Bruder etwas Tröstliches sagte, doch er lehnte schweigend mit dem Rücken an einer Kommode, so als brauche er Halt. Den Blick ins Leere gerichtet. Schließlich stieß er sich ab und schenkte sich ebenfalls ein Glas Brandy ein.

»Marlene möchte die Trennung sicherlich nur vorübergehend«, versuchte Irma Martin zu trösten. »Für den äußeren Schein. Wenn das alles vorbei ist, kommt sie wieder zu dir zurück. Und bis dahin siehst du sie und die Kinder heimlich.«

»Sie kommt nicht zurück. Nie mehr. Das hat sie mir gesagt. Sie meint, ihr sei erst jetzt bewusst geworden, mit wem sie verheiratet ist. Dass es mir die ganzen Jahre gut gelungen sei, mein wahres Gesicht zu verbergen. Mein ›Judengesicht‹.«

»Das hat sie gesagt?«, entfuhr es Erich.

Martin nickte. »Judengesicht«, wiederholte er. »Ich weiß gar nicht, was sie damit meint. Judengesicht …«

Irma wurde wütend. Es war Martins Frau, die gerade ihr wahres Gesicht gezeigt hatte. Das Gesicht einer Ehefrau, die in schlechten Zeiten ihr Ehegelübde nicht halten wollte. Irma verachtete Marlene zutiefst dafür und fand, dass Martin froh sein könne, sie los zu sein.

Spät in der Nacht, als Martin das Haus am Ku'damm 141 verlassen hatte, sagte Erich: »Ich habe meinen Bruder noch nie so verzweifelt erlebt. Vielleicht hätte ich ihn bitten sollen, bei uns zu bleiben.« Er blickte stumm vor sich hin. Dann sprang er auf. »Ich muss ihn suchen!« Und schon rannte er zur Tür hinaus, die Treppe hinunter. Irma hörte die Haustür unten zufallen und Erichs schnelle Schritte auf der Straße verklingen.

Erst am frühen Morgen kehrte Erich zurück.

Er hatte Martin nicht gefunden.

IV

1948

»An unmöglichen Dingen soll man verzweifeln, an schweren nie.«

»Erichs Sorge war berechtigt, aber sein Bruder hat sich in dieser Nacht nichts angetan. Noch nicht«, erzählte Irma bei einem Gesprächstermin mit Rechtsanwalt Dr. Leonhard. Sie zögerte, bevor sie fortfuhr: »Aber einige Monate später. Er hat sich erhängt. In seiner Werkstatt.« Irma zeichnete mit der Hand quer durch die Luft. »*Martin Bragenheim – Automobilhandel und Reparaturen* stand über dem Eingangstor zu seinem Fuhrpark und zur Werkstatt. Martin hat nicht nur repariert, sondern auch mit Automobilen gehandelt. Nur mit sehr teuren wie Mercedes und Ford ... Wer in Berlin etwas auf sich gehalten hat, hat sich bei ihm einen neuen Wagen gekauft. Doch zu dieser Zeit tat dies schon lange keiner mehr. Und dann hatte ihn auch noch seine Frau verlassen. Mit den Kindern. Irgendwann hat er es nicht mehr ertragen.«

Dr. Leonhard tippte mit dem Ende eines Bleistifts auf das Blatt Papier, das vor ihm lag. Aufgeschrieben hatte er beim heutigen Termin noch nichts. Auf seinem Schreibtisch häuften sich mit jedem Termin mehr Akten. Ein paar Stapel lagen behelfsmäßig auf einem Teewagen. Im Vorzimmer saß neuerdings eine Sekretärin, die unentwegt auf der Schreibmaschine schrieb, was man bis ins Besprechungszimmer hören konnte. Ob unter den Fällen, die sie zu bearbeiten hatte, noch welche wie Irmas waren?

Obwohl Irma begriffen hatte, dass Leonhard sich nicht für die Geschichte von Erichs Bruder interessierte, erzählte sie weiter.

»Erich und ich haben ihn gefunden. Tage später.« Ihr Blick schweifte zum Fenster. Draußen schien die Sonne. Genauso wie an dem Tag, als Erich und sie Martin entdeckt hatten. Das passt nicht, dachte Irma, damals hat es nicht gepasst, und heute passt es nicht. »Erich hat seinen Bruder vom Strick abgeschnitten. Ich musste mit anfassen. Martins Beine festhalten, damit er nicht auf dem Boden aufschlägt. Vorsichtig haben wir ihn heruntergehoben. Er war so schwer …«

»Es tut mir sehr leid um Ihren Schwager, aber das ist für unser Verfahren juristisch nicht relevant«, sagte Dr. Leonhard.

Irma blickte den Anwalt dankbar an. »Ihr Schwager«, hatte er gerade gesagt. Das bedeutete, dass er Erich als ihren Ehemann ansah.

»Bei allem Mitgefühl für Ihren Verlust«, sagte der Rechtsanwalt, »wenn wir in Ihrer Angelegenheit weiterkommen wollen, dann müssen Sie mir noch detaillierter über sich und Ihren Mann berichten. Über das, was ihm und Ihnen widerfahren ist.«

»Ihr Mann«, hatte Leonhard gesagt, das gefiel Irma ebenso. »*Widerfahren* ist gut. Ich nenne es *angetan*. Was uns angetan wurde.«

»Angetan«, sagte Dr. Leonhard. »Meinetwegen. Konzentrieren wir uns also bitte ab jetzt auf die wichtigen Einzelheiten Ihrer Geschichte. Wenn wir Ihre Eheschließung über den Berliner Senat durchsetzen wollen, dann benötige ich unbedingt für alles, das Sie mir erzählen, Nachweise.« Er zeigte auf ein amtliches Schreiben, das vor ihm lang. »Ich denke nämlich, dass wir uns nach dieser Ablehnung vom Standesamt den langen Weg durch die verschiedenen Instanzen bei Gericht ersparen und es sofort über den Berliner Senat versuchen sollten. Außerdem weiß ich, dass dort zwei Herren vorsitzend sind, die unserer Angelegenheit sicherlich wohlwollend gegenüberstehen. Bei den Gerichten könnte dies anders aussehen. Die meisten dortigen Richter müssten eigentlich entnazifiziert werden. Sie kennen aber jegliche juristischen Winkelzüge, um sich aus der Affäre zu ziehen und sind bereits wieder in Lohn und Brot. Es ist widerlich.«

Irma fühlte sich plötzlich müde.

»Ich weiß, dass gerade ein Gesetz über die Anerkennung freier Ehen rassisch, politisch und religiös Verfolgter in Arbeit ist«, fuhr Dr. Leonhard fort. »Falls es beschlossen wird, werden Sie sicherlich eine der ersten sein, für die dieses Gesetz Anwendung finden könnte.«

»Und wird es beschlossen werden?«

»Hoffen wir das Beste! Ich benötige bis dahin die Geburtsurkunden von Ihnen und Ihrem Verlobten. Außerdem brauche ich Nachweise über seine Enteignung, die Deportation und seine Aufenthalte in Theresienstadt und Auschwitz-Birkenau. Und darüber, dass er tatsächlich dort umgekommen ist. Ich benötige also auch seine Sterbeurkunde.«

Irma blickte in die Sonne, die durchs Fenster hereinschien und schloss kurz die Augen.

»Ich brauche außerdem die Nachweise, dass Sie mehrmals Ihre Arbeit verloren haben, weil Sie mit Herrn Dr. Bragenheim verlobt waren.« Er hielt inne. »Wir werden sogar nachweisen müssen, dass Sie überhaupt mit ihm verlobt waren. Dass es tatsächlich der Wahrheit entspricht, dass Sie beide heiraten wollten. Und das alles nicht wie bisher nur auf Grundlage Ihrer Erzählungen und Notizen, sondern auf Grundlage von Unterlagen, die all das beweisen.«

»Aber ich besitze kaum Unterlagen! Woher sollte ich denn eine Geburtsurkunde von Erich haben? Ihm wurde doch alles genommen! Wie soll ich an eine Sterbeurkunde aus dem Lager in Auschwitz-Birkenau kommen?«, fragte sie verzweifelt.

Leonhard zuckte mit den Schultern. »Dann benötigen wir über alles eidesstattliche Erklärungen von Zeugen. Es wird sicherlich eine Weile dauern, bis wir sie zusammengetragen haben.«

Irma begann zu weinen. Wir? Sie allein war es doch, die die Menschen ausfindig machen sollte, die bezeugten, dass es Erich und sie als Liebespaar und Verlobte gegeben hatte. Wie sollte Irma das bewerkstelligen? Die einen waren tot, andere ausgewandert, und Irma wusste nicht, wohin. Und selbst, wenn Irma Zeugen ausfindig machen könnte: Würden sie ihr überhaupt helfen? »Ist das alles tatsächlich notwendig?«, fragte sie mit erstickter Stimme. »Ich habe noch ein paar Fotos von Erich und mir. Und kann noch mehr Notizen machen. Ich habe damals außerdem viel in ein Buch geschrieben. Kein echtes Tagebuch, aber …«

»Das wird nicht ausreichen. Ihre Beziehung zu ihm

könnte Ihnen als kurzzeitige Liaison ausgelegt werden, die Sie beendet haben, als es schwierig wurde, mit einem rassisch Verfolgten zusammen zu sein. Aber heben Sie bitte alle Ihre persönlichen Unterlagen gut auf. Vielleicht werden wir sie als unterstützende Beweismittel einreichen. Gehen Sie in die Standesämter und versuchen Sie dort, die Geburtsurkunde Ihres Verlobten aufzutreiben. Lassen Sie sich den Nachweis aus der sogenannten Sippenkartei darüber geben, dass Herr Dr. Bragenheim tatsächlich Volljude war. Gleichzeitig bitten Sie alle Personen, die etwas über Ihre geplante Hochzeit aussagen können, dies schriftlich zu tun. Machen Sie sie ausfindig! Schreiben Sie sie an! So viele wie möglich.« Er blickte sie bedauernd an. »Ich weiß, dass es nicht einfach wird. Aber ehrlich gesagt, hatte ich gedacht, Sie hätten längst damit angefangen. Die Aussage dieses Mannes, der das Lager in Auschwitz überlebt hat und bezeugen kann, an welchem Tag Ihr Verlobter ins Gas geschickt wurde, die benötigen wir bitte ebenfalls.«

Irma wischte sich über die Augen. Wofür kam es darauf an, an welchem Tag Erich ins Gas geschickt worden war? Reichte es nicht aus, *dass* er es wurde?

»Schreiben Sie am besten auch den Lebenslauf Ihres Verlobten auf. So detailliert wie möglich«, sagte der Anwalt. »Tragen Sie bitte all das zusammen, was ihm als von den Nationalsozialisten rassisch Verfolgter angetan wurde. Alles, was Ihnen beiden angetan wurde. Dann erörtern Sie bitte die einzelnen, juristisch relevanten Ereignisse detaillierter. Und dann machen Sie sich auf die Suche nach Beweisen danach.« Dr. Leonhard schwieg eine Weile. »Falls es

Ihnen immer noch eine Herzensangelegenheit ist, dass wir Ihre Eheschließung durchsetzen.«

»Ja, das ist es«, sagte Irma so fest wie möglich.

Ihr Anwalt notierte einige Stichworte auf dem Papier und reichte es ihr. Irma faltete es achtlos zusammen und verstaute es in ihrer Manteltasche.

Leonhard begleitete sie zur Tür. »Anders wird es leider nicht gehen. Aber ich werde mein Möglichstes tun.«

»Ich auch«, sagte Irma mit brüchiger Stimme, wandte sich ab und verließ das Haus. Die Sonne blendete sie. Ihr fiel ein Zitat von Goethe ein, das sie Jahre zuvor in ihr blaues Buch geschrieben hatte. *An unmöglichen Dingen soll man verzweifeln, an schweren nie.*

Noch während des Heimweges formulierten sich die ersten Sätze von Erichs Lebenslauf wie von selbst in Irmas Kopf.

Mein Verlobter Erich Bragenheim ist als Sohn eines Fabrikbesitzers in Bramberg am 21. Juni 1896 geboren worden. Er erhielt eine ausgezeichnete Erziehung und studierte Medizin.

1933 war er praktischer Arzt in Berlin und Besitzer einer kleinen Privatklinik, als die judenfeindliche Hitlerregierung ans Ruder kam. Mein Verlobter hat sich immer als Deutscher gefühlt, hatte den Krieg 1914 bis 1918 mitgemacht, wofür er mit dem EK I ausgezeichnet wurde. Er war in französischer Gefangenschaft und glaubte, sich dadurch vor dem Ärgsten bewahrt zu wissen. Doch auch er musste, wie viele andere den schweren Weg zu Ende gehen. Die hinreichend bekannten Schikanen haben auch ihn getroffen. Er wurde als Krankenbehandler nach Polen in ein Seuchenlager geschickt, wo er in dürftigen Verhältnissen lebte, bis er an Flecktyphus erkrankte. Vom Typhus kaum genesen, musste er nach Theresienstadt in die Deportation …

Von überall her war ein steinernes Hämmern und Klopfen zu hören – es waren die unzähligen Frauen, die in den Trümmern Berlins retteten, was zu retten war.

Irma beeilte sich auf dem Weg in ihre Bleibe, um Erichs Geschichte schnellstmöglich zu Papier zu bringen. Zunächst als Kladde auf dem Packpapier, in dem ihr neulich die Frau aus dem kleinen, seit kurzem wieder eröffneten Krämerladen ein paar Schürzen zum Flicken gebracht hatte.

1929 lernte ich Dr. Bragenheim kennen, würde sie zu Hause weiter aufschreiben. *Unsere Beziehung vertiefte sich mit dem Ziele einer Heirat. Das Aufgebot war bestellt für den 16. September 1935. Die im Jahre 1935 erlassenen Rassengesetze machten dann unsere Heirat unmöglich und wir wurden unverrichteter Dinge vom Standesamt abgewiesen.*

Ich verkehrte nach wie vor im Hause meines Mannes, immer gehetzt und immer in Sorge um ihn, der den Schikanen des judenfeindlichen Regimes ausgesetzt war. Es ist viel geschrieben worden über das unsägliche Leid und die Menschen, die in dieser Zeit Freiwild waren und zu denen auch ich gehörte; und doch können Worte das erlebte Leid niemals erschöpfend darlegen …

Irma verharrte einen Moment lang zwischen zwei Ruinen und fragte sich, ob ihre Schilderungen dem Rechtsanwalt so detailliert genug sein würden. Falls sie ihn richtig verstanden hatte, sollte sie nicht nur jedes einzelne Leid, das Erich und ihr zugefügt worden war, aufzählen, sondern auch nachweisen. Leid. Ein Wort, das fast jeder benutzte und das niemanden mehr dazu brachte, Mitgefühl aufzubringen. Sie musste den Satz *und doch können Worte das erlebte Leid niemals erschöpfend darlegen* in den tatsächlichen Notizen ändern in *Ich werde nachfolgend nach bestem Wissen und Gewissen darlegen, welches Leid meinem Mann und mir zugefügt wurde.*

Sie holte den Zettel mit den Notizen des Anwalts aus der Manteltasche hervor und überflog ihn. Zu manchen Angaben, die sie machen sollte, würde sie sicherlich Hinweise in ihrem blauen Buch finden. Ihre Hände waren eiskalt, die Finger taub. Sie machte mehrmals eine Faust und öffnete sie wieder, doch es nützte nichts. Wegen der Kälte oder der Nerven, dachte Irma. Oder wegen des Hungers. Am Rande eines Trümmerhaufens fielen ihr ein paar Brennnesseln auf. Sie blickte sich nach allen Seiten um, ging so gelassen wie möglich darauf zu und pflückte sämtliche Stiele.

In ihrem Zimmer zupfte Irma die Blätter davon ab, ohne, dass es sie brannte. Sie schöpfte mit einer Schüssel etwas Wasser aus dem Eimer und wusch Staub und Asche von den Brennnesseln. Ihre Beute reichte für eine Kanne Tee und sogar noch als etwas Gemüse zu den Kartoffeln. Während Irma zum Nachtisch einen kräftigen Schluck selbstgebrannten Schnaps trank, blätterte sie in ihrem blauen Buch nach wichtigen Ereignissen, die sie sich damals in Erichs und ihrem Leben notiert hatte. Sie las einen Eintrag vom 14. Oktober 1936: *Kein Beruf ist so verjudet wie der ärztliche,* hatte Erich Irma an diesem Tag aus einer neuen Verordnung vorgelesen. *Die jüdischen ›Kollegen‹ verfälschen den ärztlichen Ehrbegriff und untergraben ärztliche Ethik und Moral. Ihnen verdanken wir, dass händlerischer Geist und unwürdige geschäftliche Einstellung sich immer mehr in unseren Reihen breit machen.*

Irma lehnte sich zurück auf dem Holzstuhl und erinnerte sich an den Tag und was darauf gefolgt war.

◈

Sie saßen im Salon, auf der roten Chaiselounge, Erich mit einem mehrseitigen Blatt in der Hand. Irma hatte gerade das Zitat von Tscherning *Du kannst dir jeden Feind versöhnen und verbinden, nur bei dem Neider wirst du niemals Gnade finden* in ihr Buch eingetragen.

»Wer schreibt so etwas«, hatte sie entsetzt gefragt, nach dem Papier gegriffen und gelesen: *Informationsblatt des nationalsozialistischen deutschen Ärztebundes.*

Erichs Gesicht war blass gewesen. »Das hat mir eine Patientin auf den Tisch gelegt, bevor sie sich für immer von mir verabschiedet hat. Ihr Mann ist ein Lungenfacharzt, mit dem ich viele Jahre lang kooperiert habe. Das ist nun auch vorbei.«

Irma kam es damals so vor, als würde das Judentum von vielen Menschen für eine schwere Erkrankung gehalten. Als täten die neuen Machthaber alles dafür, dass sich niemand von ihnen damit infizierte und die Krankheit so schnell wie möglich und um jeden Preis ausgerottet wurde.

In den Geschäftsräumen der Krankenkassen warnten zu

diesem Zweck Plakate vor dem Besuch bei jüdischen Ärzten. Es wurden Verzeichnisse mit den Namen jüdischer und kommunistischer Mediziner verbreitet.

Es funktionierte. Arische Patienten suchten bald keine jüdischen Ärzte mehr auf und nahmen es lieber in Kauf, stundenlang in den Wartezimmern arischer Arztpraxen auszuharren, auch wenn sie auf Grund des dortigen Massenandrangs weniger gut behandelt und versorgt wurden, als sie es bisher gewohnt waren.

Nach und nach wurden Ärzten *nicht arischer Abstammung* die Kassenarztzulassungen entzogen. Ausnahmen herrschten nur für diejenigen, die im Ersten Weltkrieg mindestes sechs Monate an der Front gewesen waren. Das traf auf Erich zu.

Trotzdem standen immer wieder braun Uniformierte vor seinem Haus am Ku'damm 141 und hielten Transparente hoch. *Eine deutsche Frau, ein deutsches Mädchen geht nicht zum jüdischen Arzt!* stand darauf. Eines Tages waren zwei SA-Männer in die Praxis gestürmt, um zu kontrollieren, ob Erich etwa gerade eine arische Frau behandelte. Doch es war »nur« eine Jüdin gewesen, die zur Untersuchung auf dem Stuhl gelegen hatte. »Weitermachen!«, hatten die Männer gebrüllt, bevor sie grölend den Behandlungsraum verließen.

Der Übereifer, mit dem jüdische Ärzte von arischen Kollegen ausgegrenzt wurden, war so groß, dass es bald zu einer immer schlechteren ärztlichen Versorgung der Berliner Bevölkerung kam. So schlecht, dass die Nationalsozialisten eines Tages die arischen Ärzte in ihrem übereifrigen Denunziantentum bremsten. Dies erfolgte jedoch nur vorübergehend, und bald darauf kam der Tag, an dem Irma von zwei SA-Männern aufgelauert und gewaltsam daran gehindert wurde, Erichs Haus zu betreten.

»Judenhure«, brüllte der Mann, der ihr die Tür verstellte. Als Irma versuchte, an ihm vorbei zu kommen, hielt der andere sie am Oberarm fest.

»Ich bin krank, ich muss zum Doktor«, sagte Irma mutig.

»Wer's glaubt, wird selig«, entgegnete der erste Mann. »Keinen Schritt weiter oder wir nehmen dich mit!«

Irma blickte zu Erichs Wohnung hinauf. Wie auch an den Fenstern der übrigen Wohnungen war dort niemand zu sehen.

Die Männer stießen Irma vor sich her, über den Gehsteig Richtung Straße. Auch aus anderen Häusern schien niemand mit anzusehen, was Irma widerfuhr. Dann entdeckte Irma den schwarzen Ford, der etwa fünfzig Meter vom Ku'damm 141 entfernt parkte. Den Ford, in dem Traute Meyer saß.

»Verzieh dich endlich von hier!«, schrie der zweite SA-Mann Irma an und versetzte ihr einen Stoß. Sie lief davon.

»Für immer!«, hörte sie den ersten hinterherbrüllen.

Irma lief in Richtung Halensee, nicht wissend, was sie dort sollte. Wo konnten Erich und sie sich noch sehen? Und bei wem? Irma fiel damals nur eine Person ein: Martha. Doch wie konnte sie ihre Schwester davon überzeugen, sich für Irma und Erich in Gefahr zu bringen? Durfte Irma Martha und Max überhaupt einem solchen

Risiko aussetzen? Bevor sie eine Antwort darauf fand, kehrte sie in Richtung Ku'damm 141 um, weil Erich vermutlich seit Stunden auf sie wartete. Er musste unbedingt erfahren, weshalb sie nicht zum verabredeten Zeitpunkt in seiner Wohnung eingetroffen war. Er sollte sich keine Sorgen machen, nicht denken, dass Irma etwas zugestoßen sei oder sie ihn gar verlassen hätte. Sie positionierte sich hinter der Säule eines Hauseinganges auf der gegenüberliegenden Straßenseite des Ku'damms 141. Die beiden SA-Männer zogen gerade ab.

Kurz darauf verließ Erichs Haushälterin das Gebäude. Sie trug ihren gepackten Koffer bei sich.

»Bitte, helfen Sie mir!«, machte Irma sich leise bemerkbar, als Fräulein Nitschke an ihr vorbeihastete. »Erich wartet auf mich und wird sich fragen, weshalb ich nicht komme. Ich bitte Sie von ganzem Herzen, kurz zu ihm zurückzugehen und …«

Fräulein Nitschke blickte sich kurz um und huschte dann in Irmas Versteck. »Er weiß, weshalb Sie nicht erschienen sind«, flüsterte sie. »Wir haben mitbekommen, dass man sie nicht ins Haus gelassen hat. Daraufhin hat er von mir verlangt, dass ich gehe. Ich habe das abgelehnt, das müssen Sie mir bitte glauben, aber das machte ihn wütend. Er will nicht, dass mir seinetwegen etwas passiert. So wie er nicht möchte, dass Ihnen etwas passiert. Deshalb hat er mir gekündigt, von einer Minute zur anderen.«

»Seien Sie versichert, er hat es nicht böse gemeint und es nur um Ihretwillen getan. Er hält große Stücke auf Sie.«

»So wie ich auf ihn. Deshalb werde ich jetzt zurückgehen und so tun, als hätte ich etwas vergessen. Was soll ich ihm ausrichten?«

»Sagen Sie ihm, dass er mich bei meiner Schwester antreffen kann. Ich werde mich jetzt zu ihr auf den Weg machen. Er möge bitte dorthin kommen, sobald es ihm möglich ist. Und dann werden wir weitersehen. Wir werden sicherlich eine Lösung finden. Für alles.«

»Bitte passen Sie gut auf sich auf«, flüsterte Fräulein Nitschke. »Passen Sie beide gut auf sich auf!«

Irma reichte ihr die Hand. »Wir werden uns gewiss bald wiedersehen.«

»Ja«, versprach Fräulein Nitschke.

◇

Fräulein Nitschke. Irma blickte sich in ihrer Bleibe um. In der Ecke stand noch der Koffer, den Erichs Haushälterin damals bei sich getragen hatte. Er war vollgepackt mit Sachen aus der Zeit, als sie sich das Zimmer im Souterrain geteilt hatten. Unterwäsche, ein warmer Pullover, ein Rock, warme Schuhe. Sie hatte ihn zurückgelassen, als sie es nicht mehr ausgehalten hatte, was ihr angetan worden war.

Irma rührte die Sachen nicht an, auch wenn sie noch so sehr in ihren zu dünnen Schuhen fror. Sie war überzeugt davon, solange der Koffer dort in der Ecke auf seine Besitzerin wartete, solange bestand Hoffnung, dass sie Fräulein Nitschke wiedersah. Aber auch diese Geschichte würde Rechtsanwalt Leonhard nicht sonderlich interessieren.

Irma versuchte sich auf den Tag zu konzentrieren, ab dem sie nie wieder Erichs Wohnung am Ku'damm betreten hatte. Als sie sich auf den Weg zu Martha in die Seestraße gemacht hatte. Als sie sich nicht hatte vorstellen können, dass dieser Tag ein noch schrecklicheres Ende nehmen könnte.

◈

»Damit bringst du mich in Teufels Küche!«, schimpfte Martha sofort, nachdem Irma ihr angekündigt hatte, dass Erich vielleicht später nachkommen würde.

»Wenigstens heute, nur das eine Mal!«, flehte Irma. »Danach werden wir schon etwas finden, wo wir uns treffen können.«

»Du musst doch auch an mich denken! Wenn euch jemand hier erwischt, dann machen die auch nicht vor mir Halt! Ich bin deine Schwester! Wir sind verwandt. Aber du denkst immer nur an dich!«, zeterte Martha.

»Du weißt, dass das nicht stimmt!« Irma dachte ungewollt an das viele Geld, das sie ihrer Schwester in den vergangenen Jahren überlassen und an die viele Arbeit, die sie gehabt hatte, um es zu verdienen. Irma dachte an die Zeit zurück, in der sich Martha gegen Irmas Rat für Max entschieden hatte. Wer hatte damals dabei nur an sich selbst gedacht? Und nicht an Irma? Und schon gar nicht an Max? Martha sorgte sich nicht einmal jetzt besonders um ihn, sondern vor allem um sich selbst.

»Doch, es stimmt. Du bist absolut egoistisch«, wurde Martha laut. »Musstest dich ausgerechnet mit *so einem* einlassen. Damit will ich nichts zu tun haben! Du ziehst Max und mich da nicht mit hinein!«

Irma starrte Martha an. »Und du? Du hättest dich damals mit Fricke nicht einlassen sollen! Gott weiß, was du dir dabei gedacht hast. Ich verstehe es bis heute nicht. Ich weiß nur, wenn du es nicht getan hättest, dann wäre der arme Max jetzt nicht auf dieser Welt. Dann wäre ihm und auch uns einiges erspart geblieben. Aber du musstest ihn ja unbedingt kriegen, obwohl du ihn bis heute nicht haben willst!«

Marthas Blick wanderte in Richtung Schlafzimmer. Max stand in der Tür.

»Max!« Irma, eilte auf ihn zu und umarmte ihn. »Was immer du gehört hast, es war nicht so gemeint.«

»Siehst du, du richtest nur Unheil an!«, schrie Martha. »Hau endlich ab, du Judenhure! Und lass dich hier nie wieder blicken!«

Irma drückte Max nochmals an sich und verließ ohne ein weiteres Wort die Wohnung. Ihr war schwindelig. Auf den Stufen nach unten stolperte sie über ihren rechten Fuß. Stolpern mit rechts bringt Schlecht's, hieß es. Sie blieb stehen, umfasste das wackelige Treppengeländer und atmete ein und aus, bis das Schwindelgefühl etwas nachließ. Dann nahm sie mit Bedacht die letzten Stufen nach unten und trat in den Hinterhof. Dort wunderte sie, dass es viel ruhiger als sonst war. Sie nahm die Fahnen wahr, die von einigen Fensterbrettern hingen.

Irma ging die Seestraße auf und ab, hielt Ausschau nach Erich, doch sie entdeckte ihn nicht. Stundenlang wartete sie auf ihn und überlegte fieberhaft, wohin sie mit ihm gehen könnte. Zu wem?

◈

Ich habe von diesem Tag an die Wohnung meines Verlobten am Ku'damm 141 nie wieder betreten. Immer gehetzt und immer in Sorge um meinen geliebten Verlobten, trafen wir uns von nun an heimlich bei den wenigen Freunden, die Erich geblieben waren, schrieb Irma für Rechtsanwalt Dr. Leonhard auf und notierte die Namen derer, die den Mut aufbrachten, das Paar jahrelang heimlich in ihren Wohnungen ein Stelldichein zu ermöglichen. Das waren die Eheleute Goedecke, Manthei und Meysel, die aus tiefstem Herzen verabscheut hatten, was in Deutschland gegen die Juden vor sich gegangen war. Während Erich nach den Treffen mit Irma allein nach Hause zurückgekehrt war, übernachtete Irma häufig bei den Goedeckes. *Wir waren in stetiger Sorge, jemanden durch unsere Anwesenheit zu gefährden und trafen uns deshalb häufig im Freien. In Parks oder abgelegenen Seitenstraßen gingen wir wie zufällig nebeneinander her und sprachen flüsternd darüber, wie wir die bevorstehende Zeit überstehen könnten. Und das über ein Jahr lang.*

◈

»Wir dürfen die Gastfreundschaft unserer Freunde nicht länger strapazieren«, sagte Erich eines Tages entschieden, als sie fröstelnd an einer Ecke der Nassauischen Straße standen. Weil hier kaum Menschen unterwegs waren, trafen sie sich hier öfter. »Wenn herauskäme, dass du noch mit mir zusammen bist und bei Goedeckes nächtigst, wird man sie verhaften. Und dich ebenfalls. Das darf nicht passieren!«

Du würdest ebenfalls verhaftet werden, dachte Irma. Das durfte auch nicht geschehen. Was konnten sie bloß tun?

Er schlug Irma schließlich vor, zu ihrer Schwester zurückzuziehen.

»Aber Martha will nichts mit mir zu tun haben, solange ich mit dir zusammen bin«, widersprach Irma vehement. Dass sie von ihrer Schwester als Judenhure beschimpft worden war, hatte sie Erich verschwiegen.

»Behaupte einfach, du hättest mich endlich verlassen.«

»Das wäre gelogen!«

»Du brauchst wieder ein richtiges Dach über dem Kopf!«, sagte Erich bestimmt. »Verlasse mich! Oder willst du, dass es unseren Freunden so geht, wie es den Goebels ergangen ist?«

Irma hatte an den Tag gedacht, an dem sie am Morgen auf das Geschäft des Ehepaars Goebels zugegangen war, um dort ihre Arbeit als Verkäuferin anzutreten. Den Tag, als sie von Weitem gesehen hatte, dass Frau und Herr Goebel gerade von mehreren SA-Männern aus dem Laden heraus auf einen Lastwagen gezerrt wurden. Irma würde niemals Frau Goebels flehenden Blick vergessen, der sie traf, als das Auto mit dem Anhänger voller Menschen an ihr vorbei und davongefahren war.

»Wurde ja auch Zeit, dass du endlich zur Vernunft kommst!«, triumphierte Martha, als sie glaubte, dass Irma sich von Erich getrennt habe. Irma hatte diese Lüge zu ihrem eigenen Erschrecken überzeugend hervorgebracht, um in die Seestraße zurückziehen zu können.

Damit ihre Schwester keinen Verdacht schöpfte, dass das Geld, das Irma zur Miete beisteuerte, weiterhin vor allem von Erich stammte, gab Irma ab jetzt vor, abends stundenweise im Lager des großen Stoffhandelshauses Hüco in der Liese-Meitner-Straße zu arbeiten. Wenn sie sich angeblich dorthin auf den Weg machte, traf sie sich stattdessen heimlich mit Erich. Tagsüber besserte sie wieder in der Wohnung Kleidungsstücke für Leute aus dem Viertel aus. An derselben Nähmaschine, die einst ihrer Mutter gehört hatte. Und sie kümmerte sich um Max, wenn Martha in der Küche des Volkswohl-Kindergartens Geschirr abwusch.

»Na Kleene, da biste ja endlich wieder, wo de hinjehörst«, hatte Frau Neumann Irma begrüßt, als sie sich auf der Treppe zum Klo begegneten. »Wenn ick mal uff euren Kleenen ufpassen soll, weil ihr zwei Mädels mal schwofen jehn wollt, um ein paar Mannsbilder kennenzulernen, dann sacht Bescheid. Ick mach dit jern.«

Irma war nicht nach schwofen gehen. Ihre Gedanken kreisten stets nur um das nächste Treffen mit Erich und darum, dass sie dabei nicht erwischt werden durften. Martha wollte ebenfalls nicht tanzen gehen. Ihr schien es ausreichend Freude zu bereiten, Irma täglich spüren zu lassen, dass sie einen schweren Fehler gutzumachen habe. Etwas Glück empfand in dieser Zeit wohl nur Max, weil Tante

Irma wieder bei ihm war. Sie brachte ihren Neffen jeden Morgen über den Hinterhof bis zum Vorderhaus, von wo aus er dann gemeinsam mit gleichaltrigen Jungen zur Schule lief. Irma schaute Max, an dessen Ranzen die Schiefertafel wippte, wehmütig nach, jedes Mal so, als handele es sich um einen Abschied für immer.

◇

Irma strich über das gepresste Edelweiß in ihrem blauen Buch. Wieder einmal erstaunt darüber, dass die Blüte sich nach all den Jahren immer noch samtig anfühlte. Rechtsanwalt Leonhards Aufforderungen beschäftigten sie: »Schreiben Sie mir bitte auf, was Ihrem Verlobten als ein von den Nationalsozialisten rassisch Verfolgtem angetan wurde.«

»Es ist zu viel!«, sagte sie laut in ihr Souterrainzimmmer hinein und lachte bitter auf. »Ja, ja, ich weiß, auch wenn vieles juristisch nicht relevant ist.«

Sie strich nochmals über das Edelweiß, bevor sie das blaue Buch zuklappte und auf dem Packpapier notierte: *Anfang 1938.*

Während einer ihrer heimlichen Spaziergänge hatte Erich Irma erzählt, dass nun auch ihm die kassenärztliche Zulassung entzogen worden war.

Irma war unvermittelt stehen geblieben und hatte Erich an den Arm gefasst. »Wann?«

Erich hatte ihre Hand weggeschoben und sich besorgt umgeblickt, ob jemand sie belauschen konnte. »Vor zwei Tagen. Nach unserem letzten Treffen«, flüsterte er. »Weshalb sollte der Kelch an mir vorübergehen? Es hat bei mir wenigstens etwas länger als bei den meisten Kollegen gedauert. Mach dir keine …«

»Hör endlich auf damit!«, hatte Irma da gerufen. »Ich *mache* mir Sorgen! Nichts als Sorgen! Weil du nicht begreifen willst, dass in diesem Land nichts mehr gut wird!« Sie fing an zu weinen.

Erich hatte sie in die Arme geschlossen, als sie am ganzen Körper bebte. »Beruhige dich.«

»Wie soll es nur weitergehen?«

»Ich habe immer noch meine jüdischen Patienten. Und die bezahlen mich privat. Außerdem werde ich einige Sachen aus der Wohnung verkaufen.«

Irma hatte sich wie unter Schmerzen gekrümmt. »Das meine ich nicht!«

»Ich weiß.«

Irma schrieb auf, was der Entzug der Zulassung für Erich mit sich brachte. *Dr. Bragenheim praktizierte von nun an nicht mehr nur als Arzt für Frauen- und Geburtsheilkunde, sondern auch als Allgemeinmediziner. Er machte Hausbesuche, zu denen er, nachdem man ihm Auto und Führerschein weggenommen hatte, oft stundenlang zu Fuß unterwegs war. Kehrte er von seinen Hausbesuchen zurück, war er oft nicht nur sehr erschöpft, sondern auch niedergeschlagen, weil ihm seine Patienten immer wieder über schreckliche Dinge berichtet hatten. Erich traf auf junge Leute, die verzweifelt waren, weil sie nicht mehr zum Studium zugelassen wurden. Auf Väter und Mütter, die keine Arbeit mehr bekamen und ihre*

Familien nicht mehr versorgen konnten. Oder auf Witwen, deren Männer sich erhängt hatten, weil sie ihre Angehörigen nicht länger gefährden wollten. Und auf zwei Kinder, die nach dem Suizid ihrer Eltern allein zurückgeblieben waren, nachdem das Schlafmittel, das ihnen die Mutter verabreicht hatte, nicht zum Tode geführt hatte. Die Rentenzahlungen an viele ältere Menschen waren inzwischen ausgesetzt worden …

»Glücklicherweise habe ich einen Beruf, in dem ich arbeiten kann, solange ich will«, hatte Erich gesagt. »Ich werde immer etwas Geld verdienen können, denn mich schickt niemand in den Ruhestand.«

Dabei hatten ihn die meisten Patienten inzwischen nicht mehr bezahlen können und ihm anstatt Geld Habseligkeiten angeboten, die er dann zu Geld machen könnte. Erich hatte diese Angebote meist nicht angenommen und stattdessen lieber nach und nach die Einrichtungsgegenstände seiner Wohnung verkauft.

»Wirst du auch deinen Blüthner verkaufen?«, hatte Irma am nächtlichen Schäfersee gefragt.

»Niemals!«

Irma hatte sich vorzustellen versucht, wie es in Erichs Wohnung jetzt aussah. Waren fast alle Räume bis auf den großen Esstisch, die Menoras, die Bar mit dem Globus und dem Blüthner-Flügel leer?

Bei ihren heimlichen Treffen hatte Erich Irma immer häufiger von Patienten, die er bei verabredeten Hausbesuchen nicht mehr in ihren Wohnungen angetroffen hatte, erzählt. Von Familien, die von einer Stunde auf die andere alles stehen und liegen gelassen und Hals über Kopf

Deutschland verlassen hatten. Irma hatte schließlich versucht, Erich davon zu überzeugen, dass es das Beste für ihn sei, wenn er ebenfalls das Land verließe.

Lange hatte Erich diese Idee für komplett abwegig gehalten. »Ich werde ohne dich nirgendwo hingehen«, hatte er beteuert. »Es gibt nur ein Visum pro Familie. Ein Visum für den Juden in der Familie. Ich werde hierbleiben.«

»Wir sind aber keine Familie!«, hatte Irma ihm widersprochen. »Wir sind offiziell nicht mal mehr zusammen.« Sie hatte versucht, Erich zu beruhigen: »Ich werde zusehen, dass ich dir so bald wie möglich folge. Und dann werden wir, wo auch immer, endlich unser gemeinsames Leben beginnen.«

Wo auch immer … Es hatte sich längst herumgesprochen, dass es kaum noch Länder gab, die Flüchtlinge aus Deutschland aufnahmen. Überall auf der Welt hatten die Menschen mit den Auswirkungen der Weltwirtschaftskrise zu tun und waren unwillig, sich noch zusätzlich mit Fremden und deren Problemen zu belasten. Die Reichsfluchtsteuer, die in Deutschland erhoben und seither stetig erhöht worden war, hatte es den meisten Juden unmöglich gemacht, ein neues Leben im Ausland zu beginnen.

Immer wieder waren neue Gesetzestexte zur Anwendung auf die jüdische Bevölkerung verabschiedet worden. So viele Bekanntmachungen, dass kaum jemand sie alle wahrnehmen hatte können. Doch es hatte sich bei den meisten dieser Anordnungen um strenge Gesetze gehandelt. Deshalb hatte Erich auch in stetiger in Sorge gelebt, sich strafbar zu machen.

Irma erinnerte sich daran, dass sie in dieser Zeit etwas über Erich in ihr blaues Buch geschrieben hatte. Sie suchte danach und las: *Erich kommt mir vor wie ein Schilf im Wind, das ich mal im Schäfersee gesehen habe. Wie ein Schilf im Wind, ein Halm, der vom Sturm hin- und hergerissen wird. Der nicht mehr weiß, wohin er gehört, wohin er soll, wohin es ihn reißen wird. Dabei ist der Schilfhalm immer noch fest verwurzelt in seiner Erde. Am Ufer seines Sees. Doch diesen Halt spürt er längst nicht mehr, denn er ist umgeben von Millionen Schilfhalmen, die vom Sturm hin- und her- und ausgerissen werden. Manche sind bereits entwurzelt und treiben tot dahin. Mein Erich soll den Sturm überleben.*

Irma legte den Kopf in die Hände. Kaum noch ertrug sie die Erinnerungen. Den Abschied, den sie wie in Raten von Erich nehmen musste. Weil es für eine Ausreise zu spät war. Sie dachte an den Oktober 1938.

◇

Als Erich auf Grund der »Verordnung über die Reisepässe von Juden« angewiesen wurde, seinen deutschen Pass einzureichen, weil dieser ab jetzt ungültig sei, war er endlich bereit, diesen Behördentermin für den Antrag auf ein Visum zur Ausreise nach Amerika zu nutzen. Die Amerikaner nahmen inzwischen nur noch Emigranten auf, wenn diese eine private Bürgschaft von amerikanischen Staatsbürgern oder das Angebot, für eine Hilfsorganisation zu arbeiten, vorweisen konnten. Erich hatte einen Kommilitonen aus seiner Studienzeit in Heidelberg angeschrieben, der seit vielen Jahren in New York als Mediziner arbeitete, um über ihn an ein solches Arbeitsangebot zu gelangen.

»Ich werde so bald wie möglich nach Amerika nachkommen. Und sobald sich hier alles normalisiert hat, werden wir nach Berlin zurückkehren«, sagte Irma ruhig zu Erich, obwohl sie innerlich aufgekratzt war und ebenso wie er geahnt hatte: Wenn Erich Berlin verlassen hätte, wäre es sehr wahrscheinlich für immer. Er würde nie wieder seine Wohnung und seine Arztpraxis am Ku'damm 141 aufschließen, um dort zu arbeiten, um dort zu leben.

»Ich werde vielleicht noch das Geld für ein Visum haben, aber keines mehr für die Überfahrt«, sagte Erich.

»Dann wirst du eben auch den Flügel verkaufen müssen!«

Erich blickte stoisch geradeaus.

»Bitte verkaufe den Flügel so schnell wie möglich! Du wirst ihn sowieso nicht mit nach Amerika nehmen können.«

Erich griff nach Irmas Hand und flüsterte: »Ich möchte nur eines mitnehmen: dich.«

»Ich komme so bald wie möglich nach. Bitte lass uns jetzt überlegen, was du morgen anziehst, wenn du zur Passbehörde gehst.«

Erich blickte Irma irritiert an.

»Der erste Eindruck ist wichtig!«, sagte sie lächelnd. »Ich rate deshalb zu deinem Anzug aus dem schönen Tweed, den du einst in meiner Stoffabteilung im KaDeWe gekauft hast.«

Erich lachte auf. »Wäre das nicht ein bisschen übertrieben? Je verlotterter ich daherkomme, desto froher werden die Beamten sein, wenn ich aus Deutschland abhaue.«

Irma lachte ebenfalls, obwohl ihr nicht danach zumute war. War es richtig, dass sie Erich so nachdrücklich zu einem Antrag auf Ausreise gedrängt hatte? Würden sie sich jemals wiedersehen, wenn er das Land verließe?

Obwohl nur zwei weitere Leute auf den Bänken im Flur saßen, wartete Erich stundenlang darauf, aufgerufen zu werden. Die ganze Zeit dachte er fieberhaft darüber nach, die Behörde unverrichteter Dinge zu verlassen, doch er wollte Irma nicht enttäuschen.

Als Erich endlich dem zuständigen Beamten gegenüberstand, nahm dieser zwar dessen Antrag auf ein Visum an, teilte ihm jedoch unverhohlen mit, dass er Deutschland mit nur zehn Reichsmark und ein paar persönlichen Sachen verlassen dürfe, falls ihm ein Visum erteilt würde. »Die Prüfung wird bei der Vielzahl der vorliegenden Visa-Anträge Wochen, wenn nicht gar Monate dauern.« Der Beamte lehnte sich entspannt auf seinem Bürostuhl zurück. Erich registrierte den nahezu leeren Schreibtisch. Dahinter das Porträt Adolf Hitlers an der Wand. Erich schwitzte in seinem guten Anzug und hätte sich gern einen Moment lang hingesetzt, doch ihm war kein Stuhl angeboten worden.

»Ich wäre Ihnen sehr verbunden, wenn Sie meinen Antrag so schnell wie möglich bearbeiten würden.« Erich verbeugte sich leicht.

»Das glaube ich.« Der Beamte grinste und schob Erichs

Antragsformular in eine Mappe. »Wenn ich einer von euch wäre, würde ich auch so schnell wie möglich wegwollen.«

»Ich werde Berlin verlassen, weil ich das Angebot habe, als Arzt für eine Hilfsorganisation in New York zu arbeiten«, gab Erich vor und legte das Schreiben seines Bekannten in den USA auf den Schreibtisch. »Man erwartet mich dort. Kann ich etwas tun, um die Bearbeitung meines Antrages zu beschleunigen?«

Der Beamte musterte ihn von oben bis unten. »Wie gesagt, Sie dürfen nur Kleingeld ausführen …«

Es dauerte eine Weile, bis Erich begriff, worauf der Mann anspielte. Er holte aus seinem Jackett alle Geldscheine hervor, die er bei sich trug und legte sie dem Mann auf den Tisch. Der nahm sie und zählte sie, als handle es sich um die normalste Sache der Welt. Dann musterte er Erichs rechten Anzugärmel. Erich schob ihn hoch, nahm seine *Cartier Santos* vom Handgelenk und legte sie zu dem Geld auf den Schreibtisch.

Der Beamte warf einen kurzen Blick auf die Uhr. »Sehr schön. Aber zuerst geben Sie mir jetzt mal Ihren Pass. Der ist in der jetzigen Form ungültig.«

Erich überreichte ihn ihm. Der Beamte stempelte ein großes »J« hinein.

»Das war's!«, sagte er und reichte Erich den Pass zurück. »Sie hören von uns.«

Erich bedankte sich und verließ die Amtsstube.

Nachdem er den Flügel von Blüthner weit unter Wert verkauft hatte, trieb Irma Erich an, auch die übrigen

Einrichtungsgegenstände zu veräußern. Für sein Visum und die Überfahrt, die einige hundert Reichsmark kosten würden. Irma würde die übrigen Einnahmen aus Erichs Hausstand und Praxis verwahren und später bei ihrer Überfahrt nach Amerika schmuggeln – für den gemeinsamen Neuanfang.

Doch Erich zögerte die Haushaltsauflösung hinaus, nachdem er eine solche im Nachbarhaus bei einer Architektenfamilie miterlebt hatte. »Wie Leichenfledderer sind lauter fremde Leute über die Sachen hergefallen«, berichtete er. »Für die wertvollen Teppiche und silbernen Leuchter haben sie nur wenige Mark bezahlt, und dabei musste sich die Familie auch noch beleidigen lassen.«

»Aber die Nachbarn sind inzwischen wohlbehalten im Ausland angekommen!«

»Wer weiß?«

»Erich, du hast keine andere Wahl! Alle Sachen, die du bei deiner Ausreise in der Wohnung und in der Praxis lässt, werden von der Finanzbehörde versteigert. Dann bekommst du dafür keinen Pfennig. Und glaub mir, auf diesen Auktionen fallen noch mehr Leute über dein Hab und Gut her.«

»Bevor ich alles verhökere, werde ich im Amt fragen, wie meine Aussichten auf ein Visum sind.«

»Das sieht schlecht aus, ganz schlecht!«, erhielt Erich zur Antwort, als er im Amt vorstellig wurde. »Euch will nun mal keiner haben. Da hacken sie in der ausländischen Presse immer auf dem Adolf Hitler rum, weil er angeblich nicht gut genug mit den Juden umgeht. Fakt ist aber, dass euch Juden keiner in seinem Land haben will. In Amerika nicht und woanders auch nicht.«

»Deshalb habe ich die Bescheinigung vorgelegt, dass ich ein Angebot habe, in den USA als Arzt zu arbeiten«, erklärte Erich.

Der Beamte lehnte sich lächelnd zurück. »Sie sind ein Doktor?«

»Ja, der Gynäkologie«, antwortete Erich.

»Wo?«

»Charlottenburg-Wilmersdorf.«

»Da gibt es doch kaum noch welches.«

»Was?«, fragte Erich verständnislos.

»Judenvolk! Unser schönes Charlottenburg ist doch längst wieder arisch.« Der Beamte griff zum Telefon und wählte. »Herr Kollege, hier ist noch einer. So ein Herr Doktor!«, sagte er nur kurz und legte den Hörer wieder auf. »Adresse?«, wandte er sich an Erich.

»Ku'damm 141«, antwortete Erich und fügte hinzu: »Ich habe sehr viele Patienten! Man braucht mich im Viertel.«

»Kein Mensch braucht Sie. Schrauben Sie sofort das Schild an ihrer Tür ab! Ab heute werden Sie sich nicht mehr Doktor, sondern Krankenbehandler nennen. Ihre Approbation ist Ihnen hiermit entzogen.«

Irma schraubte das Messingschild von der Haustür am Ku'damm 141 ab. Die Aufschrift *Dr. med. Erich Bragenheim – Frauen- und Geburtsheilkunde* war noch am selben Tag, an dem Erich im Amt gewesen war, mit dickem Papier, auf dem die fettgeschriebenen Worte *Achtung Jude! Besuch verboten!* standen, überklebt worden.

Erich saß währenddessen mit leerem Blick oben in der Wohnung.

Menschen gingen vorüber und nahmen keine Notiz von dem, was Irma tat. Sie durfte eigentlich nicht hier sein, doch sie wollte unbedingt vermeiden, dass Erich noch größeren Ärger bekam, weil er das Schild an seiner Tür hängen ließ. Sie hoffte, dass ihr Tun auf Außenstehende so wirkte, als handele sie im Auftrag der Volksgemeinschaft, die sich ein judenreines Berlin zum Ziel gesetzt hatte. So, als handele sie als vorbildliche Arierin.

Wohin könnte Erich nun noch gehen – mit diesem »J« im Pass? Und mit so wenig Geld? Sie drehte die letzte Schraube heraus.

Um illegal ein Visum für ihn zu besorgen, benötigten sie viel, sehr viel Geld. Sie müssten einen Anwalt oder Beamten dafür bestechen. Erich musste weg von hier, bevor er jeglichen Mut verlor. Mit Mutlosigkeit hatte es auch bei seinem Bruder Martin angefangen. Und geendet. Und vielleicht auch bei Irmas Mutter.

Irma blickte an der verzierten weißen Fassade des Hauses empor. Die meisten Wohnungen standen leer, weil die Bewohner geflohen waren. Erich hatte von einer Familie erzählt, die nachts aus ihrer Wohnung abgeholt worden war. Von wem, wusste er nicht, weil er sich nicht in den Hausflur gewagt hatte. Es war alles sehr schnell gegangen. Heftiges Klopfen an der Tür. Männer, die sich Einlass in die Wohnung verschafft hatten. Wenige Minuten später war die

Familie vor den Männern her auf die Straße gehastet. Auf einen Lastkraftwagen verfrachtet worden, auf dem schon andere Leute gesessen hatten. Vielleicht ein Sammeltransport zu einem Hafen, zu einer Überfahrt mit einem Schiff nach Amerika, hatte Erich spekuliert. Alle hätten nur kleine Koffer dabeigehabt, aber da man nicht mit mehr als ein paar persönlichen Dingen und ein paar Reichsmark pro Person ausreisen dürfe, wäre das ja plausibel.

Die Gardinen dieser vor Wochen verlassenen Wohnung hingen fein säuberlich zugezogen vor den Fenstern, so als lebten dort noch Menschen. Die gesamten Einrichtungen waren inzwischen versteigert worden. Zur Auktion, die in der Zeitung angekündigt gewesen war, hatten sich Hunderte Menschen durch den Hausflur gedrängelt und anschließend beglückt herausgeschleppt, was sie billig ergattert hatten.

Das Messingschild reflektierte das Sonnenlicht, als Irma es abgeschraubt in ihren Händen hielt. Sie würde Erichs Namen wieder freikratzen und das Schild verpacken und an einem sicheren Ort gut verstecken. Im Kartoffelkeller der Wohnung in der Seestraße. Bis sie es eines Tages wieder hervorholen und anschrauben würde. Für Erich. Am Ku'damm 141.

1939

»Wohin ich immer gehe …«

Im Januar kehrte Erich von einem seiner nur noch seltenen Hausbesuche, zu denen er gerufen wurde, heim, und sah bereits von Weitem, dass zwei Männer von der SA seine Eingangstür flankierten. Er hatte Irma gegenüber später beteuert, dass er allen Mut aufgebracht habe, um selbstsicher an ihnen vorbeizukommen. Doch als einer der SA-Männer ihm entgegenbrüllte: »Bragenheim?«, kehrte er eilig um.

Sie verfolgten ihn, packten ihn rechts und links an den Oberarmen und zerrten ihn zurück zum Haus. Dabei fiel Erich der Arztkoffer aus der Hand. Als er ihn aufheben wollte, hinderten die Männer ihn daran. Sie zwangen ihn, die Wohnung aufzuschließen. Der Schlüssel fiel ihm mehrmals aus der Hand.

»Ein paar persönliche Gegenstände einpacken!«, brüllte einer der Männer, kaum, dass sie drin waren. Der Koffer blieb draußen liegen.

»Hopp, hopp!«, befahl der andere.

Erich lief in sein Schlafzimmer, nahm einen kleinen ledernen Koffer und raffte nur einige Fotos und Briefe zusammen. Nicht, weil er sich an das Gesetz halten wollte, das ihm untersagte, Vermögenswerte mitzunehmen, sondern, weil er in diesen Minuten nicht in der Lage war, darüber nachzudenken, was am sinnvollsten mitzunehmen wäre. Hatte er in diesem Moment vielleicht noch die Hoffnung, dass ihm seine Arztpraxis erhalten bliebe, trieben die

Männer ihn kurz darauf dorthin und verlangten auch zu diesen Räumen Zutritt.

Beim Anblick des Untersuchungsstuhls lachten sie. Einer der Uniformierten hievte sich darauf, machte die Beine breit und stöhnte: »Oh, Herr Doktor! Bitte noch einmal, Herr Doktor!«

Als der andere sich endlich nicht mehr darüber amüsieren konnte, stieß er Erich hart zum Arzneimittelschrank und befahl: »Einpacken!«

Erich zog seinen zweiten Arztkoffer unter dem Schreibtisch hervor und verstaute darin vorsichtig Medizinfläschchen und -schachteln aus dem Schrank.

Den Männern dauerte es zu lange. »Mach hinne!«, brüllte der eine. »Den Koffer aufhalten!«, der andere.

Erich öffnete den Koffer weiter, während der Mann mit dem Unterarm sämtliche Flaschen und Dosen vom Schrank in den Arztkoffer fegte.

Erich warf einen Blick auf die Lithographien von Lionel Feininger, die in seiner Praxis an den Wänden hingen und ihm so am Herzen lagen, doch er wusste, dass es ihm nicht erlaubt wäre, sie einzupacken.

Die Männer stießen ihn zur Tür hinaus.

»Schlüssel her!«, befahl der eine. »Alle!«, verlangte der andere und hielt die Hand auf.

Erich händigte sie ihnen aus. »Und wohin soll ich jetzt?«, wagte er zu fragen. Er bekam keine Antwort.

Die Männer stießen ihn vor sich her die Treppe hinunter bis auf die Straße. Es irritierte Erich, dass die Vögel zwitscherten. Es irritierte ihn, dass die Sonne schien. Die

Menschen, die auf dem Gehweg flanierten. Und dass die Frau im gegenüberliegenden Haus die Vorhänge zuzog, nachdem sie Erichs verzweifelt um Hilfe suchenden Blick bemerkt hatte. Ein Mann ging mit gesenktem Kopf auf die gegenüberliegende Straßenseite, als die beiden SA-Männer Erich auf die Rückbank in einen alten Ford verfrachteten.

Erich saß stumm da, seinen Arztkoffer fest auf den Schoß gepresst.

Einer der Uniformierten setzte sich neben ihn. Der zweite schlug von außen die Autotür zu. Dann stellte er sich mit verschränkten Armen vor die Haustür und blickte die Straße hinunter, als warte er auf jemanden.

Erich schaute zu dem Türgriff im Autoinnern. Was würde geschehen, wenn er jetzt einfach aus dem Auto ausstiege und wegliefe? Er registrierte die Pistole an der einen und den Knüppel an der anderen Hüfte des Mannes vor seinem Haus. Überlegte, trotzdem zu fliehen, denn er konnte sich nicht vorstellen, dass man ihm auf offener Straße in den Rücken schießen würde. Doch er blieb sitzen, denn wie schnell konnte er schon laufen? Er war Anfang Vierzig. Die SA-Männer waren gut zwanzig Jahre jünger. Sie würden ihn mit Leichtigkeit einholen und ihn dann krankenhausreif prügeln.

Ein Mercedes fuhr vor. Ein Paar stieg aus: Traute und Friedrich Meyer. Sie gingen auf das Haus zu. Der Uniformierte reichte ihnen die Schlüssel zu Erichs Praxis und zur Wohnung und riss zur Verabschiedung den Arm zum »Heil Hitler!« hoch. Dann kam er zu dem Auto, setzte sich auf den Fahrersitz und startete den Motor.

Erich starrte zu den Meyers, und während der Ford anfuhr, sah er, wie die beiden sein Haus aufschlossen und dabei lachten. Sah wie ein Lastkraftwagen kam und vor dem Haus anhielt. Erich drehte sich ein letztes Mal zum Ku'damm 141 um.

Sein Blick traf den von Traute Meyer.

V

1949

»Mach dir bitte keine Sorgen.«

Mehr als drei Jahre, nachdem sie Rechtsanwalt Dr. Leonhard zum ersten Mal aufgesucht hatte, erhielt Irma einen Brief, den sie dem Anwalt als erste wichtige Zeugenaussage vorlegen konnte. Es handelte sich um ein Schreiben des Ehepaares Goedecke, das eidesstattlich erklärte, dass Irma und Erich verlobt gewesen waren und ernsthafte Heiratsabsichten gehegt hatten. Herr Goedecke verfasste die ausführlichen Zeilen, in denen er auch erzählte, was ihn mit Irmas Verlobtem Erich verbunden hatte:

(...) Bis 1933 beschränkte sich unsere Verbindung nur auf gelegentliche Zusammenkünfte, da wir nach dem Ersten Weltkrieg an verschiedenen Universitäten studierten und uns daher wenig sahen. Im Jahre 1933 zog ich nach Halensee, Joachim-Friedrich-Straße 5, in die unmittelbare Nähe von Herrn Dr. Bragenheim, der damals Kurfürstendamm 141 wohnte. Durch die Nachbarschaft und durch die Machtergreifung der Nationalsozialisten wurde unsere Beziehung bald wieder sehr eng. Er stellte meiner Frau und mir Fräulein Irma als seine Braut vor und erklärte, daß er beabsichtige, sie zu heiraten. Er hatte Verbindung zum Standesamt aufgenommen, jedoch machte man ihm Schwierigkeiten. Ich kann mich nicht mehr genau erinnern, ob man ihm damals offen erklärte, daß man zunächst eine Neuregelung abwarten wolle oder ihm sagte, daß der Standesbeamte nicht zur Rassenschande beitragen

wolle. Er bemühte sich auch, mit seiner Verlobten auszuwandern. Doch schließlich glaubte Herr Dr. Bragenheim, daß der Nationalsozialismus wieder abebben würde und daß man ihm als Offizier des Ersten Weltkrieges, der das EK I besaß, nichts tun würde. Ich habe ständig versucht, ihn zur Auswanderung zu bewegen. Da aber Herrn Dr. Bragenheim bis etwa 1938 kaum Schwierigkeiten in seiner beruflichen Tätigkeit gemacht wurden und er, wie bereits ausgeführt, zum Optimismus bezüglich der nationalsozialistischen Regierung neigte, tendierte er stark zum Abwarten und glaubte an den Zusammenbruch des nationalsozialistischen Regimes. Im Jahre 1938 begannen die Schikanen gegenüber Dr. Bragenheim. Nach der sogenannten Kristallnacht wurde ihm auch sein Vermögen genommen. Erst jetzt erkannte er die Richtigkeit meiner Warnungen und bemühte sich um eine Auswanderung. Doch dafür war es zu spät, denn er besaß keine finanzielle Bewegungsfreiheit mehr.

Nach den Nürnberger Gesetzen mußten Herr Dr. Bragenheim und seine Verlobte sehr vorsichtig sein, um nicht zusammen gesehen zu werden. Einen Tag in der Woche trafen sie sich von nun ab bei uns. Jahrelang verbrachten sie einen Abend in der Woche in unserer Wohnung. Herr Dr. Bragenheim war tief beeindruckt von der außerordentlichen persönlichen Zuverlässigkeit und Treue des Fräuleins Irma Weckmüller, die, trotzdem ihr wegen ihres freundschaftlichen Verkehrs mit einem Juden die größten Schwierigkeiten gemacht wurden, auch weiterhin zu Herrn Dr. Bragenheim hielt. Wir alle erblickten in dem damaligen Verhalten des Fräuleins Weckmüller eine beispiellose menschliche Haltung, und nur deswegen sind mei-

ne Frau und ich bereit gewesen, erhebliche Risiken einzugehen, um es Herrn Dr. Bragenheim und Fräulein Weckmüller zu ermöglichen, sich bei den immer schwieriger werdenden Verhältnissen wenigstens einmal in der Woche zu sehen. Aus eigener Anschauung kann ich hierüber nur bis zum 4.1.1940 berichten, weil ich dann zum Militär eingezogen wurde und Herr Dr. Bragenheim als Arzt in ein jüdisches Arbeitslager nach Polen kam.

Nie ist von Herrn Dr. Bragenheim in Zweifel gezogen worden, daß er mit Fräulein Weckmüller verlobt war und er sagte immer, daß er die erste Gelegenheit nutzen würde, um diese zu heiraten.

Ich hoffe, Ihnen mit diesen Ausführungen gedient zu haben und zeichne mit vorzüglicher Hochachtung! gez. Goedecke.

Endlich hatte eine von Irmas Annoncen in den Zeitungen wie *Der Weg* zu etwas geführt. Herr Goedecke hatte sie gelesen und ihr geschrieben.

Jahrelang … einen Abend in der Woche … Irma las die Zeilen tief berührt. *Jahrelang … einen Abend in der Woche …*

An dem Tag, an dem Erich seiner Praxis und seiner Wohnung beraubt worden war, war er in ein Krankenhaus im Klosterviertel gebracht worden. Hier hatte er ab sofort arbeiten müssen. Als Schlafstätte war ihm eine an den Krankenhausflur grenzende Kammer zugewiesen worden, doch Erich hatte kaum noch Ruhe finden können. Im Klosterviertel, wo damals der höchste Anteil der jüdischen Bevölkerung gelebt hatte, hatte es kaum noch Ärzte gegeben, die die vielen Menschen medizinisch versorgen konnten. Die Mehrzahl arischer Mediziner ließ sich nicht mehr dazu herab, den übrigen war es untersagt worden, Juden zu behandeln.

Unter Erichs neuen Patienten hatten Krankheiten wie TBC, Typhus und Fleckfieber grassiert. Sämtliche Medikamente, die er in den beiden Arztkoffern mitgebracht hatte, waren nach kurzer Zeit aufgebraucht.

Das medizinische Personal hatte keine Möglichkeit gehabt, sich vor Ansteckung zu schützen. Wozu auch, wenn großes Interesse daran bestand, die jüdischen ›Krankenbehandler‹ und Patienten auszurotten?

Das alles wusste Irma heute. Damals hatte sie es sich nicht vorstellen können.

◈

Nachdem Erich sich mit Flecktyphus infiziert hatte, wurde er ins Arbeitslager im Warthegau in Polen versetzt, wo er ebenfalls als Krankenbehandler arbeiten musste. Ein einziges Mal kam er von dort zu einem kurzen Urlaub nach Berlin. Irma und Erich trafen sich heimlich beim Ehepaar Goedecke. Irma war entsetzt, wie ausgezehrt ihr Mann war.

»Hast du meine Päckchen nicht bekommen?« Besorgt betrachtete sie Erich. Seine Wangen waren eingefallen. Die Augen lagen tief in den dunklen Höhlen. Und was hatte Erich leiden müssen, dass sein Haar in so kurzer Zeit ergraut war? Seine Mundwinkel waren eingerissen. Irma wusste, dass das ein Zeichen von Mangelernährung war. Sie würde Erich zukünftig mehr Sachen zur Stärkung in die Päckchen ins polnische Warthegau packen, beschloss sie und ergriff seine Hand. Sie war so dünn, dass sie befürchtete, sie zu zerbrechen.

Als Erich nach Theresienstadt deportiert wurde, erhielt Irma eine kurze Nachricht von ihm: *Ich werde als Lagerarzt in eine kleine Garnisonsstadt in Böhmen versetzt: Theresienstadt. Es soll ein gutes Lager sein. Mach dir bitte keine Sorgen! In Liebe, Dein Erich.*

Theresienstadt. Der Ort sagte Irma nichts. Befand er sich ebenfalls in Polen? Sie fand heraus, dass es ein kleiner Ort in der Tschechoslowakei war. Täglich wartete sie auf weitere Nachrichten von Erich. Nachdem sie monatelang keine erhielt, machte Irma sich auf den Weg zu Erich.

Von Berlin nach Theresienstadt. Hunderte Kilometer mit der Eisenbahn. Irma konnte sich später nicht mehr daran erinnern, wie oft sie während der Fahrt hatte umsteigen müssen. Sie wusste nur noch, dass sie tagelang unterwegs gewesen war. Zu ihrem Verlobten, der als Arzt in einer Garnisonsstadt in Böhmen arbeitete. In Theresienstadt. In einem Arbeitslager, von dem Irma gehört hatte, dass es als »jüdische Mustersiedlung« galt.

Also hoffte sie auf ihrer Reise zu Erich, dass es ihm inzwischen besser ginge und er sich von seiner Arbeit in Warthegau erholt hätte. Wie groß war ihr Entsetzen, als sie ihren geliebten Erich dann kurz durch den großmaschigen Zaun neben dem verschlossenen Tor – darüber die Aufschrift *ARBEIT MACHT FREI* – wiedersah. Die gestreifte Arbeitskleidung, die er tragen musste, war viel zu dünn und hing zu weit an seinem ausgezehrten Körper.

Als Erich näher kam, sah sie auch sein Gesicht genauer. Das Haar war weiß und hing schlaff herab. Er war unrasiert, die Bartstoppeln waren grau. Seine äußeren Augenwinkel eingerissen. Die Pupillen blutunterlaufen.

Irma steckte ihm schnell zu, was sie zu essen bei sich trug. Dabei berührten sich kurz ihre Hände.

Erich blickte sie an, ohne etwas zu sagen. Als wolle er sich Irmas Aussehen für immer einprägen.

Sie musste alle Kraft aufbringen, um nicht vor Erich zu weinen.

»Abmarsch!«, befahl ein Mann in brauner Uniform und mit geschultertem Gewehr.

Erich wich augenblicklich vom Zaun zurück und hob die Hand zum Abschied.

»Erich!«, rief Irma und steckte ihre Hand durch den Zaun nach ihm aus.

Doch Erich wich immer weiter rückwärts zurück, ließ Irma nicht aus den Augen. Der bewaffnete Mann schlug ihm das Gewehr in den Rücken. Erich drehte sich von Irma weg und lief zu einer großen Baracke.

»Erich!«, schrie Irma, in der Hoffnung, dass er sich noch einmal zu ihr umdrehen würde.

Doch er tat es nicht.

Sie hatte noch stundenlang an dem Zaun ausgeharrt. Sich davorgekniet. Unentwegt auf die Baracke gestarrt, in der

Erich verschwunden war. War darin das Krankenhaus untergebracht, in dem er arbeitete? Und was war in den vielen anderen Baracken? Sie hatte es sich damals nicht vorstellen können. Sie konnte es bis heute nicht.

◇

War es genau so gewesen, wie es Irma in Erinnerung hatte? Mit Erinnerungen ist es ja so eine Sache, hatte ihr Rechtsanwalt Leonhard am Anfang ihrer Gespräche mal gesagt.

»Danach habe ich nie wieder etwas von Erich gehört«, berichtete Irma Rechtsanwalt Dr. Leonhard weiter. »Ich habe jeden Tag darauf gewartet, doch ich bekam keine Zeile mehr von Erich, nichts. Ich habe ihm geschrieben, immer und immer wieder. Meine Briefe kamen nicht zurück, also glaubte ich, er habe sie erhalten. Ich bin später ein weiteres Mal nach Theresienstadt gefahren, doch dort ließ man mich nicht noch einmal in seine Nähe. Nicht mal in die Nähe des Zaunes. Heute weiß ich, dass Erich eines Tages mit auf diesen Transport hatte gehen müssen.« Irma begann zu weinen. »Nach Auschwitz-Birkenau. Wo er noch am Tag seiner Ankunft umgebracht wurde.«

»Sie sind eine sehr tapfere Frau«, sagte Leonhard. »Mir ist in meiner Berufspraxis noch kein einziger Angehöriger begegnet, der sich auf den Weg in eines dieser Lager gemacht hat.«

»Das verstehe ich nicht. Das hätte doch jeder machen können. Wir haben doch erst später erfahren, was sich dort alles abspielte. Und Erich war dort nicht als Häftling! Er war als Arzt eingesetzt. Oder als Krankenbehandler, wie sie es damals nannten.«

Dr. Leonhard notierte sich etwas.

»Er kam nach Auschwitz, weil er durch den Flecktyphus kaum noch Kraft hatte«, beklagte Irma. »Solang er noch einigermaßen arbeitsfähig war, musste er in Theresienstadt Kranke behandeln, aber als er dann für das Lager nichts mehr taugte, musste er gemeinsam mit vielen tausend weiteren Menschen nach Auschwitz und … Das habe ich erst Monate nach Kriegsende erfahren. Als ich zufällig Herrn Wegscheider getroffen habe.« Irma schob dem Anwalt Wegscheiders eidesstattliche Erklärung über den Schreibtisch.

Er las das mit Schreibmaschine beschriebene Pergamentpapier. Eine Weile herrschte Schweigen im Raum.

»Was ich nicht verstehe«, sagte Irma in die Stille hinein. »Weshalb wurde meinem Verlobten noch dieser Transport nach Auschwitz zugemutet? Warum noch diese grauenhafte Tortur? Nach all dem, was wir heute wissen … Auch in Theresienstadt wurden doch viele Menschen …«

»Das kann ich Ihnen leider nicht beantworten.«

»Die Vorstellung, was Erich auf diesem Transport durchmachen musste, lässt mir bis heute keine Ruhe. Warum das alles? Sie wollten ihn doch sowieso umbringen!«

Der Anwalt blickte sie bedauernd an. Vermutlich waren ihm schon häufiger ähnliche Fragen gestellt worden, und er hatte sie nie beantworten können.

Ende des Jahres 1952

»Wo du nicht bist …«

Mit einer selbstgedrehten Zigarette zwischen den Lippen blätterte Irma in ihrem blauen Buch. Es rutschte ihr aus der Hand, als ihr der Qualm in die Augen stieg. Dabei fiel das gepresste Edelweiß heraus. Irma warf die Zigarette in das Weckglas mit den Kippen und schloss den Deckel. Sie wischte sich die Finger an der Schürze ab, bevor sie vorsichtig das Edelweiß aufhob, über die pelzige Blüte strich und sie wieder ins Buch legte. Sie las einige der Zitate, die noch voller Glauben oder wenigstens Hoffnung an das Gute im Menschen waren, und blätterte weiter, zu denen, die einen zunehmend bitteren Klang hatten.

Das Feigenblatt des Neides ist die sittliche Entrüstung von Karl Kraus. Oder *Kein Zufall, keine Zeit wird rechte Liebe trennen, die Liebe, die so zergeht, war Liebe nicht zu nennen.* Als sie zu den Seiten kam, auf denen sie geübt hatte, ihren baldigen neuen Nachnamen zu schreiben – *Bragenheim, Bragenheim, Irmgard Bragenheim* –, schlug sie abrupt das Buch zu.

Sieben Jahre lang bemühte Irma sich nun schon um die Eheschließung mit Erich. Sieben Jahre, in denen sie nach wie vor in diesem winzigen Kellerloch hauste, weil es wenig Geld kostete. Irma nähte sich die Finger wund, um die Anwaltskosten bezahlen zu können und aß kaum etwas, um wenige Ausgaben zu haben. Das alles machte ihr nicht viel aus.

Das einzige, worauf Irma nicht verzichten konnte, waren die vielen Zigaretten, die sie tagtäglich rauchte und für die sie den größten Teil ihrer Lebensmittelkarten hergab. Und der Schnaps, den ihr ihr Vermieter als Lohn schenkte, wenn sie für ihn von seinem Selbstgebrannten einige Flaschen auf dem Schwarzmarkt verkauft hatte.

Sie goss sich welchen davon in ihre Emaille-Tasse und trank sie in einem Zug aus. Der Fusel schmeckte ihr nicht, sie wollte lieber nicht wissen, woraus ihr Vermieter ihn herstellte. Doch das Zeug war hochprozentig und half außer Irma sicherlich noch vielen anderen, über den Tag zu kommen. Und über die Nächte. Seit gut sieben Jahren.

Der Zweck heiligt alle Mittel, schrieb sie jetzt angeheitert in ihr blaues Buch. Eine Tasse Schnaps später quetschte Irma ein *nicht* vor das Wort alle. *Der Zweck heiligt nicht alle Mittel,* denn ansonsten hieße es ja, dass jeder das tun durfte, was er wollte, um seine Ziele zu erreichen. Wozu das führte, das hatte Irma zur Genüge erlebt. Das hatte vor allem Erich erleben müssen, dachte sie bitter, bevor sie nach weiteren Tassen Schnaps so betrunken war, dass sie an diesem Abend nicht mehr denken konnte.

Am darauffolgenden Morgen betrachtete sie sich in der großen Spiegelscherbe, die über dem Ausguss hing. Ihre Haut wirkte rot und über der Oberlippe hatten sich kleine Fältchen gebildet. Ansonsten war ihr Gesicht aufgedunsen. Irma wusste zu gut, wodurch. Ihre Hände zitterten, als sie sich eine Haarsträhne aus dem Gesicht strich. Gegen das Zittern trank sie einen kräftigen Schluck aus der Flasche, die noch vom Abend zuvor auf dem Tisch stand. Sie hielt die rechte Hand von sich und beobachtete fasziniert, wie das Zittern langsam nachließ. Mancher Zweck heiligt manche Mittel, dachte sie bitter und zündete sich eine neue Zigarette an.

Durch die Tür hörte Irma, dass jemand zu ihr ins Souterrain hinabstieg. Im nächsten Augenblick schob jemand einen Brief durch den Spalt unter der Tür. Irma starrte darauf, unfähig, ihn aufzuheben, denn die Zeit, in der Irma sich über Post wie von den Goedeckes oder anderen gefreut hatte, war längst durch eine abgelöst worden, in der sie fast nur noch negative Nachrichten erhielt.

Seit einigen Monaten meldeten sich wiederholt Personen, die die Eheschließung von Irma und Erich verhindern wollten. Einige von ihnen behaupteten, dass das Paar niemals verlobt gewesen sei und auch nicht vorgehabt habe zu heiraten. Sie bezeichneten Irma als Lügnerin und unterstellten ihr, damals nur hinter Erichs Geld her gewesen zu sein. Und dass sie nun hinter seinem Erbe her sei.

Nachdem Dr. Leonhard ihr die erste Abschrift einer solchen Aussage eines entfernten Verwandten von Erich gezeigt hatte, hatte Irma ungläubig aufgelacht. »Worüber redet dieser Mensch, der mich nie kennengelernt hat? Von welchem Erbe spricht er? Ich will Erich zurück – und nicht seine Silberlöffel!«

Als der Rechtsanwalt ihr daraufhin den Hintergrund dieser Falschaussage erklärt hatte, war Irma jegliches Lachen vergangen. »Die Regierung wird in Kürze ein Gesetz zur Entschädigung ehemals rassisch Verfolgter verabschieden. Sollten die Opfer dieser Verfolgung nicht mehr am

Leben sein, tritt die rechtmäßige Erbfolge in Kraft. Wären Sie Dr. Bragenheims Ehefrau, stünden Sie an erster Stelle. Da Ihr Mann beziehungsweise Verlobter keine Kinder hatte und auch sein Bruder nicht mehr lebt, wären Sie sogar Alleinerbin. Das wollen Dr. Bragenheims Verwandte mit aller Macht verhindern. Auch mit Falschaussagen. Wenn sie damit Erfolg hätten, kämen diese Verwandten als Erben in Betracht.«

Das Feigenblatt des Neides ist die sittliche Entrüstung, hatte sie bitter gedacht und einen schalen Geschmack im Mund gespürt. Sie hatte etwas trinken wollen. Und rauchen. Sie hatte zu dem großen Aschenbecher geblickt, der auf Leonhards Tisch stand, doch es wäre ihr peinlich gewesen, die halbierten Zigaretten, die sie bei sich getragen hatte, hervorzuholen. Nach all den Jahren hatte sie es immerhin noch geschafft, sich zu den Gesprächen mit ihrem Rechtsanwalt so zurechtzumachen, als sei alles mit ihr in Ordnung. »Es geht mir einzig und allein um Erich«, hatte sie wiederholt. »Mein Verlobter wurde mir genommen. Ich will meinen Verlobten wiederhaben. Als meinen Ehemann.«

»Ich weiß.«

Als Irma jetzt auf ihrem Küchenstuhl saß, Selbstgebrannten trank und eine halbe Zigarette nach der anderen rauchte, starrte sie auf den Brief, auf dem steinernen Fußboden, von dem der helle Umschlag sich wie ein leuchtendes Rechteck abhob. Steckte darin wieder eine dieser unverhohlenen Lügen, durch die Irma zum Aufgeben gebracht werden sollte? Sie füllte die halbleere Schnapsflasche mit Wasser auf, damit sie sie später als volle Flasche verkaufen könnte, trank dann aber erneut davon. Vielleicht sollte sie die Sache mit der Heirat endlich aufgeben. Sie streckte den nackten Fuß nach dem Brief aus. »Wenn du wieder eine Lüge bist, gebe ich auf«, nuschelte sie und trank einen weiteren Schluck. Und noch einen.

Irgendwann, als ihre Gedanken einer dicke Nebelwand glichen, die um sie waberte, bückte sie sich schließlich und hob den Brief auf. Er war von Leonhard, fühlte sich aber fester an als die Briefe mit den vielen Abschriften der Zeugenaussagen auf dünnem Durchschlagpapier. Außerdem war das Schreiben per Eilpost zugestellt worden. Sie blinzelte mehrmals, als sie den Umschlag betrachtete. Die Buchstaben drohten vor ihren Augen zu verschwimmen. Bevor Irma den Umschlag mit dem Kartoffelmesser aufschlitzte, fiel ihr auf, dass Dr. Leonhards Sekretärin sich beim Adressieren vertippt hatte. Anstatt des »r« bei »Irmgard« hatte sie zunächst ein »s« geschrieben. *Frau Ismgard Weckmüller* hatte dort gestanden, dann war das »s« mit einem »r« übertippt worden.

War ihr Rechtsstreit in dieser Kanzlei vielleicht nur ein ganz alltäglicher?, fragte sich Irma. War dieser Briefumschlag, bei dem man sich nicht einmal die Mühe gemacht hatte, einen neuen zu adressieren, nachdem man sich beim Namen des Adressaten verschrieben hatte, der Beweis dafür?

Sie seufzte, zog das Schreiben hervor und faltete es auseinander.

Sehr geehrte Frau Weckmüller!
In Ihrer Angelegenheit ist nunmehr die für Sie so wichtige Entscheidung erfreulicherweise ergangen. Der Senator für Justiz hat angeordnet, daß Ihrem Antrag gemäß Paragraph 1 des Gesetzes über die Anerkennung freier Ehen rassisch, politisch oder religiös Verfolgter stattgegeben wird und Ihre Ehe mit Wirkung vom 16. September 1935 als geschlossen gilt.
Hochachtungsvoll
Dr. Leonhard
Rechtsanwalt

Dem Schreiben war die genannte Anordnung des Senators für Justiz beigelegt.

Irma begriff nicht, was sie las. Also fing sie von vorn an. Ihre Hände zitterten so stark wie nie. Sie legte die Papiere auf den Tisch, strich sie vorsichtig glatt.

Sehr geehrte Frau Weckmüller!
In Ihrer Angelegenheit ist nunmehr die für Sie so wichtige Entscheidung erfreulicherweise ergangen …

Irma griff zur Tasse mit dem Schnaps. Stellte sie wieder ab.

Der Senator für Justiz hat angeordnet, daß Ihrem Antrag gemäß … stattgegeben wird …

Irma starrte auf die Zeilen. Sie verschwammen. Sie wischte sich mehrmals über die Augen. Blickte immer wieder zur Tür. Weinte.

… und Ihre Ehe mit Wirkung vom 16. September 1935 als geschlossen gilt.

Irma verstand endlich. Erich und sie waren ein Ehepaar.

Nachwort

Der Roman *Wo du nicht bist* basiert auf einer wahren Begebenheit. Wie kam ich dazu, ihn zu schreiben?

Ende der Neunzigerjahre veröffentlichte ich ein Buch, für das ich unter anderem die Malerin Sabine Zache interviewte. Jahre später rief sie mich an und erzählte mir von den Eheleuten Bärbel und Helmut Schimmel, die ihr die große Liebesgeschichte ihrer verstorbenen Tante Irmgard erzählt hätten, die vielleicht ein Buch wert sei: Die Geschichte der Irmgard Weckmüller, die sich Ende der zwanziger Jahre in den angesehenen jüdischen Arzt Erich Bragenheim verliebte. Das Paar verlobte sich und wollte heiraten, doch das gelang nicht mehr, weil die Nürnberger Gesetze in Kraft traten. Erich Bragenheim wurde danach nach Theresienstadt deportiert, später nach Auschwitz-Birkenau, wo er vergast wurde.

Irmgard Weckmüller kämpfte nach Ende des Krieges mehr als sieben Jahre lang darum, ihren geliebten Menschen Erich Bragenheim nach dessen Tod heiraten zu dürfen. Der Geschichte liegen Erzählungen, Briefe, Fotos und Zeugenaussagen zugrunde. Manche der Angaben, die die Orte oder Daten betreffen, sind in den Quellen widersprüchlich. Vieles habe ich aus dramaturgischen Gründen für die Geschichte verändern oder erfinden müssen. Auch die Handlungen und Erlebnisse der Hauptpersonen, die reale Namen tragen, sind größtenteils frei erfunden.

Als ich das Ehepaar Schimmel zum ersten Mal in Berlin besuchte, stand er dort, der alte braune Koffer mit den vielen Unterlagen über die außergewöhnliche Liebe zwischen Irmgard Weckmüller und Erich Bragenheim.

Bärbel Schimmel erzählte mir über ihre Tante Irma, woran sie sich erinnerte und was sie bisher auf Grundlage der Dokumente und Fotos herausgefunden hatte. Ich zeichnete es auf. Wir sichteten ein paar der Unterlagen im Koffer, und am Ende unseres Treffens vertraute mir Frau Schimmel all diese Originale an. Das hat mich sehr beeindruckt und ich bin ihr bis heute sehr dankbar dafür.

Die faszinierende Geschichte einer Frau, die darum kämpfte und es schließlich erreichte, ihre große Liebe post mortem heiraten zu dürfen, schien mir etwas Außergewöhnliches zu sein. Ich hatte aber erfahren, dass postmortale Eheschließungen in begründeten Ausnahmefällen in Frankreich gestattet sind. 2008 fanden die Hochzeiten zweier Französinnen mit ihren Verlobten, die bei einem Attentat in Afghanistan getötet worden waren, statt. Das Heiratsdatum wurde vor das Todesdatum des Ehegatten datiert. So war es ebenfalls bei Irmgard Weckmüller und Erich Bragenheim – im Jahr 1952 wurde die Eheschließung vom Berliner Senat genehmigt, 1953 die Heiratsurkunde ausgestellt und auf 1935 datiert. War Irmgard Weckmüller die einzige Frau, die nach Ende des Krieges in Deutschland um eine posthume Eheschließung gekämpft hat? Ich habe bei meinen Recherchen keine weiteren Beispiele dafür gefunden. Ich weiß also nicht, ob es noch mehr Frauen wie Irmgard Weckmüller gegeben hat. Doch ich bin derselben Meinung wie Sabine Zache: Die Geschichte dieser mutigen Frau sollte keinesfalls in Vergessenheit geraten!

Irmgard Weckmüller um 1928

Irmgard Weckmüller und Erich Bragenheim

Ausfertigung

DER SENATOR FÜR JUSTIZ

GBSCH.-Z.: II/8-1683/51
(Angabe bei Antwort erbeten)

BERLIN, DEN 12. Dezember 1952

(1) BERLIN-SCHÖNEBERG
RUDOLPH-WILDE-PLATZ
FERNRUF: 71 02 61, APP.:
INNERBETRIEBLICH: (92)

A n o r d n u n g

Auf den Antrag der Irmgard Johanna W e c k m ü l l e r vom 14. Dezember 1951 ordne ich gemäß § 1 des Gesetzes über die Anerkennung freier Ehen rassisch, politisch oder religiös Verfolgter vom 30. November 1950 (VOBl.I S. 541) an:

1. Der Dr.med. Erich B r a g e n h e i m,
   geboren am 21. Juni 1896 in Bromberg
   (Standesamt nicht feststellbar, da Unterlagen nicht vorhanden sind),
   zuletzt wohnhaft in Berlin-Wilmersdorf, Nürnberger Platz 4,
   verstorben Ende September 1943 im KZ Theresienstadt
   (Standesamt I in Berlin, Reg.Nr.3221/1949 W),
   mosaischer Religion,

2. die Einkäuferin Irmgard Johanna W e c k m ü l l e r,
   geboren am 14. März 1911 in Bromberg
   (Standesamt Bromberg-Stadt, Reg.Nr.277),
   wohnhaft in Berlin-Wilmersdorf, Gieselerstraße 13,
   evangelischer Religion,

haben mit Wirkung vom 15. November 1935 die Ehe geschlossen.

Dr. K i e l i n g e r

Ausgefertigt:
Berlin-Schöneberg, den 13.12.1952

Der Senator für Justiz
2
Berlin

Blumenthal

Heiratsurkunde

F 2

(Standesamt Wilmersdorf von ~~Groß-Berlin~~ Nr. 1248/1952

Der Doktor der Medizin Erich Bragenheim

mosaisch

geboren am 21. Juni 1896 in Bromberg

(Standesamt Beurkundung nicht nachgewiesen Nr.),

wohnhaft ~~in~~ zuletzt in Berlin-Wilmersdorf, Nürnberger Platz 4

, und

die Einkäuferin Irmgard Johanna Weckmüller

evangelisch

geboren am 14. März 1911 in Bromberg

(Standesamt Bromberg-Stadt Nr. 277),

wohnhaft in Berlin-Wilmersdorf, Gieselerstraße 13

, haben

~~am~~ mit Wirkung vom ~~vor dem Standesamt~~ 15. November 1935 ~~von Groß-Berlin~~

die Ehe geschlossen.

Vermerke:

(Siegel) Standesamt Wilmersdorf

Berlin-Schmargendorf, den 20. Januar 1953

Der Standesbeamte

Gebühren bezahlt !

Stand II B 37. Heiratsurkunde ohne Elternangabe
Mat. 2866 a ● Din A 5. 30 000. 6. 49

Dein Ist Mein Ganzes Herz

Dein Ist Mein Ganzes Herz gilt als das sogenannte Tauber-Lied.

Franz Lehár hat die Arie 1929 für den Tenor Richard Tauber komponiert und ihm über die Noten die persönliche Widmung: *Mein lieber Richard! Hier hast du dein Tauber-Lied!! Dein Franz* geschrieben.

Den Text für das Lied aus dem 2. Akt der Operette *Das Land des Lächelns* schrieben Fritz Löhner-Beda und Ludwig Herzer.

Der großartige Tenor Richard Tauber machte das Lied innerhalb kurzer Zeit berühmt. Umgekehrt machte ihn *Dein Ist Mein Ganzes Herz* noch populärer, als er es 1929 bereits war. Er sang es nicht nur in der Operette, sondern auch immer wieder als Zugabe bei Konzerten. Nach seiner Emigration nach Großbritannien wurde das Lied ins Englische übersetzt und zum Weltschlager.

Joseph Schmidt, Mario Lanza, Rudolf Schock, Plácido Domingo, Luciano Pavarotti und José Carreras, Jonas Kaufmann und andere sangen dieses Lied.

Die Menschen um das Lied:
Dein Ist Mein Ganzes Herz

Fritz Löhner-Beda

Fritz Löhner-Beda war in den 1920er-Jahren einer der meistgefragtesten Librettisten und Schlagertexter Wiens und schuf gemeinsam mit Ludwig Herzer als Co-Autor, Franz Lehár als Komponist und Richard Tauber als Sänger die Operetten *Friederike* (1928), *Das Land des Lächelns* (1929) und *Schön ist die Welt* (1930). Im *Land des Lächelns* kommt die Arie *Dein Ist Mein Ganzes Herz* vor, die Richard Tauber zum Weltstar machte.

Fritz Löhner-Beda wurde 1883 in Nordostböhmen geboren. Er studierte in Wien Rechtswissenschaften bis zur Promotion und arbeitete ab 1908 als Anwalt. Seine große Leidenschaft galt der »leichten Dichtkunst«. Er schrieb zahlreiche Satiren und Beiträge für Zeitungen und arbeitete ab 1927 für das *Jüdisch-Politische Cabaret* Oscar Tellers. Er war Vizepräsident des österreichischen Schriftstellerverbandes. Seine Liedtexte machten ihn schließlich sehr berühmt und wohlhabend. Löhner-Beda lebte mit seiner Frau Helene, der er die Arie *Dein Ist Mein Ganzes Herz* widmete, und den beiden Töchtern in einer Villa in Bad Ischl.

Am 1. April 1938 wurde Fritz Löhner-Beda mit dem sogenannten »Prominenten-Transport« ins Konzentrationslager Dachau und einige Monate später ins KZ Buchenwald deportiert. In den Konzentrationslagern ließ die SS sich gern durch Gesang der Häftlinge unterhalten. So auch in Buchenwald. *»Ende 1938 erklärte der damalige Lagerführer Rödl ›Alle anderen Lager haben ein Lied, wir müssen auch ein Buchenwald-Lied bekommen. Wer eines macht, bekommt 10 Mark‹«,* berichtete später der ehemalige Buchenwald-Häftling Stefan Heymann.

Es wurden viele Angebote gemacht, doch nur ein Lied setzte sich durch – nämlich das mit dem Text von Fritz Löhner-Beda und der Musik von seinem österreichischen Mithäftling, dem Wiener Kabarettsänger Hemann Leopoldi.

»(…) O Buchenwald, wir jammern nicht und klagen, und was auch unser Schicksal sei, wir wollen trotzdem ja zum Leben sagen, denn einmal kommt der Tag: dann sind wir frei! (…)«

Die Lagerleitung eignete sich das Lied an und bezeichnete sich als Verfasser von Text und Melodie der sogenannten Buchenwald-Hymne.

Seine Frau und die beiden Töchter wurden nach seiner Verhaftung nach und nach enteignet. Im August 1942 deportierte man sie nach Minsk. Im September 1942 wurden sie im Gaswagen des Vernichtungslagers Maly Trostinez ermordet.

Dr. Fritz Löhner-Beda wurde im selben Jahr nach Auschwitz deportiert. Dort wurde er am 4. Dezember zusammengeschlagen, nachdem eine Gruppe von I.G.-Farben-Direktoren mit der Arbeitsleistung des Häftlings Löhner-Beda nicht zufrieden gewesen war. Kurz darauf erlag er seinen Verletzungen.

Ludwig Herzer

Ludwig Herzer war ein Librettist, der unter anderem gemeinsam mit Fritz Löhner-Beda die Operette *Das Land des Lächelns* schrieb. Er wurde 1872 in Wien geboren, studierte Medizin und arbeitete hauptberuflich als Gynäkologe. Nebenher schrieb er Texte für Edmund Eysler, Franz Lehár und Robert Stolz oder arbeitete mit anderen bekannten Librettisten zusammen. Herzer war Jude. Im November 1938 konnte er unter großer Mühe noch in die Schweiz fliehen, wo er 1939 verstarb.

Franz Lehár

Franz Lehár gilt als Mitbegründer der sogenannten Silbernen Operetten-Ära. Er wurde 1870 in Komorn geboren. Seine Mutter war Ungarin, er wuchs mit ihrer Sprache auf. Sein Vater war Militärkapellmeister. Die Familie zog häufig um, in Städte, die damals zu Ungarn gehörten: Preßburg, Ödenburg, Karlsburg und Klausenburg.

Franz Lehár besaß eine große musikalische Begabung, die mit der von Mozart verglichen wird. Mit elf Jahren komponierte er bereits am Klavier. 1882 wurde er Schüler des Prager Konservatoriums und studierte Violine und Musiktheorie und Komposition – u. a. bei Anton Dvorák. Er wurde Orchestermusiker und später jüngster Kapellmeister der k.u.k.-Armee. In Wien spielte er in der Kapelle seines Vaters. Hier konzentrierte er sich auf die Komposition von Operetten. *Die lustige Witwe* wurde 1905 ein Welterfolg. *Der Graf von Luxemburg, Zigeunerliebe* und *Eva* folgten. Franz Lehár war eng mit Giacomo Puccini befreundet, dessen Opern ihn inspirierten. Die Tenorpartien der Operetten *Das Land des Lächelns* oder *Zarewitsch* schrieb Lehár größtenteils für Richard Tauber.

Er kam durch seine Arbeit zu großem Wohlstand und lebte ab 1931 im Schikaneder-Schlössl in Wien-Nußdorf.

Franz Lehár hatte bis zur Machtergreifung der Nationalsozialisten fast ausschließlich in jüdischen Kreisen verkehrt, größtenteils mit jüdischen Autoren zusammengearbeitet und er war mit einer jüdischen Frau verheiratet.

Eine Sondergenehmigung Adolf Hitlers, der die Arbeit des Komponisten verehrte, und dem Einsatz Joseph Goebbels hatte Franz Lehár es zu verdanken, dass die Anfeindungen gegen ihn bald wieder nachließen und seine Operetten weiterhin in deutschen Theater aufgeführt werden durften. Lehárs Ehefrau Sophie wurde zur »Ehrenarierin« erklärt. Der Staatsrat und SS-Sturmbandführer Hans Hinkel war Lehárs Gönner im Reichspropagandaministerium. Dem Komponisten wurden Auszeichnungen für seine Arbeit verliehen, u. a. die Goethe-Medaille. Lange hieß es, dass Lehár sich bei Hitler für die Freilassung seines Freundes und Librettisten Fritz Löhner-Beda eingesetzt habe, doch dies ist nicht belegt. Nach Ende des Zweiten Weltkrieges behauptete er, angeblich nichts von alledem, was Löhner-Beda widerfahren war, gewusst zu haben und weigerte sich fortan, über das Thema zu sprechen.

1948 erhielt Franz Lehár die Ehrenbürgerschaft von Bad Ischl. Im selben Jahr verstarb er.

Richard Tauber

Der Opernsänger Richard Tauber wurde 1891 unehelich als Richard Denemy in Linz geboren.

Er studierte in Frankfurt Klavier, Komposition und das Fach Dirigieren. In Freiburg im Breisgau ließ er sich als Sänger ausbilden. 1913 sang er zum ersten Mal in einer Oper – in Chemnitz als Tamino in Mozarts *Zauberflöte*. Bald darauf wurde er Königlicher Hofopernsänger an der Dresdner Oper. Ab 1919 arbeitete er an den Opern Berlin und Wien, in Salzburg und häufig im Ausland. 1921 trat er zum ersten Mal in einer Operette von Franz Lehár auf. Lehár schieb dem Tenor Tauber fortan viele Arien auf den Leib. Der Sänger wurde weltberühmt.

1933 wurde er vor dem Berliner *Hotel Adlon* mit den Worten »Judenlümmel, raus aus Deutschland« beschimpft und niedergeschlagen.

Wie viele andere Juden emigrierte auch Richard Tauber nach diesem Erlebnis nicht, sondern hielt es für eine Ausnahme oder einen Irrtum, weil er römisch-katholischer Herkunft war. Er arbeitete weiterhin in Deutschland – an der Operette *Der singende Traum*, welche 1934 in Wien welturaufgeführt wurde. Mehrere Beziehungen zu Frauen scheiterten nach recht kurzer Zeit. Zuletzt war er mit Diana Napier verheiratet.

1938 emigrierte er nach Großbritannien und kehrte während des gesamten Zweiten Weltkrieges nicht nach Deutschland zurück.

Nach dem Krieg widmete er sich zunehmend dem Komponieren und Dirigieren. Sein letztes Bühnenkonzert als Sänger gab er als Ottavio in der Oper *Don Giovanni* von Mozart. Er starb 1947 im Alter von 56 Jahren an den Folgen einer schweren Erkrankung.

Danksagung

Ich danke Bärbel Schimmel für ihr großes Vertrauen, mir die Dokumente, die die außergewöhnliche Geschichte ihrer Tante Irmgard Bragenheim (geborene Weckmüller) belegen, anzuvertrauen. Ich danke ihr außerdem für ihre Geduld und dafür, dass sie stets daran geglaubt hat, dass dieses Buch eines Tages vorliegen wird. Mein Dank gilt ebenfalls ihrem Mann Helmut Schimmel, der das Vorhaben unterstützt hat.

Ich danke Frau Sabine Zache, die den Kontakt zwischen den Eheleuten Schimmel und mir hergestellt hat.

Mein großer Dank gilt der Hans-Kauffmann-Stiftung, insbesondere Jutta Doering und Sibylle Kauffmann, für die großzügige Unterstützung. Ihre Förderung hat den entscheidenden Ausschlag dazu gegeben, dass ich diesen Roman schreiben konnte. Vielen Dank!

Ich danke Günther Butkus, der sofort erkannt hat, dass die Geschichte von Irmgard Weckmüller und Erich Bragenheim eine besondere ist und er sie in seinem Verlag publiziert. Ihm sowie Uta Zeißler und Jessica Tiekötter vom Pendragon Verlag danke ich vielmals für die vielen Anregungen und die intensive Zusammenarbeit.

Außerdem gilt mein großer Dank Ulla Wildhagen, die seit Jahren meine diversen, kaum lesbaren handschriftlichen Manuskriptfassungen so wunderbar in gut lesbare Dateien verwandelt.

Liebe Janika (Niecke), du hast mir mit deinem wunderschönen Film, der diesen Roman sehr bereichern und unterstützen wird, eine große Freude bereitet! Vielen Dank!

Lust but not least, wie Irma es in diesem Roman in ihr blaues Buch geschrieben hat: Liebe Petra Busch, du weißt, was ich dir niemals vergessen werde. Du hast mich zutiefst beeindruckt.

Meinem geliebten Mann Ralf danke ich, weil er mich wie bei jedem meiner bisherigen Buchprojekte großartig begleitet und unterstützt hat.

STIFTUNG – SPUREN – Gunter Demnig

Auf Anregung des Verlags und der Autorin wurde im Jahr 2020 in Berlin Charlottenburg am Kurfürstendamm 141 (Wohnsitz von Erich Bragenheim) von Gunter Demnig ein Stolperstein für Erich Bragenheim verlegt.

(www.stolpersteine-berlin.de)

Falls Sie mehr über die realen Personen und die historischen Ereignisse erfahren wollen, können Sie diesen QR Code scannen und einen kleinen Film zum Buch anschauen.

Pendragon Verlag
gegründet 1981
www.pendragon.de

Originalausgabe
Veröffentlicht im Pendragon Verlag
Günther Butkus, Bielefeld 2020

Lektorat: Günther Butkus, Jessica Tiekötter
Umschlag und Herstellung: Uta Zeißler, Bielefeld
Umschlagfoto: ullstein bild – imageBROKER
Satz: Pendragon Verlag auf Macintosh
Gesetzt aus der Adobe Garamond
ISBN 978-3-86532-672-0
Gedruckt in Deutschland